通りゃんせ

宇江佐真理

角川文庫
18295

目次

通りゃんせ

一

国道20号線から京王《けいおう》線沿いの裏道に入ると、大型トラックと乗用車の数は、ぐっと減った。国道20号線の上には首都高速4号線が走っているので騒音がひどい。歩道も狭く、歩行者の邪魔にならないように注意してマウンテン・バイクを進めなければならなかった。

大森連《おおもりれん》は裏道に入ると少しほっとして車体のスピードを上げた。その日は高尾《たかお》を抜けて相模湖《さがみこ》まで行くつもりだったが、この様子では予定していた到着時間より、かなり遅れることになりそうだ。

連は甲州《こうしゅう》街道をひたすら西へ向かっていた。

年季の入ったマウンテン・バイクは大学時代に土木作業のアルバイトをして手に入

れたものである。高校に入学した時、連は両親にマウンテン・バイクをねだったが、安給料で家計を維持していた家庭では、連の願いは叶《かな》わなかった。ホーム・センターで一万五千円也の黒い自転車が通学の足となった。

ところが自転車は一年ほど使用して盗難に遭《あ》ってしまった。新たに買ってくれと言うのも気が引けて、連は道端の放置自転車を拾ってきて自分で修理し、鍵《かぎ》をつけた。その自転車は盗難車らしい気もしたから、警察に見つかったらただでは済まなかったかも知れないのだが、幸い、そんなことにはならなかった。

連の高校時代はマウンテン・バイクがブームで、クラスの何人かは、それに乗っていた。

通学だけのためならマウンテン・バイクは必要ないだろう。ハードな山道を走行するために作られた自転車である。恰好《かっこう》だけでそれに乗っていた連中を連は内心で軽蔑《けいべつ》していたが、それには多分に嫉妬《しっと》の気持ちも含まれていただろう。高校を卒業すると、マウンテン・バイク組は、さっさと自動車に乗り換えた。しかし、連のマウンテン・バイクへのあこがれが消えることはなかった。

だから、大学時代の夏休みにアルバイトをしてようやく手に入れた時はひどく嬉《うれ》しかった。嬉々《きき》として、あちこち遠出したものだ。北海道を横断する快挙もなし遂《と》げている。

大学を卒業し、地元のスポーツ用品メーカーに就職すると、マウンテン・バイクに乗る機会は、ぐっと減った。会社から与えられた軽四輪の乗用車で顧客廻《こきゃくまわ》りをするようになったからだ。

両親は、自動車を連に与える器量はなかったが、運転免許証を取るための金は出してくれた。男の子は就職する時、自動車の免許を持っていれば、何かと有利だと考えていたらしい。堅実な両親である。心底ありがたいと思っているが、世の中は、上には上がいる。できれば、もう少し裕福な家庭に生まれたかったと連は思っていた。

大学も自宅から通える地元だった。農協に勤める父親とスーパーのパートをしている母親には東京の大学へ多額の仕送りまでして息子を通わせることはできなかった。連の下には弟と妹がいたからなおさら。とにかく、大学卒業という学歴をつけてやれば、親の義務を果たしたことになると、両親は考えていたようだ。

就職は父親が知人に口利《くちき》きしてくれたお蔭《かげ》である。その知人（というより、父親の高校時代の同級生だった）は、連が就職したスポーツ用品メーカーの総務部の課長をしていた。

会社はスポーツ用品メーカーとしては中堅だが、ミズノやナイキのように有名ではない。

連も就職するまでそのメーカーの名を知らなかった。それでも五百人を超す学生が就職試験を受けたという。採用されたのは僅《わず》か十名だ。その内、コネで採用されたのは二人。田中洋介《ようすけ》という大学時代野球部に在籍した男と連だった。就職に関してはラッキーだったと思っている。悪くすれば就職浪人の憂き目を見たかも知れない。父親には感謝していたが、ことあるごとに恩に着せるのが、連には癪《しゃく》の種だった。

会社に入って三年目を間近にした頃、連は東京勤務を命じられた。それまでは地元の高校の運動部、実業団の野球チーム、小さなスポーツ用品店を廻って注文を取りつける仕事をしていた。もともと如才《じょさい》ない性格の連は顧客に可愛がられ、売り上げもそこそこ伸ばした。

若さと仕事の業績を買われ、東京本社への異動となったのだ。もっとも、地元の支社にいる社員は、さんざん東京本社や大阪支社への転勤を経験していて、生まれ故郷の地元で定年を迎えたいという中年過ぎの連中が多かったので、転勤の候補者リストからは、ひそかに外されていたらしい。田中洋介は野球部で鳴らしたせいで、地元ではまだまだ必要な男だった。結局、身軽な連がその候補に挙がったらしい。

連は転勤が決まると、恋人の田代茜《たしろあかね》に一緒に東京へ行こうと言った。実質的なプロポーズのつもりだった。茜は札幌の小さな雑誌社で編集の仕事をしていて、ゆくゆくはライターになりたいという夢を持っていた。茜とは学生時代に合コンで知り合ったのが縁で、ずっとつき合っていたのだ。はっきり口に出したことはなかったが、いずれ連は茜と結婚するつもりでもいた。ライターの夢は、結婚しても叶うはずだ。むしろ、東京へ出た方がチャンスに恵まれると思った。

しかし、茜は今の仕事を続けたいと、連の申し出を断った。それは二人の関係が終わりを告げることを意味していた。

会社の連中は派手に連の歓送会を開いてくれたが、連は茜のことがショックで、意気消沈していた。

東京は連が想像していたより、はるかにアグレッシブな町だった。だいたい、車で都内を走ることさえ容易ではなかった。道が不案内の上に、時分時《じぶんどき》は渋滞に巻き込まれた。失恋の痛手が癒《い》えていないせいもあり、連は次第に精神的に落ち込んでいった。

そんな連を癒《いや》したのがマウンテン・バイクだった。引っ越し荷物に、それを入れることは忘れなかった。

休日にはそれに乗り、根津《ねづ》や谷中《やなか》などの下町を走り廻った。そうしている時だけ、連は心の安らぎを覚えたのだ。

三月は最低の月だった。会社のノルマがきつく、顧客へ米搗《こめつ》きバッタのように頭を下げ、ようやく契約を取りつけた。

「やればできるじゃないか」と、四十がらみの課長は笑って連の肩を叩《たた》いたが、連は疲労困憊《こんぱい》していた。休日出勤が続いていたので、連は三日ほど有給を取った。

連は会社が少しばかり援助してくれる賃貸マンションに住んでいる。まともに払えば家賃は十五万以上だという。それでも、さほど広くもない。十畳のダイニング・キッチンに六畳と四畳半の部屋があり、トイレと浴室、それにベランダだ。地方で同じ家賃を払えば、はるかに豪華で広い部屋に住めるというものだ。何んにつけても東京は住み難《にく》い所である。

だが、連の部屋は五階にあるので、ベランダからの眺めはよかった。

夜になると遠くに東京タワーが見えた。この景色を茜と一緒に眺めたかったと、連は未練たらしく思っていた。

せっかく有給を貰《もら》ったのに、つくねんと部屋にいることはもったいない。そう思うと、連はベランダに置いていたマウンテン・バイクを引っ張り出し、久しぶりに遠出しようと考えた。

行き先は甲州街道。歴史のさほどない街に生まれたせいで、江戸時代から連綿と続いている道に心が魅《ひ》かれた。地図で調べると甲州街道が中山道《なかせんどう》と交わることを知った。

江戸時代、甲州街道は四谷《よつや》の大木戸《おおきど》を出ると内藤新宿《ないとうしんじゅく》、下高井戸《しもたかいど》、府中《ふちゅう》、八王子《はちおうじ》、小仏《こぼとけ》、猿橋《さるはし》、大月《おおつき》、勝沼《かつぬま》の宿場を経《へ》て甲府に至る。

甲府から韮崎《にらさき》、蔦木《つたき》、上諏訪《かみすわ》を通り、中山道との合流点である下諏訪に辿《たど》り着く。

五十三里二町の道程は現代の距離にして約二百八キロである。上諏訪まで辿り着くには、かなり無理があるような気がした。行ける所まで行って引き返すしかないだろう。そう思うと、連は、さほど躊躇《ちゅうちょ》することなく出発したのだった。

使い込んだマウンテン・バイクは、所々、傷が目立つ。それでも時々手入れをしているので、まだまだ威力があった。

朝早くマンションを出ると、ラッシュの前に都心を抜けた。それから国道をまっすぐに西へ向かった。

裏道から再び甲州街道に出ると、欅《けやき》並木の歩道を進んで府中市に入った。それから八王子をひたすら目指した。八王子までがとにかく長かった。八王子で遅い昼食を摂《と》り、銀杏《いちょう》並木が続く直線道路を高尾へ向かって進んだ。

その辺りで、相模湖へ今日中に下りるのは無理だと悟《さと》った。その日は高尾のどこかでキャンプを張ろうと思った。しかし、適当な場所は見つからなかった。連は仕方なく、高尾市内のカプセル・ホテルに一泊した。

翌日は、高尾市内から甲州街道の旧道に入り、小仏峠を目指した。登山道の入り口に水場があったので、連はポリ容器の水道水を捨て、その水を入れた。冷たくて甘い水だった。

急勾配《こうばい》の登山道は道幅が一メートルほどで狭いが、よく整備されている。連はマウンテン・バイクを降りて、押しながら進んだ。

水場から峠までは二十分ぐらいの距離だが、連はすぐに汗をかき、呼吸も荒くなった。

マウンテン・バイクには一人用のテントだの、アルミをコーティングしたマットだの、アウトドア用の食器、コンロ、食料、水などを積んでいた。それだけでもかなりの重量だから、気を抜くとバランスを崩す。マウンテン・バイクを押しながら歩くと、重量がもろにこたえた。

連は道の途中で何度か立ち止まり、呼吸を整えた。はあはあと荒い息が驚くほど大きく聞こえた。

ふと、連はリヤカーでアマゾンの道やアンデスの高地を踏破した冒険家のことを思い出した。

高校の教師をしていたその男は、ある日、決まり切った日常生活に倦《う》むと、一人旅に出ようと決心する。手始めは日本一周だった。

彼の選択した手段が昔ながらのリヤカーなのがふるっている。長丁場《ながちょうば》の旅ならば、おのずと携帯する品も多くなる。それに適《かな》った物が彼にとってはリヤカーだったらしい。

リヤカー・マン——人は彼をそう呼ぶ。

連は彼の旅のドキュメントをテレビで見た。

スタート地点に立った彼は、これからの長い旅を覚悟して渾身《こんしん》の気合を入れた。しっかりとリヤカーの梶棒《かじぼう》を握り締める。リヤカーの重量を確かめるために、彼は敢《あ》えて素手《すで》でそれを握るという。楽しいことより苦しいことの多い旅だ。テレビを見ていた連さえ、嫌気が差すような悪路を彼は進む。だが彼は、引き返しはしない。ただ進む。

旅をしていると一日が長いという。日常生活では、一日は、あっという間である。そして、何んとか無事にゴールへ辿り着いた彼は、苦しい旅を振り返り、歩いて来た一歩一歩が途方もなくいとおしいと語った。

連は心底彼が羨《うらや》ましかった。命が尽きるまで彼の旅は終わらない。消息が途絶えた時、この世界のどこかに彼のリヤカーがあり、その傍《そば》に、幸福そうな微笑を浮かべた彼の屍《しかばね》があるのかも知れない。いっそ、それも人生だと連は思う。しかし、連は、彼のように何もかもうっちゃって旅をしたいとまでは思わなかった。

リヤカー・マンには及ばない小さな旅をしていても、苦しいことはある。そんな時、連は彼のことを思い浮かべた。悪路に悩まされたり、冷たい雨に身体を濡《ぬ》らし、寒くて泣きたくなるような時だ。彼のことを思うと不思議に勇気が湧いた。リヤカー・マンなら、こんなこと屁《へ》でもないはずだと。その時も彼のことを思い浮かべて登山道を進み、ようやく小仏峠に到着した。

峠には標高五百四十八メートルと書かれた碑《ひ》が立っていた。碑の傍には信楽焼《しがらきやき》のたぬきが呑気《のんき》な表情をしていた。連はくすりと笑った。

その場所から相模湖へ下りるルートがあるはずである。連は、案内板をちらりと眺めると、峠の道を直進した。

ところが、狭い山道はさらに狭くなり、とうとう、途中で道の跡さえ消えてしまった。

道を間違えたと気づいたのは、その時だった。辺りは鬱蒼《うっそう》とした森である。引き返すしかないと思ったが、悪いことに雨が降ってきた。連は顔をしかめ、小さな舌打ちをした。

雨は次第に勢いを増し、とうとう本降りになった。山道のことで雨宿りをする場所もない。荷物から雨合羽《がっぱ》を取り出し、連はウインド・ブレーカーの上から羽織った。雨合羽にはフードがついていたが、それはさして雨よけの効果はなかった。黄色のヘルメットを外し、荷物の中からニット帽を取り出して被《かぶ》った。冷たい雨で体温が低下していた。連は頭を丸刈りにしていたので、なおさら寒かった。丸刈りにしたのは、連の主義ではなかった。社内の飲み会で馬鹿な賭《か》けをして負けたせいだ。その頭をして得意先を廻ると、顧客はドジを踏んで頭を丸めたのかと訊《き》くので、気が滅入ったものだ。

雨はなかなか止まなかった。それどころか雷まで鳴り出した。こんな山の中で足留めを喰《く》うのはいかにも腹立たしい。元の場所へ戻り、相模湖を目指すのだ。しかし、連の願いも空しく雷雨は続いた。辺りは薄暗い。時計を見ると、まだ午後の三時半だ。雨よけの場所もなかったので、連は仕方なく、その場所にテントを張った。テントを張るのは慣れている。ものの十分ほどで完了した。連はテントの中に荷物を運び入れ、コンロに水を入れた薬缶《やかん》を載《の》せ、湯を沸かした。コーヒーを飲んで身体を温めるつもりだった。テントの天井は雨粒が弾《はじ》ける音がしきりにした。

洟《はな》を啜《すす》り、タオルで顔を拭《ぬぐ》う。銀のブレスレットが揺れる。そのブレスレットは茜のプレゼントだった。捨てることができなかったのは、まだ彼女に未練があるからだった。左手の中指にはオニキスをはめ込んだ銀のリングが光る。連の卒業した大学はアメリカの大学に倣《なら》い、卒業記念は、お定まりの印鑑とかではなく、銀製のリングだった。そこだけは洒落《しゃれ》た大学だった。仕事の時には、リングはしない。休日だけの装いだ。胸には金のネックレスも下げている。

（光り物が好きなのね）

茜の小馬鹿にしたような声が甦《よみがえ》り、連は「くそッ」と、思わず怒鳴った。

コーヒーを飲んでからインスタント・ラーメンを食べた。小用のために外へ出てみたが、雨の勢いは止まっていなかった。マウンテン・バイクから盛んに雨の雫《しずく》が落ちていた。

もはや肚《はら》を括《くく》るしかない。連はテントの中に戻ると、荷物を枕にして横になった。朝からの疲れもあり、連はすぐに眠りに引き込まれた。雨はひと晩中、降り続いていた。


翌朝になると、どうやら雨が上がり、テント越しに薄陽《うすび》も射してきた。鳥の声も聞こえる。連は、またコーヒーを沸かし、途中のコンビニで買ったあんぱんで朝食を済ませ、テントを畳んだ。

荷物をマウンテン・バイクに取り付けると、目の前に道があるのに気づいた。不思議な気持ちだった。昨日、途中で道が消えたと思ったのは錯覚だったのだろうか。無駄な刻《とき》を喰ったことには腹が立ったが、どの道、あの雨では、先に進むことは困難だったはずだ。

ここで一泊したのは正解だったと思い直した。しかし、有給の残りは、あと一日になってしまった。相模湖へ下りたら、そのまま引き返すしかないだろう。

狭い道は相変わらずだったが、しばらく下り道が続いた後、緩《ゆる》やかな上りに変わった。はて、相模湖へ下りる道に上りがあっただろうかと連は怪訝《けげん》な思いがした。しかし、地図で確認しても詳しいことはわからなかった。

　道なりに進むと、上りは、いよいよきつくなった。まさに顎《あご》を出す状況となった。小仏峠の道よりきつかった。

　ようやく視界が開けたと思ったら、連は小高い丘の上に立っていた。遠くに田圃《たんぼ》の緑が拡がっていた。その中に民家がぽつぽつと点在している。マウンテン・バイクを止め、少し先まで行くと、連の眼下に川が見えた。

　この川は多摩川《たまがわ》の支流だろうか。完全に道を間違えたようだ。田圃は川の対岸にある。

　とにかく、川を渡って向こう岸に出るしかない。辺りを見回すと、笹藪《ささやぶ》の中に小さな道を見つけた。その道は下り道だった。

　よし、この道を下って行けば、橋の架《か》かっている場所に出るかも知れない。連は、そろそろとマウンテン・バイクを押しながら道を下って行った。樹木の枝が時々、進行を阻《はば》んだ。しかし、茶色の細い道は微《かす》かに先へ通じた。

　ごうごうと音がすると思ったら滝だった。

（何んだよう、行き止まりかよ）

　ぶつぶつと独り言が出たが、首を伸ばせば、滝の先に道が続いていた。滝の裏側に回れる道があるのかも知れない。眼を凝《こ》らすと、連が予想した通り、滝の裏側に隙間があり、洞穴《ほらあな》が見えた。僅か五十センチほどの幅の狭い所を連は慎重にマウンテン・バイクを押して進んだ。水のしぶきが顔に掛かった。しかし、中へ入ると、洞穴は存外に奥行きがあり、大人が立って歩けるほどだ。滝の裏側の景色など、生まれて初めてのことだったので、連は、しばし足を止め、マウンテン・バイクを洞穴の壁に寄せると、腰に両手を当てて不思議な景色を眺めた。手を伸ばし、滝の水を掬《すく》って飲んだ。冷たくてうまい。

(これが本当のミネラル・ウォーターだ)

連はほくそ笑むと、先を急ぐため、マウンテン・バイクのハンドルを摑《つか》もうとした。その時、足許《あしもと》が掬われた。いや、洞穴全体が大きく揺れていた。地震だと思う間もなく、連の足許にマンホールのようなものが、ぱっくりと口を開け、両足がその中に吸い込まれたのだ。

土や岩の感覚が全くない、のっぺらぼうの穴の中を連は高速で滑り落ちて行った。

連は悲鳴を上げながら、それでも手足は必死に、どこか取っ掛かりはないものかと探していた。

二

何んだか黴《かび》くさい臭いがした。いや、汗くさいのだろうか。風呂《ふろ》に入らない者が撒《ま》き散らす腐臭にも似ている。

薄目を開けると、農家のような家の中だった。助かったのだ。そう思うと安堵《あんど》の涙がこぼれた。

「気がつかれましたか」

若い女性の声がした。半身を起こすと、身体の節々が悲鳴を上げた。無理もない。滝の裏側にあった穴に落ちてしまったのだから。

「すみません。ご迷惑をお掛けしました」

連は慌てて涙を拭い、声のした方を振り返った。絣《かすり》の着物の上に黒い襟《えり》を掛けた袖《そで》なしを重ねた娘が連を見てにこりと笑った。髪をアップに結い上げている。着物姿だから、そんな髪形をしていても不思議ではないのだが、連は奇妙な気分だった。その娘は酔狂《すいきょう》で着物姿をしているとは思えなかったからだ。つまり、あまりにも様《さま》になっていた。

「ちゃんと言葉が喋《しゃべ》れるのですね。あたしも兄も異人《いじん》(外国人)さんかと思いましたもので、もしかして言葉が通じないかと心配していたのですよ」

「おれは滝の裏にある洞穴に入り、その中にあった穴に落ちてしまったんですよ。それからのことは何も覚えていません」

連は低い声で言った。

「青川《あおかわ》にある明神滝《みようじんだき》のことですね。あそこはとても危ない所なので、村の人でも滅多に近寄らないのですよ。どうしてあんな所に？」

娘は湯呑《ゆのみ》を勧めながら訊いた。

「道に迷ったんですよ。川を渡る橋を探していたら滝に出たんです。滝の裏側に道がついていたので、先に進めると思い、中へ入ったんです」

「滝の裏側に洞穴があるなんて、初耳ですよ。この村の人でも、そんなことを言った人はおりませんよ。お客様はお坊様ですか」

娘は無邪気に訊く。頭を丸めているからと言って、寺の僧侶かと訊いた者はいなかったので、連は面喰らった。

「違いますよ」

むっとした声になった。

「それじゃ、お武家《ぶけ》様ですか」

(何んだって？)

連は、まじまじと娘の顔を見た。

「ごめんなさい。余計なことをお訊《たず》ねして。どうぞ、薬湯《やくとう》をお飲みになって下さいまし。元気が出ますから」

「すいません」

ごつごつした手触りの湯呑の中身をひと口飲んで、連は咽《む》せた。恐ろしく苦かった。

「お口に合わなかったでしょうか」

娘は心配そうに連の顔を覗《のぞ》き込む。頬《ほお》がりんごのように赤い。近頃、そんな頬をした若い娘は見たことがない。何気なく眼についた娘の素足は、踵《かかと》が角質で白くなっている。

フット・ケアもしていないようだ。ついでに節くれ立った手も荒れていた。

「薬湯は飲んだことがないので、ちょっと勝手が違って……すみません」

「いえ、よろしいのですよ。ご無理をなさらずに」

娘はそう言って、湯呑を囲炉裏《いろり》の縁《ふち》に置くと、急須《きゅうす》の蓋《ふた》を取り、塗り物の茶筒に入った茶の葉を入れた。

それから傍《かたわ》らの火鉢に載せてあった鉄瓶を着物の袖でくるむようにして持ち上げると湯を注いだ。娘が別の湯呑に淹《い》れてくれたのは普通のほうじ茶だったので、今度は連も飲むことができた。囲炉裏には天井から先端に鉤《かぎ》のついた竿竹《さおだけ》が下がっている。その鉤に木の蓋をした鉄鍋《てつなべ》が掛かっていた。さっきから醬油《しょうゆ》だしのいい匂いがすると思ったら、その鍋のせいだった。

連は朝にあんぱんを食べたきりだったので、途端に空腹を覚えた。娘は時々、鍋の蓋を開け、木のおたまで中を掻《か》き回した。

「じきに兄が戻って参ります。それから晩ごはんに致しますので」

娘は鍋に蓋をすると連にそう言った。

「いえ、助けていただいた上に晩めしまでご馳走《ちそう》になっては申し訳ありません。お兄さんが戻りましたら失礼致します」

連は遠慮して言った。身体はまだ痛かったが何んとか歩けそうだ。滝に戻って東京に帰らなければならない。

「夜道は危のうございます。今夜はむさ苦しい所ではございますが、こちらへお泊まり下さいませ」

「しかし……」

「この村には旅籠《はたご》もございません。袖擦り合うも他生《たしょう》の縁という諺《ことわざ》もございますから、ご遠慮なくお泊まり下さいまし」

「弱ったなあ」

連は坊主頭をガリガリと掻いた。改めて家の中を見回すと、全くの古民家だった。

連が寝かされていた部屋は茶の間のようで、座敷から一段下りた場所が台所になっている。よく見ると、台所の床は赤土の土間だった。

雑誌でしか見たことがない竈《かまど》も設《しつら》えてある。

流しは木製で、横にこげ茶色の大きな水甕《みずがめ》が置いてあった。水道も引いていないようだ。

そればかりでなく、娘は部屋の中が暗くなっても電灯を点《つ》けようとしない。

連は煤《すす》で真っ黒になった天井を見上げた。そして、少し驚いた。電灯らしいものも見当たらなかった。ここは（それも雑誌から得た知識だったが）「かくれ里」ではあるまいかと思った。昔ながらの暮らしを頑《かたく》なに守り続ける人々が住む場所のことだ。平家の落人《おちうど》伝説も、かくれ里にはつきものだ。

「あの、電話をお借りできますか」

夕闇が迫ると、連は途端に会社のことを思って落ち着かなくなった。ともかく、今日中に連絡を入れて、明日は出社が無理なことを伝えなければならない。マウンテン・バイクで転んで軽い怪我をしたと言えば納得してくれるだろう。

台所にいた娘は振り向くと、「でんわなる物はこの家にございません」と応《こた》えた。

携帯電話は持っているが、それはマウンテン・バイクのハンドルに取り付けている小物入れの中だ。ついでに財布も一緒だった。

時刻を確認しようとしたが、手首のダイバーズ・ウオッチはなかった。穴に落ちた拍子に外れてしまったのだろう。それにしては、ブレスレットがそのままなのが不思議だった。連は次第に焦り出した。連がここにいることを誰も知らないのだ。明日、連の無断欠勤を知った課長が苦々しい表情をするのが眼に見えるようだった。

やがて、台所の近くにある戸が開き、野良着《のらぎ》姿の背の低い男が入って来た。それが娘の兄なのだろう。男は起きている連を見て安心したように笑い、頭に被っていた手拭いを取った。

連はその途端、「げッ」という妙な声が出た。男の髪形が妙だった。長髪を束ね、後頭部に細い紐《ひも》で結わえ、額から前頭部に掛けては剃《そ》り上げている。連の友人の中にも長髪にしている者がいたが、目の前の男の髪形は、それとも違う。おまけに農作業で風に吹かれたせいで、ほつれ毛が目立った。

「お元気になられたようで」

男は連の思惑をよそに穏やかな声を掛けた。

もの言いは丁寧だ。そういう頭で、そういう恰好ならば、ベタな方言の方がふさわしい気がした。

「見ず知らずの方にご迷惑をお掛けしました」

連は律儀に礼を述べたが、心臓はどきどきと音を立てている。男の眼は、こちらの胸の内を見透かすように鋭かった。陽灼《ひや》けした顔には無精髭《ぶしょうひげ》が疎《まば》らに生えている。がっちりした鼻、厚い唇も連を圧倒した。顔というより面構《つらがま》えと言う方が合っている。三十五、六歳の男だった。

「兄さん、手と顔を洗って」

娘は包丁を使いながら言った。

「そ、そうだな。汚い顔をしていてはお客様にご無礼だ」

男はそう言って、外に出て行った。近くに井戸があるらしい。連は寝ていた蒲団《ふとん》を畳んだ。

「お構いなく」

娘は慌てて制した。

「いえ、これぐらい何んでもありませんよ」

「殿方がそのようなことをなさってはいけません」

娘は咎《とが》めるように言った。それでも連は蒲団を部屋の隅へ片づけ、囲炉裏の傍に膝《ひざ》頭《がしら》を摑んで正座した。娘の兄と話をしなければならないと思うと緊張した。

連は迷彩服の上下を着ていたのだが、上着は脱がされて、上は丸首のTシャツだけだった。夕方になると気温が下がってきたようで、連は少し寒かった。

娘は食器と沢庵《たくあん》の入った丼《どんぶり》を運ぶと、奥の部屋から綿入れ半纏《ばんてん》を持って来て、連に着せた。紺色のごわごわする肌触りの半纏だった。

「すみません」

連はこくりと頭を下げた。

「すみませんばかりですね」

娘は悪戯っぽく笑った。やがて男が戻って来ると、藁で編んだ円座の上に胡坐をかいた。連にも円座を勧める。

「手前、時次郎《ときじろう》と申します。こちらは妹のさなでございます」

男は重々しく口を開いた。

「大森連と申します。この度は色々お世話になりました」

連は畏《かしこ》まって頭を下げた。

「いやいや。どうぞ膝を崩して下さいませ。何もないあばら家でございますが、わが家とお思いになり、ごゆるりとお過ごし下さいませ」

「は、はあ。しかし、おれは明日、勤めがありますので、なるべく早く戻りたいのです。いえ、本当は今夜中に戻らなければならなかったのです」

連は早口に言った。

「兄さん、明神滝の裏側に洞穴があるのだそうですよ。その中へ入ると、大きな穴があって、大森様はそこへ落ちて気を失われたのですよ」

さなは湯呑を連と時次郎の前に置き、徳利《とっくり》に入った濁り酒を注ぎながら口を挟んだ。

「どうしてまた、滝の裏側などに行かれたのですか」

時次郎は不思議そうに訊く。

「小仏峠で道に迷ったんです。気がつくと滝のある所に出てしまいました」

「はて、それは解《げ》せませんな。小仏峠には関所がありますから、迷うはずはないのですが」

（関所だって？）

連は胸の中で呟《つぶや》いた。意味がわからない。

「どうぞ、やって下さい」

時次郎は濁り酒を勧める。ひと口飲んで、連は顔をしかめた。かなりの度数がありそうな酒だった。きつい。

「お口に合いませんかな」

時次郎は心配そうに訊く。

「いえ……」

少しずつなら何んとか飲めそうだ。連はもともと日本酒が苦手でビール党だったが、この家の様子からビールは望めそうもない。

「荷物は何もお持ちではないご様子ですが」

時次郎は慎重に言葉を選んで話を続けるが、探るような感じもあった。

「ですから、荷物も滝の傍に置いたままです」

「それはお困りでしょう。明日にでもそちらへ行ってみましょうか」

「道案内していただけるのなら助かります。そこから自分の家に戻ります」

「手形はお持ちでしょうな。小仏峠に戻られるのなら、関所を通る時、手形の改めがありますぞ」

「この辺りでは未《いま》だに手形がいるのですか」

連は不審を感じつつも訊いた。

「旅には手形がつきものです。まさか大森様は手形を所持しておられぬということは、ありますまいな」

「連と呼んで下さい。年上の時次郎さんから大森様と呼ばれるのは、ちょっと落ち着きませんよ」

連は取り繕うように笑いながら言った。時次郎は笑わなかった。

「苗字《みょうじ》をお持ちなのですから、そこそこのお方とお見受け致します」

「苗字のない人はおりませんよ。馬鹿なことは言わないで下さい」

そう言うと、時次郎はさなと顔を見合わせ、しばらく黙った。居心地の悪い沈黙が続いた。

「どちらからおいでになりました」

時次郎は、ようやく口を開いた。

「東京です」

「……」

「東京もご存じありませんか」

その辺りから、連はざわざわと悪寒を覚え始めていた。何かがおかしい、何かが違っていると。それを確かめるのが怖かった。

「とうきょなる場所は存じません」

時次郎は憮然《ぶぜん》とした表情で応えた。

「ここは何んという村ですか」

「武蔵国中郡青畑村《むさしのくになかごおりあおはたむら》にございます」

（武蔵国だと。今時、そんな呼び方をするものか）

「東京をご存じないとしたら……それじゃ、江戸をご存じですか」

連は試しに訊いた。その拍子に時次郎の表情が和らいだ。

「もちろん、江戸は存じております。この村から二十里東にございます」

時次郎は張り切って応えた。二十里。その時、連は一里が何キロか、すぐには判断できなかった。しばらくしてから、一里が約四キロだと思い出し、頭の中で計算して、青畑村が東京から八十キロほど離れた場所にあるのだとわかった。

「手前どもは、大森様を決して怪しい者とは思っておりませんが、しかし、人相風体《にんそうふうてい》には、いささか奇異なところがございます。詳しい話をお聞かせ願えませんでしょうか」

時次郎はおそるおそるという感じで続けた。

「おれはどうやら違う世界に紛《まぎ》れ込んだようです」

連は独り言のように呟いた。そう考えるしかない。

「とおっしゃいますと？」

時次郎は連の話を急《せ》かす。さなは黙って酌をする。酒のあては沢庵のみ。連は二杯目の濁り酒を口にしていた。

「まだ、はっきりしたことは言えません。確かめなければならないことがありますので。でも、このまま家に戻れないとしたら、今のおれの考えが当たっていることになります。どうも、あなた方は、おれの住んでいる世界と、違う尺度で生きておられるような気がしてなりません」

「戻れないとしたら、どうなさるおつもりですか」

「さあ……」

「いずれ大森様のことは村の噂に上りましょう。噂が拡まれば代官屋敷から役人が訪れ、悪くすればお取り調べを受ける事態となります」

「おれは犯罪者ではありませんよ」

連は思わず声を荒らげた。犯罪者という言葉は通じたようだ。

「わかっております。手前はこれでも人を見る眼はございます。お話を伺い、不逞《ふてい》の輩《やから》でないことは確信致しました。問題はこの先のことですよ」

時次郎がそう言うと、さなは囲炉裏の鍋の蓋を取った。湯気が盛大に上がった。

「そろそろごはんになされば？」

鍋の中は雑炊らしかった。時次郎は肯《うなず》いて湯呑を置いた。椀《わん》によそった雑炊には里芋や竹の子、蕨《わらび》などが入っていた。

（スロー・フードだな）

連はつまらないことを胸で呟いた。

三

時次郎は翌朝、明神滝へ行く連に同行してくれた。さなは出かける時、村人に出くわして不審の念を抱かれては大変だと、連に継《つ》ぎの当たった野良着を着せ、頭には手拭いを被れと言った。頬被りだ。こんな恰好はいただけないと思ったが、人に不審感を覚えさせないためだから仕方がなかった。足許は白い鼻緒の草履だった。

「背がお高いですな」

時次郎は歩きながら、感心したように連を見上げた。時次郎は百五十センチそこそこしかないように見える。

「百七十六センチですよ。でも、この頃は百八十を超える奴がざらにおりますよ」

「……」

時次郎が黙ったので、連は、はっと気がついた。メートル法は通じないようだ。一尺は三十センチちょっとと覚えていたので、割り算して「五尺と七、八寸ですか」と言った。

「大男です」

時次郎は、ようやく笑ってくれた。

時次郎は達者な足取りで川沿いの道を進んだが、橋はなかなか見えてこなかった。

青川の上流まで行くと、ごつごつした岩が目立った。時次郎は川岸に下りて、岩伝いに川を渡ろうとした。

「橋はないのですか」

連は後ろから続きながら訊いた。

「橋を架けても、洪水になると流されてしまいますよ。この辺りは浅瀬ですから大丈夫ですよ」

時次郎は屈託なく言う。岩は滑《すべ》りやすかった。ふらつきながら何んとか向こう岸に渡ると、時次郎は、今度は来た時とは逆の方向へ進む。明神滝までは、それからかなりの距離があった。

ようやく滝の傍に辿り着くと、時次郎は岩場に足を掛け、するすると登り始めた。

「手前の進む通りについて来て下さい」

「はい」

思わぬ所でロック・クライミングを体験することになった。高さ三十メートルほどの岩場だが、落ちたら、もちろん命の保証はない。

滝の中間辺りから草が生えていて、連が昨日確認していたように、あるかなしかの道があった。

「この道は行者《ぎょうじゃ》さんでも歩いた跡でしょうか。手前もここへ来るのは初めてです」

時次郎は息を整えて言った。

「しかし……」

時次郎は、そう続けて黙った。連は滝を覗き込んだ。滝の裏側など、どこを探してもなかった。あれは夢だったのだろうか。

連は洟を啜り上げるような息をした。何んと言っていいのかわからなかった。

「これで諦《あきら》めがつきましたでしょう」

時次郎は慰めるように言った。

「おれは……どうしたらいいんだ。訳がわからなくなった」

連は思わず咽《むせ》んだ。絶望的な気持ちに襲われていた。滝の裏側に入り、そこに愛車のマウンテン・バイクさえあったら、それに乗って、元来た道を戻り、小仏峠からまっすぐ東京へ帰れたのだ。頼みの綱のマウンテン・バイクも消え、連は過去の時代のようなこの村に取り残された。そうだ、まさしく連は過去の時代に紛れ込んでしまったのだ。

また上流へ戻り、川を渡ると、二人はさなの待つ家に歩みを進めた。

「時次郎さん。おれはどこに倒れていたのですか」

少し落ち着くと、連は低い声で訊いた。

「覚えていらっしゃいませんか」

「ええ」

「田圃の真ん中ですよ」

「えぇッ?」

「明神滝の洞穴の穴……ややこしいですな。そこから落ちたとすれば、青川に放り出されるか、川岸に倒れていそうなものですが、連さんは、青川から三町も離れた田圃の中に倒れていたのですよ。それがまず、手前には解せないことだったのです」

三町という距離もどれ位なのかわからなかったが、かなり離れた場所であることは察しがついた。

「その田圃は時次郎さんの持ち物だったのですね」

「持ち物だなど、とんでもない。青畑村は松平伝八郎《まつだいらでんぱちろう》様というお旗本《はたもと》のご領地でございます。毎年、ここで穫《と》れる米を年貢《ねんぐ》として納めております」

そういう話に、連は、もはやいちいち驚かなくなった。慣れとは恐ろしい。

「時次郎さん、お願いがあります」

連は改まった口調で言った。東京へ戻れないとすれば、時次郎の家に厄介になるしか道はなかった。

「はい、何んでしょう」

「しばらく、お宅に置いて下さい。もちろん、時次郎さんの仕事は手伝います……と言っても、大して役に立たないかも知れませんが。あ、それから、これを受け取って下さい」

連は腕のブレスレットを外した。

「銀でできております。質屋かどこかへ持って行けば、少しはお金になると思います」

「さようなお気遣いは無用です。手前は金ほしさで連さんに宿を貸しているのではありませんから」

時次郎は厳しい声で言った。

「しかし、一宿一飯《いっしゅくいっぱん》の恩義ということもあります」

「よい言葉をご存じですな。手前どもの家に、いつまでいらっしゃっても構いません。お手伝いしていただけるのなら、ご好意に甘えましょう。しかし、金銭やお手持ちの物をいただく訳には参りません」

「そうですか……失礼致しました。お言葉に甘えてご厄介になります。よろしくお願い致します」

「どうぞ、どうぞ。しかし、連さんは手前どもとは違った世界をご存じのようだ。長《なが》逗留《とうりゅう》になりそうなので、ぽつぽつ語って聞かせては下さいませんか。手前はこのような片田舎の百姓です。世間のことは何も存じませせぬ。色々、ご教示いただければ幸いでございます」

「話しても……いいのかな」

連は道を歩きながら独り言のように呟く。道端に生えている雑草も、木々の緑も、連が日頃見るそれとは勝手が違って見える。緑色が深い。

江戸時代の人々に、現代の日本のあり様を本当に話してよいものか、連はためらう。

「時次郎さん。おれの話を信じますか」

そう言った連を、時次郎は怪訝そうに見つめた。

「信じておりますよ」

「おれが遠い未来の時代から来た人間だとしたら、どうです？」

そういう言い方が、今の連と時次郎の間ではふさわしい気がした。

「何をおっしゃることやら」

時次郎は埒《らち》もないという表情で笑った。

（ほら、やっぱり信じちゃいない）

連は胸で独りごちた。

「明日から、連さんができることをなさって下さい。水汲《みずく》みでも薪割《まきわ》りでも、野良仕事でも」

時次郎は、連が穴に落ちた衝撃から、まだ立ち直っておらず、世迷言《よまいごと》を喋っていると思っていたようだ。子供をあやすような口調で言った。

「おいおいに覚えてゆきます」

「ありがとう存じます」

時次郎は、いかつい顔をほころばせた。

会社では今頃、連の無断欠勤に不審の念を覚え、同僚が様子を見に行っているだろうか。マンションの管理人に部屋を開けさせても、連の手懸かりは摑めない。マンションの住人の誰かが、そう言えば、何日か前朝早く自転車で出かけたようだと伝えるかも知れない。一週間も消息が途絶えれば、両親へ連絡が行き、警察に捜索願が出されるだろう。事件に巻き込まれた可能性があると、新聞の記事になるかも知れない。茜はそれを見てどう思うだろう。自分のせいだと悔やむだろうか。自分がついていたなら、こんなことにはならなかったと。

様々な憶測《おくそく》が、しばらく連を捉《とら》えて離さなかった。

朝は庭の井戸から水を汲み、台所の水甕に運んだ。水汲みは結構、重労働なので、さなは大層助かると、お世辞でもなく言う。

水汲みが済むと、薪割りをした。時次郎の知り合いの木こりが、時々、大八車《だいはちぐるま》で薪を運んできてくれる。それだけでは使い勝手が悪いので、さらに鉞《まさかり》で小さく割るのだ。割った薪は台所の外の壁際にきれいに積んで並べた。

最初はうまく割れなかったが、コツを摑んでからはスムーズに割れるようになった。

「気合だ」

おっさんプロレスラーの言葉を呟きながら連は薪割りをした。

さなは午前中、家の中のことをすると、昼の弁当を時次郎に届ける。そのついでに田圃や畑を少し手伝っているようだ。

自分で決めた薪割りのノルマをこなすと、連は竹箒《たけぼうき》で庭の掃除をする。家の前を通り過ぎる村人が見慣れない顔の連に不思議そうな視線を向ける。

「こんにちは」

気軽に声を掛けるが、逃げるように行ってしまう。村人に溶け込むには、まだまだ時間が掛かりそうだ。

さなは連の昼めしに、にぎりめしを拵《こしら》えて置いてゆく。雑穀の交じったにぎりめしだ。白米の嵩《かさ》を増やすために雑穀を入れているのだろうが、近頃日本では健康のために、わざわざ雑穀ごはんを炊いている。それを考えると複雑な気がした。

昼は大抵一人だった。沢庵を噛《か》むかりこりとした音が、やけに耳に響く。思えば、自分はどれほど騒音に取り巻かれていたのだろうか。冷蔵庫のモーター音、掛け時計の音、テレビ、ラジオ、外から聞こえる自動車の音、などなど。

この村では、夜は全くの無音状態だ。夜のしじまという言葉が実感できる。静寂がじーんという耳鳴りのように聞こえるほどだ。星が手の届きそうなほど近くに見える。少々、近視の傾向がある連は、ここへ来て眼がよくなったように感じていた。

昼めしを食べていると、外から子供達のうたう声が聞こえた。

連も知っている「通りゃんせ」だった。連は思わず耳をそばだてた。

通りゃんせ、通りゃんせ
ここはどこの細道じゃ

天神様の細道じゃ
ちいっと通して下しゃんせ
手形のない者、通しゃせぬ……

「手形のない者……」
連は子供達のうたう歌詞を呟いて絶句した。御用のない者ではなく、この辺りでは手形のない者とうたわれているのだった。
いかにも自分には手形がない。それがどんな意味を持つのか、連は、その時、はっきりと実感した。連は、ここでは、さなが言ったように異人なのだ。無宿者の異人。

この子の七つのお祝いに
お札《ふだ》を納めにまいります
行きはよいよい
帰りは怖い
怖いながらも、通りゃんせ、通りゃんせ

雑穀の入ったにぎりめしはこぼれやすい。

連は泣きながら、にぎりめしを頬張った。過去の時代を通ってしまった連の帰りは怖い。

いや、帰りたいのに帰れない。

連の膝にめし粒が盛大にこぼれた。それでも連は、泣きながらにぎりめしを頬張るのをやめなかった。

にぎりめしの味と、熱い涙の感触が、その時の連にとって、生きている確かな証《あかし》だったからだ。

四

日本全国には数多くの行方不明者がいる。

自らの意志で所在を消してしまう者もいれば、何んらかの事件に巻き込まれた可能性のある者もいる。何んらかの事件とは、殺されてどこか知らない山奥に埋められているとか、拉致《らち》されて外国に連れて行かれたとか、また（これは極端な例だが）不慮の事故に遭《あ》い、記憶を喪失したまま別の人生を送っているとかである。

大森連が北海道から東京へ転勤になった時、都内には、やけにホームレスの姿が目についた。それは北海道の比ではなかった。上野公園には青いシートで居住スペースを作ったテント村ごときものまでできていた。東京という街には、とんでもない金持ちがいる一方、そうした根無し草のような暮らしをする者も多くいるのだ。

どうしてこのような人間が増えたのかと会社の同僚に訊《き》くと、おおかたは地方から出稼ぎに来ていた者が病気や怪我で働けなくなり、帰りの交通費もままならず、ずるずると東京に居続けた結果だろうと応《こた》えた。つまり彼らは、望んだことではないにせよ、自ら所在を不明にしている者達なのだ。

その他に行方不明の理由として考えられるのは「神隠《かみかく》し」と昔から呼ばれるものがある。さして理由もないのに、ある日、ふっと姿が見えなくなる。身の周りの品を持ち出した様子も感じられないし、何か悩みを抱えていた様子もない。本当に風のように消えてしまうのだ。

連は家族や勤めていた会社の人間からは、まさに神隠しに遭った者だと思われているに違いない。現代社会においては、連の行方を知る手懸かりは何ひとつとしてないからだ。

連自身も自分の身に起きたことに理由をつけようとしたが、時空（時間と空間を結びつけたもの）を超えて、ある日突然、過去の時代に紛《まぎ》れ込んでしまったとしか言いようがなかった。自分と同じ運命を辿《たど》る者が、この日本には、いや世界には他にもいるのかも知れないと、連は思うようになった。そうでなければ神隠しなどという言葉は生まれるはずがないのだ。

武蔵国中郡青畑村に来て、最初の一週間ほどはひどく落ち着かなかった。その間に戻ることができれば、会社の課長は渋い表情をしながらも、これからは気をつけろよ、ぐらいで済ませるはずだ。気になるのは有給明けに訪問を約束していた顧客《こきゃく》が何人かいたことだ。顧客は現れない連をいい加減な奴だと腹を立てているに違いない。文句の電話が会社に掛かり、課長が平身低頭して謝る姿も目に見えるようだ。

「大森はどうした、大森は」

課長は電話を置くと怒鳴るように周りへ訊くだろう。

「携帯に掛けても出ないんですよ」

同僚がため息交じりに応え、なおも連の携帯電話にコールする。しかし、途中で留守電に切り替わる音声が空しく流れるだけだ。

もはや実家にも連絡が行ったかも知れない。母親は慌てて飛行機に乗り、上京しただろうか。マンションに着いて、初めて息子の部屋に入るのだ。

カーペットを敷いた十畳のダイニング・キッチンにはテレビ、オーディオのコンポ、小さなガラス・テーブルが置いてある。流しに近い方には冷蔵庫と電子レンジ。六畳間のベッド・ルームにある作りつけのクローゼットにはダーク・スーツとトレーナーやセーターが入っている。もうひとつの四畳半の部屋は段ボールやガラクタが放り込まれている。いかにも独り者の男性が暮らしているという殺風景な住まいだ。テーブルの上の買い置きの食パンは、そろそろ青カビが生えているだろう。母親はそれを見て泣くかも知れない。つまらないことで笑ったり泣いたりする女だ。しかし、連が突然いなくなる理由には全く心当たりがないのだ。

母さん、おれだって好きで行方不明になった訳じゃないよ。これは事故なんだ。防ぎようのない事故なんだよ。もうすぐ母の日だから、今年はコーヒー好きのあんたのためにウェッジ・ウッドのマグ・カップを買ったよ。ワイルド・ストロベリーと蝶々《ちょうちょう》の柄《がら》のある可愛い物さ。お店の人にセンスよく梱包《こんぽう》して貰《もら》い、カードも添えているよ。気づいてくれるだろうか。泣かないでね、母さん。おれは、あんたの泣いた顔は嫌いだから。あんたが泣くとマスカラが剝《は》げて、眼の下に黒いゴミがついてるように見えるよ。

母さんだけさ、おれの味方は。今、しみじみ思うよ。幸運にも元の世界に戻れたら、親孝行するからね。その可能性は少ないけれど、できるだけのことはするつもりだよ。よしんば、あんたと再び逢《あ》えなかったとしても、圭《けい》（弟）と唯《ゆい》（妹）がいるから、さほど寂しくないと思う。すまないね、母さん。こんなおれを許してくれ……。

連は母親のことを思うと、自然に目頭が熱くなった。だが、もはや肚《はら》を括《くく》るしかない。じたばたしても仕方がないのだという気持ちにもなっていた。

会社の先輩で大阪出身の男がいた。彼の口癖は「しゃあないやんけ」だった。車の渋滞に巻き込まれ、顧客との約束の時間に間に合わず契約が反故《ほご》になった時など、彼は決まってその口癖を呟《つぶや》いた。課長はそれでもくどくどと小言を並べる。すると、横から北海道出身の先輩が課長へ当てつけるように「しっどい！」と声を荒らげた。ひどいではなく、しっどいである。その言葉は課長を黙らせる効果があった。いつの間にか、この二人の口癖は社内でも流行し、棚卸《たなおろ》しで食事もろくに摂《と》れず仕事に追われる時など、連も「しっどい！」と「しゃあないやんけ」を繰り返したものだ。

青畑村にいる連は、日に何度もその言葉を知らずに呟いていたらしい。さなは怪訝《けげん》な表情で「連さん、何がしっどいの？　何がしゃあないやんけなの？」と無邪気に訊いた。

「いや、それはこっちのことで、さなさんが気にすることはありませんよ」と、連は取り繕《つくろ》うように応えた。

日中の連はさなと時次郎を手伝い、農作業や雑用をこなしていたが、夜、蒲団《ふとん》に入ると決まって自分の身に起きたことについて、あれこれと思いをめぐらせた。科学的に分析できれば、元の世界に戻る方法が見つかるかも知れないと微《かす》かな望みを抱いていたからだ。

いわゆるタイム・スリップを経験するためには、タイム・マシンが必要になるだろう。

だがそれは、日本はもちろん、世界でも未だ作られてはいない。タイム・マシンは光速を超えるスピードを必要とするからだ。現代の技術では残念ながら、それは不可能なことである。

連は高校時代、同級生とタイム・スリップについて結構専門的に話し合ったことがあった。同級生の坂本賢介《さかもとけんすけ》は数学と物理が得意で、この二科目に関して常に校内でもトップだった。科学に関する知識も豊富で、連は教えられることが多かった。賢介が話してくれた内容には、そのタイム・スリップも含まれていた。連がかなり興味を持って聞いたのは、いずれ自分の身に降り掛かることを、どこかで予感していたせいだろうか。わからない。

タイム・マシンをおとぎ話ではなく、学術的な理論として発表したのはアメリカの相対論学者であるキップ・ソープ氏だ。氏はカリフォルニア工科大学で研究を進め、ワーム・ホールを使ったタイム・マシンを考えた。一九八八年のことだった。

ワーム・ホール——虫食い穴のトンネルという意味である。U字型のチューブを想像するとわかりやすい。真ん中のへこんだ部分は時空の異なる場所を繋《つな》いだものである。相対論では「運動している時計は、止まっている時計に比べ、ゆっくりと進む」という考え方があるそうだ。それで、U字型のチューブの片方の入り口を光速に近いスピードで動かして元に戻した時、もう一方のチューブの入り口と時間のずれができる。もう一方は時間が速く経過しているし、光速で動かした入り口は、それよりも遅く時間が経過している。

もう一方の入り口の近くにいた者が、動かした方の入り口へ移動（この時、チューブの中は通らない）して、動かした方の入り口からチューブを抜けて元の入り口に戻れば、チューブ中の時空は繋がっているので、移動する前の時間より過去の時間へ戻ることができるのだ。

連の場合、明神滝の裏側にある洞穴《ほらあな》に、そのU字型のチューブの入り口ができ、時次郎が働いていた田圃《たんぼ》の真ん中に、もう片方の入り口ができて、タイム・スリップしたことになる。

しかし、こうしたことは理論上可能であっても、腑《ふ》に落ちないことが多々あった。

連は明神滝の洞穴にできたワーム・ホールに落ちた記憶はあるが、田圃から抜け出た記憶はない。気を失っていたせいだ。時次郎は大八車《だいはちぐるま》で連を家まで運んだという。後で時次郎に連れられて倒れていた場所に行ってみたが、そこは青々とした稲の苗《なえ》が風にそよいでいるだけで、ワーム・ホールらしきものの痕跡《こんせき》を認めることはできなかった。

改めて現代社会を振り返ると飛行機や新幹線も、ある意味ではタイム・マシンだと連は思う。飛行機で午前中に北海道を離陸すれば、一時間半ほどで東京へ到着する。短い搭乗時間でも疲れを覚えることがある。

疲れは、時間ではなく距離によるものだと言う者もいた。

それから新幹線だ。今まで途中で通るトンネルのことなど、特に意識したことはなかった。だけど、あれだってワーム・ホールかも知れない。東北新幹線に乗っていると、トンネルに入る前は雪景色だったものが、出た途端に一面の花畑になったりすることがある。

もしかして、ふと時空を超えて、どこか別の世界に行ってしまわないとも限らない。だが、新幹線の利用客は、万が一にもそんなことになるとは考えない。連は青畑村に来てからトンネルの存在が怖いと思うようになった。

青畑村はのどかな田園地帯の村である。

青い山々が村を取り囲み、天気のよい日は遠くに富士山が見えた。緑の田圃と茅葺《かやぶ》きの家が点在し、田圃の横に付いている街道を旅人や飛脚《ひきゃく》、駕籠《かご》が行き交う。街道と言っても、少し広い畦道《あぜみち》のようなものだ。

日本は道路を整備することにより、日々発展してきたのだと改めて思う。人の足で踏み固められた道は風が吹けば埃《ほこり》を舞い上げ、雨が降ればぬかるんだ。その道をずっと東へ向かえば連の住んでいる東京になるのだが、そこは東京ではなく、江戸という未知の場所だ。

行ったところで、しゃあないやんけ、だった。しっどい！

五

さなの兄の時次郎は、青畑村では人望があった。村人は何か困り事があると時次郎に相談した。時次郎は丁寧に話を聞き、解決策をあれこれと考えてやる。村人は夜が明けたような顔で帰って行く。

青畑村の百姓は五人組を組織していた。近所の五世帯が一緒になって年貢を納めている。

また、五人組の中で不始末をしでかす者がいたら他の四人も同様に責任を問われた。それは、百姓を田圃に縛《しば》りつけるためのお上《かみ》の策であったかも知れない。お上とは代官のことを指し、さらに徳川幕府でもあっただろう。

五人組は月に一度、寄合《よりあい》を持った。そこで田圃や畑の状況を話し合う。場所によって作物のできに差がつくと、多く収穫した家は、不足のある家の補助をすることになる。労働力も、男手の多い家と、そうでない家とあるから、こちらも助け合って春の田植えや秋の刈り入れをするのだ。

とは言え、村人の中には利口な人間もいれば狡猾《こうかつ》な人間もいる。自分の家の手伝いをして貰っても、理由をつけて他の家の手伝いを断る者もいた。回が重なれば五人組の他の四人は当然文句を言う。素直に謝るならば大事ないが、中には開き直る者がいた。そういう時は、庄屋《しょうや》の家に苦情が持ち込まれる。庄屋は村を束ねる長《おさ》だった。名主《なぬし》とも言う。

どうしても態度を改めようとしない者は、「村八分《むらはちぶ》」の処分をされる。村八分は耳で聞いている内は、どこか牧歌的で滑稽《こっけい》なイメージだが、中身はどうしてどうして恐ろしい罰だった。

「村八分の意味をご存じですか」

時次郎は試すように連に訊いた。夕食時は、連は濁り酒を飲みながら時次郎と話をするのがもっぱらだった。朝と昼は仕事があるので必要なことしか時次郎は言わない。

一日田圃や畑で仕事をし、夕方、陽《ひ》が沈むと、時次郎は家に戻る。風呂《ふろ》を立てるのは週に一度ぐらいなもので、普段は井戸で手足を洗い、汗を拭《ぬぐ》うだけである。

この風呂やトイレに慣れるのも連にはひと苦労だった。風呂は納屋の横にあって、いわゆる五右衛門《ごえもん》風呂というものである。大きな鉄製の釜《かま》があり、下から薪《まき》で熱する。それだけでは足を火傷《やけど》してしまうので、湯舟に浮かせている簀子《すのこ》を沈めて入るのだ。石鹸《せっけん》もないし、シャンプーやリンスもない。あるのはさなが作った糠袋《ぬかぶくろ》である。木綿の袋に糠を入れたものだ。こんなものできれいになるものかと思っていたが、さなに教えられた通り、手拭いで垢《あか》を擦《こす》った後に使うと、肌がすべすべになった。

洗い場に敷いた簀子はぬるぬるして気持ちが悪かったが、我慢するしかなかった。

トイレは最悪だった。やはり、納屋の近くにあり、まるで掘《ほ》っ立《た》て小屋だった。床に用を足す穴が穿《うが》ってあり、最初はひどい臭いで連の眼がしょぼしょぼした。便槽には白いうじが蠢《うごめ》いているのが見えた。

さなは時々、汲《く》み取り口から専用の柄《え》の長い柄杓《ひしやく》で汲み、畑に撒《ま》いた。その時の臭いは筆舌に尽くし難かった。連は、そこで用を足すことができず、もっぱら樹木の陰だった。すると時次郎は、どうせなら、畑の中で用を足せと言った。人目のある畑の真ん中で尻《しり》を丸出しにするなんて真っ平だと思ったが、この時代、化学肥料がなかったので、人や動物の排泄《はいせつ》物で賄《まかな》うしかなかったのだ。まあしかし、慣れとは恐ろしい。ひと月も過ぎると、連はいつの間にか青畑村の暮らしにもなじんでいた。

「村八分とは仲間外れにするということですね」

連は時次郎の問い掛けに応えた。

「そうです。しかし、八分は仲間外れにするとしても、あとの二分は例外になるのです」

「例外とは？」

「弔《とむら》いと火事が起きた時です。この時ばかりは手を貸します」

「なるほど。それがせめてもの温情ですね」

「まあ、そういうことになりますか」

時次郎は分別臭い顔で言った。青畑村で村八分になっているのは吾助《ごすけ》という三十がらみの男と、その母親だった。この二人は五人組から外されていた。年貢の枷《かせ》から解放されるが、その代わり、自分達の喰《く》い扶持《ぶち》は自分達で賄わなければならない。たとい日照りや洪水があって作物が何も収穫できなくなっても、他の村人は助けようとしなかった。

「なぜ吾助さんと、その母親は村八分になったのですか」

連は少しずつ濁り酒を口に運びながら訊いた。

「吾助は人の畑から芋を盗んだのです。冬の間に食べるためのものでした」

時次郎は難しい話をする時、眉間《みけん》に皺《しわ》を寄せる。その時もそうだった。

「芋ですか……」

連は独り言のように呟いた。そんなことで村八分になるとは、村の掟《おきて》も厳しいものだと内心で思った。

「兄さん、芋だけではないでしょう？」

さながら咎《とが》めるように言った。今夜のお菜《さい》は青物のごま汚しと、里芋とこんにゃくの煮物、塩鯖《しおさば》だった。さなは料理の腕はあるが、味つけの濃いのが気になる。塩分の摂り過ぎは生活習慣病を引き起こす要因だ。

「他に理由があるのですか」

連は里芋を口に運び、もぐもぐさせながら訊いた。

「はあ、まあ……」

時次郎は言い難《にく》そうだ。

「悪いのは吾助さんなのですけど、あの母親もひどい人なの」

さなは不愉快そうに言った。

「ひどいとは？」

「吾助さんは稲の刈り入れの後で町へ行き、そこで好きな人ができたんですよ。吾助さんが独り者だったら、もちろん、誰も文句は言わなかったと思いますよ。でも、吾助さんには身重《みおも》のおかみさんがいたんですよ」

「浮気ですか」

連は、ふっと笑った。現代社会でもよく聞く話だ。妻の妊娠中に浮気に走る男は多い。

「連さん、笑い事じゃないのよ。吾助さんが町へ、しょっちゅう通うようになると、さすがに母親もどうしたことだろうと不審に思い、問い詰めたのよ。そこで吾助さんは好きな女の人ができたことを打ち明けたの。母親なら意見してすっぱり諦《あきら》めるように言うものでしょう？　ところが、その母親は、もともと吾助さんのおかみさんが気に入らなかったせいもあり、吾助さんに味方して、おかみさんが子を産み落とすと赤ん坊の口を塞《ふさ》いで殺してしまったのよ」

あまりのことに連はつかの間、言葉に窮した。

「それだけじゃないの。母親は子を産んだばかりのおかみさんに鉈《なた》を振るい、一緒に殺そうとしたのよ。おかみさんは命からがら隣りの家に逃げ込み、助けを求めて一命を取り留めたのよ」

さなは興奮した表情で続けた。

「母親は罪に問われたでしょうね」

連がそう訊くと、さなは力なく首を振った。

「赤ん坊が産まれてすぐ亡くなるのは、この村では珍しいことじゃないの。だから、お代官様の手代《てだい》も、特に罪にはしなかったのよ」

「だけど、吾助さんのおかみさんは承知しなかったでしょう？」

「吾助さんのおかみさんは何んにも言わずに里へ帰ってしまったのよ。その後で、隣り村の男の人の後添《のちぞ》えになったと聞いたけど」

「全くひどい話だ」

「村の人は吾助さんの母親のことを鬼婆《おにばば》と呼んで恐れたのよ。それで庄屋さんも村八分にしたの。芋を盗んだのはその後のことなの。吾助さんは五人組から外されて実入りもなくなり町へ行くことができなくなったの。好きになった女の人も吾助さんのおかみさんになることはなかった。お観音《かんのん》さんは、ちゃんと吾助さんと母親のことを見ていたのよ。村八分はお観音さんのお取り計らいだと思うの」

「お観音さん？」

連が怪訝な顔をすると、時次郎は「村の守り神のことですよ。明神滝へ行く途中に低い丘がありまして、そこにお観音さんの社《やしろ》があります。秋には盛大に村祭りが開かれますが、悩みを抱えた者は、そこに祈願に訪れることも少なくありません。年寄りはお観音さんの話ばかりをしますよ」と、口を挟《はさ》んだ。

「時次郎さんもお観音さんを信じているのですか」

連は真顔になって訊いた。

「ええ、まあ。村人が恙《つつが》なく暮らせるのは、皆、お観音さんのお蔭《かげ》ですからね」

「……」

この時代は神仏の信仰が人々にとって重要な位置を占めていたのだろう。さなと時次郎の口ぶりから連はそう思った。

もしもそのお観音さんにご利益《りやく》があるのなら、連も元の世界に戻れることを祈願したいものだと、ふと思った。

「明日の晩は五人組の寄合があります。そこで連さんを仲間に紹介したいと思います」

時次郎は濁り酒にほろりと酔った顔で言った。

「時次郎さん。時次郎さんはおれのことを何んと言うつもりですか」

連は俄《にわか》に不安を覚えた。その時はうまい言い訳ができそうにないと思っていた。

「ご心配なく。連さんのことは手前どもの親戚《しんせき》だと言うつもりです。差し障りのないところで手前の従弟《いとこ》ぐらいにしておきましょうか。親に勘当され……これはあくまでも仮の話でございます。行くあてもなく、仕方なしに青畑村の手前を頼ろうと江戸を出立し、その途中で追い剝ぎに遭い、手形も金もすべて奪われ、命からがら辿り着いたということで」

「そんなことで他の皆さんは納得しますかね」

「それでは、他にどんな理由をつけますか。まさか遠い世界からやって来た異人とでも?」

時次郎は悪戯《いたずら》っぽい表情で言う。最初は三十五、六の中年かと思っていたが、時次郎はまだ二十八歳だった。この時代は数え年で年齢を言うので、満年齢にすれば二十七歳だ。連より二つ年上である。それにも大層驚いた。

さなだって十七歳（満年齢は十六歳だ）なのに二十歳を過ぎているように大人っぽく見えた。

バターや牛乳、肉類などの食生活が日本人の身体を江戸時代とは比較にならないほど若々しくしているのだ。

「おれのことは時次郎さんにお任せします。よろしくお願いします」

連はぺこりと頭を下げた。

「五人組の仲間に連さんを紹介した後で、庄屋さんに事情を話して、手形やら人別《にんべつ》やらの手続きを致します」

時次郎は前々から段取りを調えていたように言う。

「人別とは？」

聞き慣れない言葉だった。

「家族の名前と年齢、続き柄を記したものですよ」

戸籍のことだった。連は納得して肯《うなず》いた。

「それにつきまして、連さんのお名前に少し問題があります。できれば、青畑村にいらっしゃる間は連吉とか、連助になさっていただきたい。連だけでは妙ですので」

「おれの名前が妙ですか。弟は圭で、妹は唯ですよ」

「ゆいさんはともかく、弟さんはおなごのようなお名前ですな。とにかく、連さんはお名前を変えた方がよろしいかと思います」

「連吉さんがいいと思う」

さなは眼を輝かせた。連という名はこの時代になじまないらしい。

「何んでもいいですよ、名前なんて」

連はやけのように言った。

「そうですか。それでは手前どもも、これからは連吉さんとお呼び致します」

時次郎は安堵《あんど》したような笑みを洩《も》らした。

こうして連は武蔵国中郡青畑村の百姓、時次郎の従弟の連吉として時次郎の家に寄宿する者となった。

「寄合では、なるべく余計なことをお話しにならないようにお願いします。いらぬ勘繰りをされるのもつまりませんから」

時次郎はさり気なく釘《くぎ》を刺した。

六

翌日の夕刻、野良仕事を終えた四人の男達が時次郎の家にやって来た。皆、野菜だの、豆だの、酒だのを携《たずさ》えていた。さなが嬉《うれ》しそうに礼を言う。こんなに物を貰って嬉しそうにする娘を連は見たことがなかった。

恋人だった田代茜は何かプレゼントしても、さほど嬉しそうではなかった。照れているのだと内心で思っていたが、やはり、喜びは素直に表すのが見ていて気持ちがいい。

さなは連のために時次郎の着物を縫い直して、野良着と股引《ももひき》を作ってくれた。連は青畑村の男達の中では背丈があるので、生地に不足が出た。二枚の着物をはぎ合わせたものだから、肩の所がパッチ・ワークのようになった。さなはついでに晒《さら》しの布で褌《ふんどし》も作ってくれた。この褌という代物は慣れると結構、具合がよい。下半身がきりりと締まる。

寄合の日、さなはいつもより張り切って料理した。捨蔵《すてぞう》という男が川で山女《やまめ》を獲《と》ってきたので、さなはそれに塩を振り、串《くし》を刺して囲炉裏の火の周りに並べた。山女が焼き上がるまで、しばらく掛かった。それから得意の煮しめ、お浸し、漬物、囲炉裏の鍋《なべ》の中には、蕎麦粉《そばこ》を練って小さくちぎったものを入れた汁物も用意された。ずっと和食が続いているので、連は時々、マックのハンバーガーや分厚いステーキが無性に食べたくなったが、それはこの村にいる限りできない相談である。

時次郎の所属している五人組は三十二歳の捨蔵、四十歳の今朝松《けさまつ》、二十五歳の金作《かねさく》、そして時次郎と同い年の二十八歳の太助《たすけ》だった。時次郎は如才なく連を彼らに紹介した。

「時次郎さんとこに見慣れねェ若い衆がいるって聞いていたが、親戚だったんだな。おらもそうでねェかとうすうす思っていたどもよ」

無精髭《ぶしょうひげ》の目立つ赤ら顔の今朝松は朗らかに言った。

「江戸から来なさったということだが、追い剝ぎに遭ったそうで気の毒なこって。街道筋にも追い剝ぎが出るんだな。おっかねェ話だ」

童顔の太助は恐ろしそうに首を縮めた。こめかみのところに大きな黒子《ほくろ》が目立つ。

「まあまあ、命を取られなかっただけでも儲《もう》けものだと思っております。こいつは形《なり》はでかいですが、昔からのほほんと育ったので追い剝ぎに眼をつけられたんでしょう」

時次郎は取り繕うように言った。

(のほほん……)

連は時次郎の言葉を胸で呟いた。連の資質を如実に語っていた。確かに自分はのほほんとした男だと思う。

捨蔵と金作は他の村人と同様、連に不審の念を抱いていたようで、時々、探るような眼を連に向けた。

「今年の苗《なえ》のできはいかがですかな、今朝松さん」

時次郎はさり気なく寄合の本題に入った。

「どうだかな。去年は日照り続きで普段の年より実入りは半分もなかった。今年は去年のようなことはねェと思うが……」

今朝松は自信がなさそうに応える。

「油断は禁物だ。一昨年《おととし》は夏に霧雨が続いて結局、稲のできがよくなかったじゃねェか。あの年の夏は寒かったもんだ」

金作は鋭い眼で言った。利《き》かん気《き》な性格でもあるようだ。現代社会でそのような若者は極道の人間しか思い浮かばない。

「霧雨が続いたのは一昨年でねェ。その前の年だ。ほれ、浅間山《あさまやま》が火を噴いて、江戸まで灰が降った年のことだ」

捨蔵が金作の言葉を訂正した。捨蔵は痩《や》せていて眼が大きい。神経質そうに見える男だった。

浅間山の噴火と聞いて、連は俄に今の年号が何なのか気になった。

「さなさん。今年は何年でしたっけ」

連は台所にいたさなに料理を運ぶ手伝いをする振りをして訊いた。

「今年ですか？　そうね丙午《ひのえうま》よ」

「そうではなくて年号ですよ。元禄《げんろく》とか慶長《けいちょう》何年とか言うじゃないですか」

連はいらいらした。丙午なんて言われてもピンとこない。するとさなは、茶の間の時次郎に「兄さん、今年の年号は何んだったかしら」と訊いた。

「年号？」

時次郎はつかの間、怪訝な顔になったが指折り数えて「天明《てんめい》の六年だ」と応えた。天明という年号には記憶があった。しかしそれが江戸時代において、どのあたりになるのか、すぐには理解できなかった。

連は高校時代の歴史の教師の顔を脳裏に浮かべた。我妻徳一郎《あづまとくいちろう》という教師はサッカー部の顧問だった。苗字《みょうじ》はアヅマなのだが、生徒達はワガツマと呼んでいた。新学期に連のクラスの教科担当となった時、黒板に自分の名前を書き「ワガツマと言わないように」と釘を刺した。それなのに渾名《あだな》はワガツマとなってしまったのだ。ワガツマは額が大きく禿《は》げ上がっていた。授業も顧問をしていたサッカー部の指導も熱心だった。

夏休み明けのワガツマは帽子を被《かぶ》っていた額だけが生白く、他は真っ黒に陽灼けしていた。黒と白のグラデーションになった自分の顔を指差し「このようなことになってしまった」と情けない顔で言ったものだ。教室中の生徒は爆笑した。

そのワガツマが、必ずためになるからと慶長から明治に至るまでの年号を記憶させた。

徳川家康は慶長八年に征夷《せいい》大将軍に就いて徳川幕府を開いた。実に江戸時代はこの年から始まっていると言ってもよい。

慶長八年は西暦一六〇三年だ。連は「いちろく〇《まる》さん」と覚えた。時次郎が五人組の仲間と話をしている間に、連は少し朧《おぼ》ろになっている年号をぶつぶつと暗唱した。

慶長、元和《げんな》、寛永《かんえい》、正保《しょうほう》、慶安《けいあん》、承応《じょうおう》、明暦《めいれき》、万治《まんじ》、寛文《かんぶん》、延宝《えんぽう》、天和《てんな》、貞享《じょうきょう》、元禄。

元禄の後が出ない。何んだったか。確か富士山の噴火と関係する年号であったはずだ。

ほ、宝永山《ほうえいざん》だ。元禄の次は宝永、正徳《しょうとく》、享保《きょうほう》、元文《げんぶん》、寛保《かんぽう》、延享《えんきょう》、寛延《かんえん》、宝暦《ほうれき》、明和《めいわ》、安永《あんえい》、天明……ここに天明がくるのだ。それから寛政《かんせい》、享和《きょうわ》、文化《ぶんか》、文政《ぶんせい》、天保《てんぽう》、弘化《こうか》、嘉永《かえい》、安政《あんせい》……そろそろ明治の匂いがする。万延《まんえん》、文久《ぶんきゅう》、元治《げんじ》、慶応《けいおう》、そして明治だ。

連はほうっと息をついだ。してみると、天明は幕末より少し前の時代ということになる。

これだけでも覚えておいてよかった。連はワガツマに感謝する気持ちだった。

しかし、天明時代には「天明の飢饉《ききん》」と呼ばれる未曾有《みぞう》の飢饉が諸国に発生し、餓死者が累々《るいるい》と屍《しかばね》を晒したと記憶にある。特に津軽《つがる》地方はひどかったはずだ。青畑村にはその兆候は、まだ見受けられない。ここはそれほどの被害はなかったのだろうか。

だが、さきほど、今朝松が去年は日照りだと言った。

さらに金作と捨蔵は二、三年前に霧雨の多い冷夏だと言っていた。異常気象はこの時代にも度々あったようだ。

天明六年は一七〇〇年代の終わりの方だ。十八世紀か。ざっと数えて二百二、三十年の昔だ。連は二百二、三十年前の今を自分が生きていることに感動した。

(賢介、ワーム・ホールで二百年以上もタイム・スリップしたんだぜ。すごいだろ?)

連はかつての同級生の坂本賢介に向かって呟いた。空しい呟きだったが。

賢介は大学を卒業してから東芝だかソニーだか大手電機メーカーの研究所に入ったはずだ。パソコンの開発でもしているのだろう。今じゃ彼の愛した相対論も、どこかへ行ってしまったんだろうな。連の身に起きたことを理解してくれるのは賢介だけに思える。だが、今は、彼に伝える術《すべ》は何もなかった。

「一昨年の二月には多摩郡《たまごおり》の百姓が一揆《いっき》を起こしたそうだ。その前の年の霧雨の影響で米も作物も穫れなかったせいだ。お屋形《やかた》様は青畑村に一揆が起きることを何より心配されておるご様子だ」

時次郎の凛《りん》とした声が響く。お屋形様とは松平伝八郎という旗本のことだ。青畑村は松平伝八郎の知行地だった。

「多摩郡の百姓どもは、秋の実入りが何もねぇのに年貢は当たり前に課せられたから、それで仕方なく蜂起《ほうき》（反乱）したんだべ」

捨蔵は無理もないという顔である。捨蔵は言葉遣いは野卑だが、存外にもののわかった男のように連には思えた。しかし、時次郎は厳しい表情で捨蔵を制した。

「仕方なくとは何んだ。一揆はお上から禁じられていることだ。そんなことをしても何んの得にもならん。下手をすれば一族郎党、死罪の沙汰《さた》を受ける」

「したども時次郎さん。我慢するにも程度があるぞ。日照りや冷害で米が穫れねェのに、年貢は決まりだから出せっつうのも道理が通らねェ。おら達にめしを喰うなと言っているようなもんだ」

太助が不服そうに口を挟んだ。太助の言うことはもっともだったから、話を聞いていた連も大きく肯いた。時次郎はじろりと連を睨《にら》むと「昔、下総国《しもうさのくに》の村で庄屋が年貢の重さに悲鳴を上げた百姓のために江戸へ出て、ご老中へ駕籠訴《かごそ》したことがあった。それにより村の百姓の年貢は軽くなったが、駕籠訴は重罪だ。庄屋一家は磔《はりつけ》となったのだ。幼い子供もすべてだ。わたしはそのような事態になることを心底恐れているのだ」と、滔々《とうとう》と語った。

「偉い庄屋さんだなあ。おら達の村の庄屋さんとは雲泥《うんでい》の差だ」

太助は感歎《かんたん》の声を上げた。時次郎は仲間を牽制《けんせい》するつもりで話したのだろうが、却《かえ》って駕籠訴をした庄屋を讃《たた》えることになってしまった。

時次郎は一介の百姓なのに、なぜそれほどまでに一揆を恐れるのだろうと連は不思議だった。

五人組が揃うと、時次郎は他の四人とは違って見える。言葉遣いや仕種《しぐさ》も百姓らしく見えなかった。

「ま、今のご老中様は賄賂《わいろ》好きだってことだから、庄屋さんが駕籠訴してもどもならねェ」

捨蔵は訳知り顔で言う。賄賂好き？　田沼意次《たぬまおきつぐ》のことだろうか。確か意次が老中に就いていた頃は賄賂が横行していたはずだ。

意次が罷免《ひめん》された後で松平定信《さだのぶ》の寛政の改革が始まるのだ。

「捨蔵さん、滅多なことは言いなさんな。まかり間違ってお上の役人に聞こえたら只《ただ》では済みませんぞ」

時次郎は相変わらず牽制する。しかし、時次郎の胸の内には、近々、幕府が寺社、農民、商人から臨時金を徴収して大名家に貸し出すという案が進められていることがあったのだ。

それは五人組の仲間が帰ってから連は時次郎に教えられた。今でもかつかつの暮らしをしているのに、臨時金とはもってのほか。

青畑村の百姓達が不満を募《つの》らせるのではないかと、時次郎は心配していた。

五月に入った青畑村は日によって夏を思わせる暑さになった。それでも定期的に雨が降ったので、今のところ日照りの恐れはなさそうだった。これから本格的な夏を迎えるので、田圃や畑の草取りを欠かさず、また、虫がつかないようにこまめに虫の駆除をしようと話し合い、その夜の寄合は終わった。

七

草取りをする連の額には汗がびっしりと浮かんでいた。笠《かさ》を被っているが陽射しは容赦なく照りつけ、額に汗を滴《したた》らせる。連は首に巻いた手拭いで汗を拭《ふ》いていた。田圃や畑の雑草は夏が来る前に抜かなければならない。夏になれば根が頑固にはびこり、容易には抜けないという。

こんなこと除草剤を使えば済むはずなのにと、連は恨めしい気持ちだった。農薬を使う習慣がなかったからこそ、この時代の食べ物は安全だったのだ。しかし、農家の労力は現代社会と比べものにならないほど大きい。

一日草取りをしただけで、連は夕方になると口も利きたくないほど疲れた。晩めしを済ませると、早々に床に就いた。青畑村の連吉はすっかり百姓だった。

雨が降ると、時次郎は台所の土間で縄をなったり、草鞋《わらじ》を拵《こしら》えたりした。それを町へ持っていけば貴重な現金収入になるらしい。

しかし、その年の五月は前年の日照りの反動か雨が続いた。時次郎は手仕事の合間に、勝手口の外へ眼を向け、切ない吐息をついた。

連も草鞋作りを覚えようとしたが、どうもうまく行かなかった。それで暇な時は破れた襖《ふすま》や障子の修理をした。障子は、さながら紙を折り、鋏《はさみ》を入れて花の形にしたものに糊《のり》を塗って貼った。襖には江戸の絵草紙屋《えぞうしや》から手に入れたらしい錦絵《にしきえ》を貼った。有名な絵師かと落款《らっかん》に眼を凝《こ》らしたが、見たことも聞いたこともない絵師（もっとも、字がろくに読めない）のものだった。

破れを塞ぐと、貧乏くささもさほど感じられず、気分がよかった。

「連吉さん」

時次郎は、ふと顔を上げた。

「はい？」

「この間の寄合の時に、連吉さんは今年の年号を気にしましたね。天明六年で何か思い当たることがあるのですか」

「いえ、特には……」

「でも、手前には何かご存じのような感じに思えました。この家で遠慮しなければならない人間はおりません。何かご存じでしたら教えて下さいませんか」

「一揆を防ぐために？」

連も手を止めて時次郎に言った。さなは友達の家に遊びに行って留守だった。

「まあ、そうですが」

「天明六年というより、天明時代におれは少しこだわっております。記憶に間違いがなければ全国で飢饉が発生したと思います。それもかなりひどい飢饉が」

「……」

時次郎は言葉に窮した様子で連をじっと見つめた。

「まさか、そんなことが」

時次郎は思い直して苦笑する。信じていないのだと思うと「今の幕府の老中首座《しゅざ》は誰ですか」と連は訊いた。

「田沼意次様ですが、それが何か」

「まだ老中をしているのですか」

「まだとは、どういう意味でしょうか」

時次郎は怪訝な表情に変わった。

「言葉通りですよ」

「田沼様がご老中を致仕《ちし》されるとでも？」

致仕という言葉が連にはわからなかった。

「致仕とはどういう意味ですか」

「お役目を辞《や》めることですよ」

「いえ、田沼は自分から辞めるのではなく、辞めさせられたのです。罷免ということですか。賄賂を受け取ったせいですね」

連は教科書で習った言葉を遣った。時次郎は思案顔で外の雨に眼を向ける。

「田沼の後は松平定信という人が老中首座に就くでしょう……いや、定信は側用人《そばようにん》だったかな。とにかく、この人が田沼時代の放埒《ほうらつ》な政治を粛正《しゅくせい》しようとして改革に乗り出します。それは寛政の改革と呼ばれ、かなり厳しいものだったようです」

「白河様《しらかわ》が……」

時次郎が独り言のように呟いた。

「定信は白河様と呼ばれているのですか」

「連吉さん、上《うえ》つ方《がた》を呼び捨てにしてはなりません。松平定信様は白河藩の藩主なので、白河様と呼ばれております。松平姓を名乗るお大名は他にもたくさんおられますので」

時次郎はちくりと小言を言う。

「はい、わかりました。気をつけます。それでですね、その白河様の改革が厳しいので、庶民もその内に窮屈を覚えまして、皮肉な落首《らくしゅ》も詠《よ》まれましたよ」

「白河の流れに魚《うお》も住みかねて、元の濁りの田沼恋しき、なんてね」

「ほう、どんな」

その落首もワガツマに教えられたものだ。

これを覚えろと、黒板に強くアンダー・ラインを引いたのだ。

(どうだい、ワガツマ。おれは真面目に授業を聞いていただろ?)

連は得意な気持ちで思った。

「寛政の改革と申しますと、天明の後は寛政になるということですかな」

時次郎は信じられないような顔で訊く。

「そうですよ。天明の後は寛政、享和、文化、文政、天保、弘化と続きます。今の将軍は何代目かわかりませんけれど、十五代の将軍が徳川慶喜《よしのぶ》で、これで江戸時代が……」

そこまで言って、連は言葉を呑《の》んだ。時次郎に徳川幕府が瓦解《がかい》することを知らせるのがためらわれた。だが、時次郎も八十年も先の話に思いが及ばないようで、連の話の続きを促さなかった。時次郎にとっては田沼意次が罷免されるというだけで十分衝撃だったらしい。

「青畑村のお屋形様である松平伝八郎様は、それでは白河様の側についた方がよろしいのですね」

時次郎は念を押すように言った。

「そうですね。田沼は……いえ、田沼様はいずれ失脚しますから。で、田沼様の傘下にいた勘定奉行の……誰だったかなあ、ちょっと思い出せませんけれど、公金横領が発覚して死罪の沙汰を受けたらしいですよ。ですから、あまり派手な暮らしぶりをしていると、白河様に目をつけられます。松平伝八郎様はくれぐれも身辺に気をつけられるのがいいと思います」

「わかりました。貴重なご意見をありがとうございます」

時次郎は丁寧に頭を下げた。

「いやだなあ。お礼を言われるほどのことでもありませんよ」

連は照れて頭を掻《か》いた。坊主頭の毛が伸びている。五分刈りほどになっている。

「早く髷《まげ》が結えるようになればいいですね」

時次郎はそんなことを言った。

(え？　おれ、丁髷《ちょんまげ》を結うの？　冗談がきつい。江戸時代じゃあるまいし)

独りごちて連は俯《うつむ》いた。今は紛れもなく江戸時代である。丁髷を結っていないことの方がおかしいのだ。

「連吉さんは、何か人にはない力が備わっているようです。そうでなければ、先のことをはっきりとおっしゃる訳がない。しかし、手前以外に、そのようなお話は決してなさらぬように」

時次郎は釘を刺した。人にはない力が備わっているのではなく、未来からやって来たからこそ、過去のことがわかるのだ。しかし、それを時次郎に理解させるのは難しかった。

時次郎さえ信じてくれたら、この先の自分の行動に弾《はず》みがつくのだ。連はため息をついて、また襖の修繕にとり掛かった。

「連吉さん、この村で一揆は起きるでしょうか」

しかし、時次郎はそれが肝腎《かんじん》とばかり話を続けた。

「どうでしょう。それは村人の民意の問題だと思います。一揆は重い年貢に我慢できずに村人が立ち上がることですから、松平伝八郎様が本当に村人のことを考えてくれる領主なら、その心配は少ないでしょうが」

「はっきりわかりませんか。あるのかないのか」

時次郎は早口で訊いた。

「わかりません」

「なぜです。田沼様から白河様へご政道が移ることを予言できる連吉さんが、青畑村で一揆が起きるのかどうかわからないはずがない」

時次郎は声を荒らげた。

「時次郎さん。おれがわかるのは大きな政治の流れと為政者《いせい》のことで、この小さな村に一揆があったかどうかまでわかりませんよ。それが大きな事件として全国に拡まったのならともかく。それにおれの言ったことは予言じゃないですよ。事実ですから」

連も激しい口調で応えた。

「事実……」

「そうです。紛れもない事実なんですよ。時次郎さんは、やけに一揆だけにこだわっているようですけど、それより心配するのは飢饉の方ですよ」

「飢饉はこの村に起きるでしょうか」

時次郎は低い声になった。

「それもわかりません。おれがわかっているのは天明時代に諸国で飢饉が発生したということだけです。諸国ですからね。それに青畑村が含まれるかどうかまでわかりません」

「霧雨の多い年、普通の年、日照りの年と続きました。今年はどんな年なのか案じられます。もしや、日照りの反動で大雨、洪水になったら何んとしよう」

時次郎の言葉尻にため息が交じった。

「考えられないことでもないですね。青川は氾濫《はんらん》する川だと聞きましたが」

村を流れる青川は、普段はコバルト・ブルーのきれいに澄んだ川だが、悪天候が続けば架《か》けた橋を押し流すほどの暴れる川だった。

護岸工事もなされていないので、川から溢《あふ》れた水は街道を越えて田圃や畑に流れ込む。

青川の氾濫のために秋の収穫が駄目になったのは一度や二度でないという。

「雨が続けば青川の水量も増えます。野分《のわき》（台風）になれば、また田圃や畑がやられます」

時次郎はやりきれない様子で言った。

「それでも決められた年貢は納めなければならないのですね」

「今年は秋にお屋形様のご息女が輿入《こしい》れなさいます。その掛かりもありますので、普段の年よりも年貢は重くなるでしょう」

「百姓とは理不尽《りふじん》なものですね。武家社会を支えているのは、実は百姓なのに」

「おっしゃる通りです」

「だから百姓はやむに止まれず、筵旗《むしろばた》を掲《かか》げて一揆を敢行するのですよ。おれは百姓達の気持ちがわかるな。いや、青畑村に来て、自分も百姓になったから言えることですが」

「筵旗ですか……滑稽なものですな」

時次郎は皮肉交じりに言うと、もう何も喋《しゃべ》らなかった。草鞋を拵えるかさこそした音が続いた。

雨はまだ降っている。

八

武蔵国中郡青畑村は雨に烟《けむ》っていた。

空は鉛色の雲が厚くたれ込め、陽《ひ》の目は全く見えない。田圃《たんぼ》の稲は青々としているが、生長は遅れている。時次郎は朝めしの前に蓑《みの》と笠《かさ》を着《つ》けて田圃を見回っていたが、戻って来ると詮《せん》のないため息をついた。例年なら梅雨《つゆ》はとうに明けている頃だという。

旧暦と新暦では月の感覚がひと月ほどずれていると連は思う。そもそも春夏秋冬の感覚が現代とは違う。旧暦の春は一月、二月、三月。夏は四月、五月、六月。秋は七月、八月、九月。冬は十月、十一月、十二月と決められていた。中国では冬至《とうじ》から次の冬至までの一年を二十四等分して（これを二十四節気と呼ぶ）、その間に立春とか立冬、夏至《げし》、大寒などの季節を示す名前をつけていた。それをわが国も踏襲した訳である。

二十四節気は新暦になっても使われているが、それは現実の季節感とほど遠い。立秋は夏の盛りの八月七日頃に当たるので、何が立秋かと、連は思っていた。

新暦で（これは東京中心の考えだが）梅雨と言えば六月の後半から七月の二十日ぐらいまでだ。それを過ぎると気象庁はそろそろ梅雨明けを宣言する。梅雨明けの東京は、いやというほどの暑さになる。駐車場に車を停め、得意先で用事を足して戻ると、室内の温度は殺人的に上昇している。大袈裟《おおげさ》でもなく、真綿で鼻の穴を塞《ふさ》がれたような息苦しさも覚えた。

青畑村には、もちろん扇風機もクーラーもない。連は覚悟を決めて夏の到来を待ち構えていたのだが、その思惑はもろくも外れた。蒸し暑さは感じるが、耐え難いほどではない。

連はむしろ、かッと照りつける陽射しが恋しかった。

青畑村の梅雨入りは五月の末頃から始まり、六月いっぱいは雨が降り続いた。ようやく梅雨明けの夏空が見えたと思ったのもつかの間、また空は濡《ぬ》れてきたのだった。

その日も、朝から天水桶《てんすいおけ》を引っ繰り返したような激しい雨だった。時次郎は台所の土間で稲藁《いねわら》を木槌《きづち》で叩《たた》きながら、時々、勝手口の油障子へ眼をやった。

「よく気の毒でもなく降りやがる。青川は大丈夫かな」

時次郎は独り言のように言う。連は茶の間の雑巾《ぞうきん》掛けをしていたが、ふと手を止めた。時次郎の妹のさなは、雨の中を畑に出かけ、苦労して大根やら葱《ねぎ》やらを引き抜いて来た。それを使って今夜のお菜を拵《こしら》える様子である。流しの前で包丁を使う音が静かに聞こえていた。

「時次郎さん、青川が氾濫《はんらん》することを心配しているのですか」

連はそう訊《き》いたが、時次郎は何も応《こた》えなかった。

「誰か様子を見に行った人はいないのですか」

連は早口で続ける。

「水位は上がっているとのことでした」

時次郎はようやく低い声で応える。

「これまでも青川が氾濫して田圃や畑が駄目になったのでしょう？　何か策を講じなければいけませんよ」

「策とは？」

時次郎は顔を上げて連を見た。精彩のない表情だ。これで数え二十八歳とは驚きである。まるで四十男のようだった。

「青川の岸辺に土嚢《どのう》を積み上げて、川の水が田圃に流れ込まないようにするのですよ」

「しかし、それには人手がいる」

「ですから、村の人に声を掛け、皆んなで協力してやるのですよ」

「どんなふうに？」

普段は物事をぱっぱと決める時次郎が、その時だけは妙に優柔不断に思えた。

「各家には筵《むしろ》があるじゃないですか。それを袋に縫って、土を詰めて積むのです」

「しかし、筵は百姓にとって大事な内職の元だ。氾濫を防ぐために村の人々が快く出してくれるとは思えませんよ。一枚や二枚で済むならともかく」

「田圃が駄目になってもいいのですか」

連は脅《おど》すように言った。

「青川が氾濫しなかった場合、すべてが徒労になります。お観音《かんのん》さんに願掛けをしておりますので、後はお観音さんに運を任せるしかありません」

時次郎はそんなことを言い出す。連はいらいらした。

「お観音さんに願掛けしてもしなくても、氾濫は起きる時には起きます」

「連吉さん……」

さなが、心配そうな顔で連を制した。

「おれは別に腹を立てている訳じゃないですよ。できるだけのことをしようと言ってるだけです。腕をこまねいているだけでは埒《らち》は明きませんからね」

「兄さん、連吉さんのおっしゃる通りよ。何かあった後では遅いと思うの」

さながそう言うと、時次郎は短い吐息をつき「青川の様子を見てきます」と言った。

「おれも行きます」

連は即座に腰を上げた。

蓑と笠を着けた連は時次郎の後ろから街道をついて行った。道はぬかるんでいる。通り過ぎる者は誰一人としていなかった。

辺り一面は薄ねずみ色のベールを掛けたように暗く澱《よど》んでいる。

三十分ほど歩くと、右手に小高い丘が見えた。その丘のてっぺんにお観音さんの社《やしろ》がある。時次郎は社に通じる石段の前に来ると足を止め、社に向かって掌《て》を合わせた。連も同様に掌を合わせた。お観音さんは神仏混交の神社だという。

街道はお観音さんの丘を切り通して造られたようだ。丘を過ぎると、古い藁葺《わらぶ》きの家が見えた。廃屋のような感じにも思えたが、家から街道まで人の足で踏みならされた細い道がついている。その細い道で、いきなり黒い影が動いた。連は、ぎょっとして後ずさりした。

黒い影と見えたのは人の頭で、四つん這《ば》いになった少年が雨に濡れながらそこにいた。

十二、三歳の年頃だろうか。しかし、その少年は下半身が丸出しだった。幾ら貧しくても褌《ふんどし》ぐらい締められるだろうと連は内心で思った。だが、時次郎は別に驚いた様子も見せず「姉《ねえ》ちゃんを待っているのか」と少年に訊いた。

少年は不揃いの歯を剝《む》き出して笑う。少し、様子がおかしかった。

「姉ちゃんは、おっつけ戻るだろう。こんな所にいては風邪を引く。家の中にいなさい」

時次郎はそう言って少年の前を通り過ぎたが、少年は相変わらず、その場で四つん這いになったままだった。

「あの子は？」

連は時次郎の背中に声を掛けた。

「喜代次《きよじ》です。幼い頃に患《わずら》い、立って歩けない身体になってしまいました。十二歳になっていますが、言葉もろくに喋《しゃべ》れません。ですが、人の話はわかるようです」

振り向いた時次郎は笠から雨の滴《しずく》を垂らしながら応えた。

「姉さんを待っている様子でしたが、あの子の姉は、この雨の中、どこへ行ったのですか」

「姉のおとらは、毎日、お観音さんへ弟の病が治るように願掛けしているのですよ。しかし、喜代次が病になったのは、お観音さんの近くにある井戸のせいだと、わたしは思っています」

「井戸の水に何か悪い物が混じっているのですか」

「ええ、恐らく。他の井戸より浅く掘られているせいで、虫も湧くし、汚れた水も混じり易いのでしょう。村の人々は誰もその井戸を使いませんが、あそこの家は他に水を汲《く》む場所がないので、相変わらず、その井戸の水を使っているのですよ。喜代次の下に弟がおりますが、その子も吹き出物ができて、年中、痒《かゆ》がっております」

「親は何をしているのですか」

「ふた親は小作の百姓をしております。よその田圃や畑を借りて細々と喰《く》い繋《つな》いでいるありさまですよ。しかし、こう雨が続けば、喰うのにも事欠いているでしょうな」

時次郎は淡々と応えた。

「村の人々は手を差し伸べないのですか」

「そりゃあ、喰い物を分けてくれと縋《すが》られたら、幾らかは与えるでしょうが、他の村人とて、それほど裕福な暮らしをしておりません。自分達の暮らしを守るのが精一杯ですから、施しにも限りがあります。切羽詰まれば……」

時次郎はそこで言葉を呑《の》み込んだ。

「どうするのですか」

連は時次郎の話を急《せ》かした。

「姉娘は遊里《ゆうり》へ売られることになるかも知れません」

「……」

まるで東南アジアの貧しい農村地帯の話のようだった。連は両親に売られた娘の話を何かで読んだことがあった。両親は娘を売った金で中古のテレビと冷蔵庫を購入し、近所の人々から親孝行な娘を持って倖《しあわ》せだと羨《うらや》ましがられるのだ。だが、娘の行き先は売春宿だった。娘はそこで客を取らされ、ついにはエイズに罹《かか》ってしまう。売春宿の主《あるじ》は娘が回復の見込みがないと知ると、ゴミの袋にまだ生きている娘を入れて、捨ててしまうのだ。連が憤《いきどお》りを覚えたのは、娘の両親や売春宿の主もそうだが、娘を買う客に日本人も多く含まれていたことだった。

観光や仕事で現地に滞在する日本人の男が、日本ではしないことを外国でする。それがたまらなかった。

世界は同じスピードで発展する訳ではないのだ。現代においても江戸時代の青畑村と寸分違《たが》わぬ暮らしをしている人々がいる。彼らが貧しさから脱却する道とは何んだろう。

政治、教育、衛生環境、道徳観念、様々な理由が考えられるが、もちろん、その時の連に何ができる訳でもなかった。

物思いに耽《ふけ》りながら歩いている内に二人は青川が見える場所に辿《たど》り着いた。

連は明神滝へ時次郎と一緒に行った時のことを思い出していた。しかし、あの時、明川面《かわも》に出ていた岩は、すっかり水の下に隠れてしまっている。そればかりでなく、神滝へ向かう川沿いの小道も水を被《かぶ》っていた。そのせいで川幅が広く感じられた。水位は上がっているようだが、土手までは、まだ二メートルほど余裕があった。

「大丈夫そうですね」

連は、ほっとして言った。しかし、時次郎は「いや」と首を振る。

「青川はもう少し先で相模川と合流しているのです。このまま雨が続けば相模川の水が青川に流れ込むでしょう。そうなったら、水は土手を越えて田圃に溢《あふ》れます。連さんがおっしゃったように土嚢を積んで水を防ぐ必要がありますが、そのための筵が間に合いません」

「では、どうするのですか」

「石を積み上げるしかありません」

「すぐに崩れますよ。氾濫した水の力は時次郎さんもご存じじゃないですか」

「やはり土嚢ですか……」

時次郎はため息をついた。

「石と二段構えはどうでしょう。一番下に土嚢を並べ、その上を大きめの石で押さえ、さらに土嚢を載せるのです。一番氾濫の起こりそうな場所を特定してそれをすれば、大きな被害は避けられると思います」

「そうですな。すぐに庄屋《しょうや》さんの家に行って、話をします。きっと、庄屋さんも案じておられると思いますから、次の行動に移るのに、さほど時間は掛からないでしょう」

時次郎はようやく前向きな意見を言った。

明神滝は普段の何倍も水量が増えたので、その轟音《ごうおん》は時次郎と連の声を掻《か》き消すほどだった。タイム・スリップ前の明神滝の裏側には、自分のマウンテン・バイクがまだあるのだろうかと、ふと連は思った。きっと、この先の時代のどこかで地震が起こり、明神滝の裏側に洞穴《ほらあな》ができるのだろう。しかし、洞穴ができたところで、すぐに現代へは戻れない。

連が江戸時代の青畑村へやって来たのが奇跡なら、現代へ戻るのも奇跡に等しい。その奇跡は果たして連に起こり得るのだろうか。

連はそんなことを考えながら明神滝を見つめていた。

道を戻り、喜代次の家の前に来ると、姉のおとらがお観音さんのお参りを終えて家に向かうところだった。喜代次は嬉《うれ》しそうに甲高い声を上げた。おとらは軽々と喜代《え》次を抱き上げる。連と時次郎の足音に気づくと、ふと、こちらを振り向き、小さく会釈《しゃく》した。おとらもやはり蓑と笠の恰好《かっこう》だったが、笠の下から見えたおとらの顔に連はどきりとした。

おとらは、その勇ましい名前とは裏腹に美しい娘だったからだ。

「おとらちゃん、こんな雨の日も願掛けは欠かさないのかい。感心なものだ」

時次郎は気軽な言葉を掛けた。

「へえ。おらが一日でもお参りを休むと、ご利益《りやく》が薄れるような気がするだ。それに、早く雨が上がることもお祈りしたかったしな」

「きよはずっと、おとらちゃんを待っていたんだよ。早く家に入れて身体を拭《ふ》いてやりなさい」

「へえ」

おとらは一礼すると家に通じる細い道に向かった。足許《あしもと》は裸足《はだし》だった。アキレス腱《けん》がきゅっと締まっている。きっときれいな身体をしているのだろうと、連は内心で思った。

「器量よしの娘でしょう？」

時次郎は連の気持ちを読んでいるように言う。

「ええ。あんなきれいな娘は初めて見ました。幾つですか」

「今年、十五になったと言っておりましたよ。あれほどの器量に恵まれていなければ、ふた親も遊里へ売ることなど考えないでしょうが。昨年辺りから女衒《ぜげん》がしょっちゅう、顔を出しているようです」

「ですけど、あの娘は親が働きに出ている間、弟達の面倒を見ているのでしょう？娘を売って一時的に楽になっても、今度は弟達の面倒を見る者がいなくなります」

「おとらは弟達の面倒だけでなく、めしの仕度も洗濯も一人でやっております」

「あの弟は、いつも下半身を丸出しにしているのですか」

「ええ。粗相をすることが多いものですから、手間を省くために裸にしております。まあ、この村では五歳以下の子供は、ほとんど裸ですがね」

「姉がいなくなったら、あの弟はどうなるのでしょう」

「放っておかれるでしょうな」

「……」

「背に腹は代えられないのですよ。先のことを心配しても始まらない。一時的でも、親はひと息つければいいと考えているのです」

時次郎はやり切れない表情で言った。

刹那《せつな》的な生き方だ。家族と心をひとつにして生きて行こうと、なぜおとらの親は考えないのだろうか。なぜ、踏ん張れないのだろうか。娘を売った金で倖せになれると本当に思っているのだろうか。連は憤りを感じていたが、それを時次郎には言わなかった。言ってもしょうがないと思ったからだ。

九

庄屋の儀右衛門《ぎえもん》は時次郎の話に賛成してくれたが、やはり内職の元となる筵を村人に提供して貰《もら》うことには及び腰だった。

儀右衛門は五十代半ばの年頃だというが、見掛けは六十過ぎのようだ。穏やかなもの言いをするが、保守的な感じの人物に思える。村人の暮らしを慮《おもんぱか》れば、筵を供出せよとは言えないらしい。それでも、畑の肥やしに使うつもりの古畳を、この際使おうと言ってくれた。

「古畳が肥やしになっていたのですか」

連は小声で時次郎に訊いた。

「そうですよ」

時次郎は平然と応えた。よく考えれば、当時の畳は、表が藺草《いぐさ》百パーセントだし、土台も化学物質が使われていないので土に返りやすい。なるほどと思った。しかし、その古畳の数は僅《わず》か三十枚に過ぎなかった。とても青川の氾濫を防げるとは思えなかった。

連が眉間《みけん》に皺《しわ》を寄せたのに気づくと、儀右衛門は「間に合わねェかい」と訊いた。

「お話にもなりませんよ。青川が氾濫すれば街道を越えて水は田圃に流れ込むでしょう。それを防ぐには、およそ一町（約百九メートル）ほどの川沿いを塞《ふさ》ぐ必要があります。そんな古畳の三十枚ほどで何ができますか」

連は怒気を孕《はら》んだ声で言った。一町という長さは青畑村で暮らしている内に、自然に覚えていた。

「これまではお観音さんに近い土手が切れておる。多分、大事が起こるとすれば、その土手になるはずだ。一町などいらぬ」

「それが古畳三十枚で間に合うと、庄屋さんは本気で思っているのですか。おれには筵を使いたくないための言い訳にしか聞こえませんよ。いいですか。青川が氾濫すれば筵どころではない大きな被害を受けます。米か筵か、庄屋さんはどちらを取るのですか」

「連吉、口を慎め」

時次郎はたまりかねて口を挟《はさ》んだ。

儀右衛門はしばらく黙っていたが、ふと名案を思いついたように、掌を拳《こぶし》でぽんと突いた。

「わしの家の納屋に古い米俵が残っているぞ。いずれそれも畑に埋めようと思っていたが、土嚢の代わりぐらいにはなるだろう。どうだ？」

儀右衛門は得意そうに鼻を蠢《うごめ》かした。

「米俵は何枚ぐらいあるのですか」

連は、つっと膝《ひざ》を進めて訊いた。

「そうさなあ、百枚ほどはあるだろう」

「いいかも知れません。それじゃ、さっそく、その米俵に土を入れて青川の傍《そば》に運びましょう」

連は意気込んで言う。

「この雨の中をやるのかい？　村の衆はぶつぶつ文句を言いそうだぞ」

儀右衛門は相変わらず及び腰だった。

「時間はありませんよ。善は急げという諺《ことわざ》もあります。庄屋さん、やらせて下さい」

連は頭を下げて頼んだ。

「時次郎さんよ、あんたの従弟《いとこ》はなかなか骨のある男だなあ。最初は異人かと怪しんでいたが、なかなかどうして役に立つ男だ」

儀右衛門は、そんなことを言った。

連と時次郎は土嚢作りのために村の家々に声を掛けて廻《まわ》った。しかし、青川から遠く離れた場所に家や田圃のある者は、薄情にも断ってきた。自分に関係がなければ人のことなど、どうでもいいという感じだった。その了簡《りょうけん》の狭さに連はがっかりした。

まあ、現代でも、そのような輩《やから》は多いから、これは仕方のないことかも知れない。結局、快く手伝いを引き受けてくれたのは、時次郎の五人組の仲間と、近隣の何人かの男達だった。

雨で湿った土は米俵に入れると相当な重さになった。一俵はキロに換算すると何キロだろう。尺貫法は時々、連の頭を悩ませる。

とにかく、大の男が二人掛かりでようやく運べる重さだった。

連と時次郎が雨の中、土手が決壊しそうな場所に米俵の土嚢を積み終え、家に戻ったのは、暮六つ（午後六時頃）をとうに過ぎていた。さなは晩めしの用意をして待っていた。

「ご苦労様。お腹が空いたでしょう。ささ、ごはんにしましょ」

「さな、めしの前に一杯くれ。わたしも連吉さんも一杯やらなきゃ、やり切れん」

時次郎は疲れた顔で言う。

「はいはい」

さなはかいがいしく、連と時次郎の前に濁り酒の徳利《とっくり》を置いた。それを飲んでいる内、心なしか外の雨は小降りになったような気がした。

「やや、雨は上がるのかな。さあさ、これでは村の者に余計なことをさせられたと恨まれるやも知れぬ」

時次郎は舌打ちして言った。

「おれはもしもの用心のために土嚢を用意しようと言ったのですよ。青川が氾濫しなければ、それはそれで結構なことじゃないですか」

連はにべもなく応えた。

「ま、まあ、そうですが……」

「村の人に時次郎さんが恨まれる道理はありませんよ。文句を言う人がいたら、おれがお先走ってやったことにして下さい」

連はそう言うと、勢いよく濁り酒を呷《あお》った。

「連吉さんは潔《いさぎよ》い方ですね。見直しましたよ。それに比べて兄さんの肝っ玉の小さいことと言ったら」

さなは苦笑する。

「何を！」

時次郎はむきになって、さなを睨《にら》んだ。

「連吉さんは間違っていない。それはわかっている。だが、雨の中、一文にもならないことに村の者を駆り出して、それが無駄骨となったら、当然、村の者は文句を言うだろう。わたしは、それがたまらないのだ」

　時次郎は吐息交じりに言う。

「じゃあ、兄さんは青川が氾濫したらいいと思っているの？」

「馬鹿者！　誰がそんなことを思うか」

「だって、用心のために土嚢を積んだのに、何事もなかったら無駄骨になるなんて、変な理屈じゃないの」

「やめて下さい」

　連は二人を制した。

「村の人が納得しないようでしたら、おれが頭を下げて謝ります」

「そこまでしなくてもいいですよ」

　連の言葉を時次郎は慌てて制した。

「筵を使わなくてよかったですね。庄屋さんの家に米俵があってラッキーでしたよ」

「らっきい？」

　時次郎は怪訝《けげん》な顔で連を見た。

「いえ、幸いでした」

　連は言い直した。時次郎は、ふっと笑う。

「連吉さんがいなかったら、わたしもここまでしなかったと思います。今日は連吉さんに背中を押されたような形になりました。いや、勉強になりました」

時次郎は畏《かしこ》まって頭を下げた。褒められて、連はきまりが悪かった。照れくさくて、こめかみの辺りを掻いた。

「ささ、ごはんにしましょ。この雨で雑炊しか作れませんでしたけど」

さなは安心したように笑顔で言った。

「文句は言いませんよ。食べられるだけでも倖せだ」

連も、さなに笑って応えた。


晩めしが済むと、昼間の疲れが出て、連は早々に床《とこ》へ就《つ》いた。夢も見ずに眠っていたが、真夜中になって連は時次郎に揺り起こされた。

「どうしたんですか」

連は手燭《てしょく》をかざしている時次郎にねぼけた声で訊いた。時次郎は蓑と笠を身に着けていた。笠に水滴がついている。時次郎はあれからまた、外に出て青川の様子を見に行ったらしい。

「土嚢を積んだ場所とは違う所の土手が切れそうです」

時次郎は暗い声で言った。

「何んですって!」

連は、がばと跳ね起きた。

「どうするつもりですか」

連は身仕度をしながら続けた。

「米俵は皆、使ってしまいましたから、余分なものがありません。やるとすれば、積んだ米俵を移すぐらいしかできません」

「切れそうな土手は米俵を積んだ場所からは遠いのですか」

「半町（約五十五メートル）ほど先です。おとらの家の近くになります」

「人手は間に合いますか」

「青川近くの村の者は心配で様子を見ております」

「それじゃ、手分けしてやりましょう。おとらちゃんの家の者は避難させた方がいいですね。そうだ、お観音さんの社に移させましょう」

「わかりました」

時次郎は唇を噛《か》み締めて肯《うなず》いた。

十

真夜中のこともあり、青川の様子はよく見えなかったが、昼間とは比べものにならない轟音が響いていた。土手と川の差も僅かに感じられた。連達が駆けつけた時、三十人ほどの男達が大八車《だいはちぐるま》で土を詰めた米俵をすでに運び出していた。

「皆んなでやれば間に合いますよ」

連は男達に大声で言った。ふと振り向くと、おとらの家の灯《あか》りが微《かす》かに見えた。

「時次郎さん。おとらちゃんの家の者は、まだ、中にいるようですね。おれは先に、家族を避難させますよ」

「わかりました。お願いします」

時次郎が皆まで言わない内に連は走り出していた。

「ごめん下さい。青川が氾濫しそうです。ここは危険ですから、お観音さんの社に避難して下さい」

連は土間口前で怒鳴るように言った。がたぴしと建てつけの悪い戸が開き、おとらが顔を出した。

「お父っつぁんは、ここまで水が来たことはないと言っただよ」

おとらはおずおずと言う。傍に喜代次と、その下の弟が不安そうに寄り添っていた。

「そんな悠長な。今までとは違うのですよ。ぐずぐずしていたら、家ごと流される。おとらちゃん、弟達を連れてお観音さんへ行って下さい。お父さんには土嚢運びを手伝ってほしいのですが」

「ごめんしてけれ。お父っつぁん、お酒を飲んで寝ちまったんだ」

「死にたいのかと言いなさい。とにかく、早く逃げて」

そう言うと、喜代次は救いを求めるようにおとらへ腕を伸ばした。下の弟を抱えては、おとらは喜代次まで連れて行けない。連は喜代次を両腕に抱きかかえて外に出た。

喜代次は悲鳴を上げた。

「静かにしろ！　殴るぞ」

連はそう言って、ぬかるむ道をお観音さんの社へ向かった。石段がこれでもかと連の前に立ちはだかる。喜代次を抱えて上るのだから、その苦しさはたとえようもない。苦しい時に思い出すリヤカー・マンのイメージも役に立たなかった。連は歯をくい縛って、百八十八段の石段を上った。境内に着いた途端、連は喜代次を放り出すように地面に下ろした。喜代次はおんおんと声を上げて泣いた。

「今、姉ちゃんが来る。ここでおとなしく待っていろ」

連はそう言うと、石段を下った。途中、下の弟を抱えたおとらと、母親らしいのとすれ違った。やはり、父親は家に残ったようだ。

「喜代次が泣いている。早く行ってくれ」

連は早口で言うと、男達の傍に戻った。おとらの父親のことは気になったが、そっちに関わっている隙《ひま》はなかった。

米俵を半分積み終えた辺りで、雨ではない水しぶきが連の顔を打った。水はそこまで来ていた。

「早くしろ！　土手が切れるぞ」

時次郎の声が川の轟音できれぎれに聞こえた。男達は黙々と米俵を積む。誰が誰なのか、さっぱりわからない。だが、そこにいる男達は、少なくとも村のためを思っている奇特な連中だった。

しかし、水の力は恐ろしい。米俵を積んだ所はまだしも、その先の笹藪《ささやぶ》を越えて川の水は街道へ流れた。べきべきと音がしたのは、おとらの家に水が入り、家を支えていた柱が傾いているのだろう。

「時次郎さん。おとらちゃんの父親が残っております」

連は悲痛な声を上げた。

「何んだとう！」

気色ばんだ時次郎がおとらの家に向かおうとすると、男達の一人が止めた。

「今は駄目だ。一緒に流されちまう。水が治まるまで待つしかねェ」

「しかし増吉《ますきち》がいるんだぞ」

時次郎は声を荒らげた。増吉とは、おとらの父親のことらしい。

「他は逃げたのか」

「ああ。連吉がお観音さんの社に連れて行った」

「おおかた、増吉は酒を喰らって寝込んでいるんだろう。業晒《ごうさら》しな野郎だ」

そう応えたのは声の様子から、時次郎の五人組の仲間の捨蔵のようだ。

「おれが助けに行きます」

連は決心を固めたように言った。

「駄目だ。無理だ」

時次郎は間髪を容《い》れず応えた。

「縄がありますよね？　それをおれの身体に巻きつけて下さい。それから縄の端を延ばし、流されそうになったら、皆んなで引っ張って下さい」

連はそろそろとおとらの家に向かった。

命綱のつもりだった。荒縄を三重に胴へ巻きつけ、連はそろそろとおとらの家に向かった。連の背中から延びた荒縄を男達が摑《つか》んでいた。

まるでNPO（民間非営利組織）かNGO（非政府組織）の一員になったような気分だった。自分のためではなく、人のため、村のためにすることは、連のささやかな村への恩返しであった。

だが、五、六歩、前に進んで連はすぐに後悔した。水が腰の辺りまで来ていたからだ。

街道からおとらの家まで、ほんの三十メートルほどだと思っていたが、その時は足許が不安定なせいもあり、途方もなく遠くに感じられた。だいたい、暗闇の中では方向感覚も狂っている。おとらの家に果たして向かっているのかどうかさえも、定かにわからなかった。

しかし、稲妻が走った刹那、斜めに傾《かし》いだ家が連の眼に入った。連が思っていたより、家は左寄りにあった。背中から「大丈夫かあ」と男達の声が口々に聞こえた。

「おう！」

連は自分を奮い立たせるように、声を励まして応えた。

ようやく、土間口前に辿り着き、連は大声で、「増吉さん、おりますか、大丈夫ですか」と訊いた。だが、返答はなかった。油障子を開けようとしたが、容易に開かなかった。連は仕方なく、足で蹴《け》倒《たお》した。外の水がその拍子に中へ流れ込む。

「増吉さん、増吉さん、どこですか」

連は、なおも声を張り上げた。すると、微かに呻《うめ》く声が聞こえた。呻き声はすぐ近くに感じられた。

「増吉さん」

もう一度呼ぶと、連の足がいきなり摑まれた。連は無粋《ぶすい》な悲鳴を上げ、危うく引っ繰り返りそうになったが、ぐっと足を踏ん張った。

増吉は連が油障子を蹴倒した拍子に尻餅《しりもち》をつき、無我夢中で連の足に縋りついたのだった。連は増吉の腕を取り「助けに来ました。さ、しっかりおれに摑まって下さい」と言った。増吉は酒に酔って寝ていたようだが、さすがに酔いは醒《さ》めたらしい。ぶるぶると震えていた。外に出て、連は「縄を引っ張ってくれ」と男達に叫んだ。増吉を横抱きにする恰好で、連はどうにか元の場所に戻ることができた。

「連吉、お手柄だ」

時次郎は昂《たか》ぶった声を上げた。

「ご家族はお観音さんの社におります。すぐに行って、皆んなを安心させて下さい」

連は腰の荒縄をほどきながら増吉に言った。

増吉は礼の言葉もなく、意味不明なことをぶつぶつと呟いていたが、覚つかない足取りでお観音さんの社へ向かった。雨は、それからも激しく降り続いたが、夜明け近くには幾分、雨脚が弱まったようにも感じられた。

男達はくたくたに疲れた身体を引きずるようにして、それぞれの家に引き上げて行った。

朝になると、昨日のことがうそのように空は晴れ上がった。連は障子を透かして家の中に入ってくる眩《まぶ》しい陽射しで眼を覚ました。

だが、起き上がると、家の中には誰もいなかった。時次郎はすでに田圃へ出て仕事をしているのかも知れない。自分も早く手伝わなければと、連は勝手口から外へ出た。

地面はまだ湿っていたが、鳥の声も聞こえ、気持ちがよかった。

井戸の前で手早く歯を磨き、顔を洗った。歯磨きはこの時代、房楊枝《ふさようじ》と呼ばれていた物を使う。

少し太い楊枝の先を細かく裂いてある。それにはこべを混ぜた塩をつけて歯を磨く。歯茎がきりりと締まるような気がした。顔を洗うと、泥や草がこびりついていて、洗い桶の中は真っ黒になった。それを見ただけでも昨夜は大変だったのだなと、改めて思う。

桶の始末をつけ、家に入ろうとした時、さなが笊《ざる》に野菜を入れて戻って来た。

「お早うございます。時次郎さんは、もう田圃に行ったのですか」

そう訊くと、さなはくすりと笑った。さなの頬はほんのりと色づいて可愛かった。

「もうお昼よ」

「え、そうなんですか？　すっかり寝込んじまって……」

「いいのよ。兄さん、今日だけは好きなだけ寝かせておけって言ったから」

「すみません。それで、時次郎さんは田圃ですか」

「いいえ」

さなはその拍子に顔を曇らせた。

「どうかしましたか」

「兄さん達、増吉さんの家を直しに行ってるんですよ」

「ああそうですか。増吉さんの家は半分、傾いていましたからね」

「増吉さん一家は、お観音さんの社におりますけれど、土嚢を積んだために青川の水が自分の家の方に来たと、兄さん達に文句をつけたの」

「…………」

「もともと根太《ねだ》が弛《ゆる》んでいるから、何かあれば壊れるような家だったのよ。でも、とり敢《あ》えず傾いた家をまっすぐにして、丸太で支えようということになったみたい。家の柱が折れていなければ、何んとか住めるはずよ」

「そうですか」

「がっかりしないで。連吉さんのせいじゃない。皆んなで青川の氾濫を防いだから、田圃や畑は助かったのよ。街道は手直ししなければならないようだけど」

増吉は連に助けられたことを少しも感謝している様子がなかった。それどころか難癖をつけて家の手直しを要求していた。連には、それが情けなかった。

連は意気消沈していたが、男達の手伝いをしなければならないと思い、おとらの家に向かった。

街道に出て驚いた。倒れた樹木があちこちに散乱していた。それを取り除く作業も骨だろうと思った。

お観音さんの石段におとらと母親、二人の弟達が座っていた。

「昨夜は大変でしたね。家を直しておりますから、おっつけ戻ることができますよ」

連はねぎらいの言葉をおとらに掛けた。ほつれ毛の目立つおとらは、憂いを含んだ眼で連を見つめ「色々、ありがとうごぜェやす。このご恩は決して忘れねェだ」と、頭を下げた。

「いえいえ。皆さん、ご無事で何よりでした」

「助けて貰ったのに、お父っつぁんが無体なことを喋って、堪忍してけれな」

「増吉さんのおっしゃることも一理ありますので、それはいいですよ」

「おら達を恨まねェでけれ。な、連吉さんよ」

おとらは、最後には哀願になった。

「おとらちゃんはいい子ですよ。だからおれは、恨むなんてことはしませんよ。そいじゃ」

連はおとらに笑顔を向けると、先を急いだ。

増吉のような父親から、どうしてあんなよい娘が生まれたのか不思議でたまらなかった。

連はふと「鳶《とんび》が鷹《たか》を産む」という諺《ことわざ》を思い出していた。

おとらの家に行くと、傾いだ家はどうにかまっすぐになっていた。家の中に泥水が入り、壁のそここに枯れ葉がこびりついていた。

　後始末も尋常でないと思ったが、男達がそこまでする義理はない。だが、増吉は「おい、家の中をどうするんだ。このままじゃ、寝られもしねェ」と文句を言った。増吉は整った顔立ちをしているが、荒《すさ》んだ暮らしと酒のせいで、表情が崩れ、うさん臭いような男に見えた。

　五人組の仲間の金作が、いきなり増吉の襟《えり》を摑んだ。

「いい加減にしねェか、このぐそったれ！　洪水が起ころうが起こるまいが、どの道、手前《てめ》ェのあばら家はお釈迦《しゃか》になるさだめだったんだ。手前ェ、おら達が助けてやらなかったら土左衛門《どざえもん》になっていたんだぜ。それを礼のひとつもなく、口を開けば文句の百万陀羅《だら》。ほざきやがるな！」と吼《ほ》えた。

「そうだ、そうだ。お前ェの組の者はどうしたよ。一人でも手伝いに来たか？　本当なら、おら達が手伝う義理はねェんだ。おら達は村の田圃と畑を守ったんだからな。それでもよ、お前ェのかみさんと子供達が可哀想だからって、家を手直ししてやったのに、何んでェ、その言い種《ぐさ》は」

　捨蔵も同じようなことを言った。時次郎はその場を収めるように「まあまあ。増吉さん、家の中のことは家族でやって下さいよ。わたしらはこれから街道の修繕の仕事もありますので、時間がありません。いいですね、これで了簡して下さいよ」と言った。

金作が乱暴に手を放すと、増吉は少しよろけた。それでも、相変わらず不満そうな表情だった。こういう輩に物事を納得させるのがいかに難しいか、連は身に滲《し》みてわかっていた。相手の気持ちになって考えることができないのだ。いつだって自分に都合のよい論理を振り回す。連が取り引きしていた得意客にも、そんな人間がいた。商売にはシビアなくせに、連の顔を見ればプロ野球選手のグッズをねだるのだ。それからサイン色紙だ。親しい口を利けるプロ野球選手なんて何人もいない。平身低頭して色紙にサインをして貰い、歯の浮くようなお世辞を言ってキャンプ中に使用したバットやスパイクを貰い受けるのだ。そんな苦労を客はつゆほども考えず、他のメーカーの社員の方が気が利いていると嫌みを言う。

（あんた、何様だ）

と、怒鳴りつけたいほど怒りを覚えたことがある。連は、そんなことを思い出しながら増吉を見ていた。

「何、見てんだ、この異人！」

増吉は連に悪態《あくたい》をついた。胸が冷えた。この村での連の扱いは相変わらず異人のまのようだ。村人が自分になじむのには、まだまだ時間が掛かりそうだった。

「あんな酔っ払いの言うことなんて気にするな」

増吉がいなくなると、時次郎と同い年の太助が連を慰めた。

「気にしてませんよ。おれは異人で結構ですから」

連のもの言いも自然に皮肉っぽくなった。

「すねるなって。少なくとも、ここにいる連中は、お前のことを異人だなんて思っていねぇよ」

太助は連の肩を叩いた。

「んだ。ちょいと形《なり》がでけぇだけだ」

五人組の最年長である四十歳の今朝松も連の肩を持つように言う。

「ありがとうございます」

皆んなの気持ちが嬉しくて、連は頭を下げた。

「さあ、これから街道のゴミを片づけて、明日から、また田圃の草取りをするべェ」

今朝松は皆んなを促す。男達は肯いて、おとらの家を後にした。

十一

それから三日ほど経った頃、連は古い醬油樽《しょうゆだる》を持っておとらの家に向かっていた。醬油樽は街道の片づけをしていた時に偶然に拾ったものだった。樽の下の方に木の栓がついた取り出し口がついていた。

連はそれに大小の石や砂を詰めて、井戸の水を濾過《ろか》しようと思いついた。おとらの家の近くの井戸は水の質が悪いと聞いていたからだ。

おとらの両親は野良《のら》仕事に出かけていて、家にはおとらと、二人の弟がいるだけだった。

おとらは洗濯した物を外の樹《き》の間に縄を張って干していた。

「おとらちゃん」

連が声を掛けると、おとらはふわりと形のいい歯並びを見せて笑った。

「今日はね、井戸の水をきれいにしてやろうと思いましてね」

連も笑いながら言った。おとらを見ていると心が癒《いや》されるような気持ちになる。それは、恋愛感情とは少し別のものだった。おとらは現代で言うと中学三年生ぐらいだろう。連が幾らもの好きでも、中学生の女の子に妙な気は起こらない。

「何んだろ」

おとらは興味深い眼になった。

「えっと、この樽に入れる石を集めて下さい。話はそれからです。おれは青川で砂を取ってきます。あ、石は井戸の傍に置いて下さいよ。運ぶ手間が省けるから」

「どんな石かな。大きいの？　小さいの？」

「大きいやつも、小さいやつもですよ。きよ、お前もぽやっとしてないで手伝え。いいな」

連は喜代次にも命じた。話がわかったのか、わからないのか、喜代次は歯を剝き出して笑っているばかりだ。

「留吉《とめきち》も手伝え」

おとらは下の弟に言った。かさぶただらけの顔をした留吉はこくりと肯いた。

青川は水が引いて、緩やかな流れに戻っていた。まだ少し濁りが残っているのは大雨の後遺症だろう。連は醬油樽の底から二十センチほど、きれいな砂を敷き詰めた。その上に形の揃った小石を並べた。あまり重くなってはおとらの家まで運べない。連は目方を考えながら運べるだけの小石を入れた。

おとらの家に戻ると、井戸の傍に石を並べた三人が連を待っていた。短い時間にしては、石はよく集まった。だが、醬油樽に入り切れない物もあって、連は苦笑した。

「この大きい石はおとらちゃんが運んだんですか」

「へえ」

「見掛けによらず力持ちだな」

からかうと、おとらは恥ずかしそうに両手で顔を覆《おお》った。そんなうぶな仕種《しぐさ》も可愛い。

連は樽の中におとら達が集めた石を小さい順に重ねた。そうして、一番上は大人の拳大の石を並べた。

「いいですか。そいじゃ、井戸の水を入れますよ」

連がそう言うと「おらがやる」と、おとらは張り切って釣瓶《つるべ》を井戸の中へ落とした。汲み上げた水は、連の眼から見ても薄茶色に濁っていた。樽に水を注ぎ、しばらくしてから醤油樽の取り出し口の栓を外した。水がそこから静かに流れた。掌で掬《すく》うと、濁りもくすみもない透明な水になっていた。ここまで濾過できるとは正直思っていなかったので、連も興奮した。

「飲んでごらん」

連が促すと、おとらは恐る恐る取り出し口に両手を差し伸べ、掌に掬って飲んだ。

「うめェ」

おとらは感歎《かんたん》の声を上げた。留吉が「おらも、おらも」とせがむ。喜代次も首を伸ばしていた。

「口に入れる水は、皆、これで濾《こ》してから使いなさい。留吉の身体もよくなるかも知れませんよ」

「めしを炊く時も、汁を拵える時も、この水を使えばいいんだな」

「ああ」

「ありがとうごぜェやす。連吉さんには、この中《じゅう》から世話になりっぱなしで、おらは何んとお礼を言ったらいいかわかんねェ」

おとらはすまなそうな顔で頭を下げた。

「礼なんていいですよ」

「なして、そこまでしてくれるんだ？　おらのお父っつぁん、連吉さんの悪口ばかり喋っているのに」

おとらは怪訝そうな表情だ。

「それは、おとらちゃんが家の手伝いをよくしているし、弟の面倒も見ている。おれは感心していたんですよ。ちょっとでも力になりたいと思ったからですよ」

連はそう言ったが、おとらは納得した様子でもなかった。この村では、家の手伝いをしたり、弟妹の面倒を見るのが当たり前だったせいだろう。

連はおとらから庭で採れたというシソの葉を貰って家に帰った。時次郎に自分がしたことを話すと「それはよいことをしましたね。おとらの家は、これからきれいな水を飲めることでしょう」と喜んでくれた。しかし、なぜか、さなの機嫌は悪かった。

連はそれが不思議だった。

「なあに。おとらに悋気《りんき》（嫉妬《しっと》）してるのさ」

時次郎は訳知り顔で言った。連は「ええっ？」と素《す》っ頓狂《とんきょう》な声を上げた。

年頃の娘は、いつの時代も厄介なものである。

しかし、連の好意も空しく、おとらはそれからしばらくすると女衒に売られる羽目となってしまった。

長雨が続いた青畑村は、秋の収穫が前年の六割程度しか見込めないというのが村人のおおかたの見解だった。おとらの家が借りていた田圃の米は実が入らず、野菜は腐れが目立ち、売り物にならなかった。ただでさえ人手が足りないのに、増吉が酒を飲んで野良仕事に出かけない日が多かったせいもあった。

村ではおとらの他に売られる娘が二人いた。

三人の娘は女衒につき添われて、街道を東へ向かった。連は時次郎と一緒に田圃からそれを眺めた。やり切れない気持ちだった。

「可哀想になあ」

時次郎は田圃の草取りをしながら呟いた。

娘達はきれいに髪を結い、一張羅《いっちょうら》の着物に身を包み、まるで隣り村の祭り見物にでも行くようだった。だが、それが祭り見物でないことは、娘達の沈んだ表情が物語っていた。

三人とも俯《うつむ》いて、足許に眼を落として歩いていた。

と、突然、甲高い声が聞こえた。連が声のした方を見ると、喜代次が四つん這いの恰好で後を追って来ていた。

「きよ、帰れ。お前ェは一緒に行けねェよ」

おとらの声が涙でくぐもった。それでも喜代次は後を追う。小太りの女衒が喜代次を足蹴にした。喜代次はその拍子に街道の下の田圃に転がり落ちた。

「この半ちくが！」

女衒は口汚く罵《のの》しった。田圃に嵌《はま》って喜代次は身動きができない。おんおんと声を上げて泣くばかりである。

時次郎は喜代次を助けようと傍に駆け寄った。だが、連はその場を動くことができなかった。こんな悲しい場面に出合ったのは生まれて初めてだった。

連は固唾《かたず》を呑み、唇を噛み締めておとらを見つめた。おとらは、そんな連に気づくと、小さくいやいやをした。

それはどんな意味なのか、連にはわからなかった。売られて行く自分を見ないでと言いたいのか、頑是《がんぜ》ない喜代次がたまらないと言いたかったのか。おとらの真意がわからないまま、おとらは連の視界から遠ざかる。

後には永遠に泣きやまないのではないかと思えるほど喜代次の泣き声が続いていた。

十二

青畑村の庄屋《しょうや》儀右衛門の家に村の男達が集まって寄合《よりあい》を開いたのは、天明六年（一七八六）の秋の夜のことだった。

青畑村の稲の収穫量は、その時点で前年の六割にも満たないとわかり、儀右衛門はこれからのことを村人と相談しなければならなかった。稲の実入りが少ない上に、領主である松平伝八郎の娘が輿入《こしい》れするための臨時金まで課せられていたからだ。

儀右衛門は何んとか村人に了簡《りょうけん》して貰《もら》い、この窮地を乗り切るつもりでいたが、村人の反応は当然ながら、つれないものだった。

儀右衛門の家は茶の間と奥の間の襖《ふすま》を取り払い、大広間にして村の男達を座らせていた。

出席者は六十人ほどで、村の男達のおよそ半数が集まったことになる。正面の床の間を背にして儀右衛門が座り、その横に時次郎が並んでいた。時次郎は腕組みして、眼を瞑《つぶ》ったままだった。

連は時次郎が上座に着いていることに少し怪訝《けげん》な思いを抱いた。だが、大広間の後ろで話を聞いている内、時次郎が村の五人組を束ねる組頭《くみがしら》なのだと気づいた。

「皆《みな》の衆《しゅう》の苦労はよっく承知している。だが、お屋形《やかた》様のご息女が輿入れなさるのだ。ここはまげて力になってほしいのだ」

儀右衛門は哀願するように男達へ言った。

「おら達は年貢を免除して貰うか、それが無理なら、いつもより年貢を少なく見積もって貰いてェと思っているのに、さらに金を出せっちゅうのは間尺《ましゃく》に合わねェ話だ」

儀右衛門の近くにいる嘉助《かすけ》という中年の男が不満そうに吐き捨てる。「んだ、んだ」と同調する声も聞こえた。

「お世話になってるお屋形様だぞ。どうすれば、そんな薄情なことが言えるんだ。それなら何か？　お屋形様のご息女は嫁入り道具も持たずに輿入れしろと言うのか」

儀右衛門は声を荒らげる。

「今は時期が悪いと言ってるんだ。お姫様の輿入れを延ばすとか、色々、打つ手もあると、おらは言いてェわけだ」

嘉助は怯《ひる》まず言葉を返した。連には、嘉助がなかなか弁の立つ男に思えた。

「しかし……」

儀右衛門はそう言ったきり、言葉に窮した。

儀右衛門は立場上、知行主の息女の輿入れに協力できぬとは口が裂けても言えないのだった。

「時次郎さん。あんた、どう思っているのよ。さっきから黙ったまんまで、さっぱり喋《しゃべ》らねェ。あんた、お屋形様の家来《けらい》みてェなもんだろ？　やっぱり無理をしても金を作れと言いてェのけェ？」

嘉助は小意地の悪い表情で時次郎に水を向けた。連は嘉助の言葉に大層驚いた。時次郎が知行主と近しい関係にあるとは夢にも思っていなかったからだ。

「捨蔵さん、時次郎さんがお屋形様の家来だというのは本当のことですか」

連は小声で隣りに座っていた五人組の仲間の捨蔵に訊《き》いた。捨蔵は小首を傾《かし》げた後で「そう言う者は多いわな」と応《こた》えた。

「時次郎さんがこの村にやって来たのは、お屋形様が家督《かとく》を継いで間もなくのことだったからな」

やはり五人組の仲間の今朝松が口を挟《はさ》んだ。

「それはいつのことですか」

「いって……十年ほど前のことだよな」

今朝松は捨蔵に相槌《あいづち》を求める。

「んだ」

「時次郎さんは青畑村の生まれじゃなかったんだ」

「お前《め》ェ、時次郎さんの従弟《いとこ》でねェか。今さら驚くことでもねェだろうが。時次郎さんもさな坊も江戸の生まれよ」

捨蔵は何を今さらという顔で言った。

「いいえ、時次郎さんの家とはあまりつき合いをしていなかったので、詳しい事情は知らなかったんですよ」

連は苦しい言い訳をした。連はその時、時次郎とさなの言葉遣いが村の人間達と違っていることに合点がいった。二人のもの言いは丁寧で、野卑なところがなかった。

それは江戸で暮らしていたからだろう。現代でも東京周辺は標準語の地域である。

連の顧客《こきやく》の中には何代も続く江戸っ子の家系の人間がいた。

軽妙洒脱《けいみようしやだつ》なもの言いは標準語と言うより、江戸弁と言った方がふさわしい。巻き舌のべ、ら、ん、め、え調だ。それでも、どこか粋《いき》に感じられた。地方の言葉遣いとは、おのずと違う。

「皆さんのお気持ちはよくわかっております。無理をさせる訳には行きません。わたしは近い内に江戸へ出て、お屋形様に青畑村の窮状を訴えるつもりです。ですから、皆さんはあまり心配されませんように」

時次郎は慇懃《いんぎん》に聞こえる声で言った。

「信用していいのか？　江戸から戻って来て、やっぱり臨時金を用意しろと言うのはなんねェぞ」

嘉助は釘《くぎ》を刺す。

「はい。それはようく肝《きも》に銘《めい》じているつもりです。すでに三年ほど前から北の津軽弘《ひろ》前《さき》藩では稲が全滅で、ご公儀は一万両を弘前藩に貸し付けたそうです。弘前藩はその金で城下の人々に施行《せぎょう》をしました。しかし、被害は拡大しておりまして、せっかくの施行も焼け石に水だと、もっぱらの噂です。弘前藩の周りの藩も似たような状況だそうです。それに比べたら、青畑村はまだしもましだと思いますが」

時次郎は淡々と語った。

「下を見たって仕方がねぇだろうが。北の藩のことなんざ、おら達の知ったことじゃねぇ。問題は青畑村がどうやって、ここを乗り切るかだ」

嘉助は声を荒らげた。連は時次郎が弘前藩の情報をどこから仕入れたのかと疑問が湧いた。以前、連は天明時代に飢饉《ききん》が蔓延《まんえん》し、津軽地方に餓死者が出たということを時次郎に話した。

時次郎は青畑村に飢饉の恐れはないのかと、かなりしつこく訊《たず》ねた。連はわからないと応えた。だが、今の時次郎の口ぶりには詳しいことを知っているような感じがあった。時次郎は、あれから慌しく情報収集をしたのだろうか。連はそれを時次郎に訊いてみたいと思った。

「よその土地のことなぞ、知ったことではないというのは承服できませんなあ。それは身勝手な考えに思えますよ。よその土地のことを知ることは、これからの青畑村のためでもあると思います。嘉助さん、口を慎んで下さい」

時次郎はぴしりと嘉助を制した。嘉助は不満そうに、小声でぶつぶつと何か呟《つぶや》いていたが、面と向かっては反論しなかった。

「今年の冬に備え、喰《く》える物は何んでも干したり、塩漬けにしたりして、貯《た》めて置くのが利口だ。皆の衆も嬶《かか》ァにそれを伝えてくれ。呑気《のんき》に構えていたら、それこそ飢え死にしてしまうぞ」

最後に儀右衛門が重々しく言って、寄合はお開きになった。

家に戻ると、時次郎はさなに、近々江戸へ出るという話をした。さなは驚いて、しばらく二の句が継げなかった。

「時次郎さん一人で行くのですか。何んならおれも一緒に行ってもいいですよ」

遅い晩めしを摂《と》りながら連は言った。晩めしは相変わらず、野菜の入った雑炊《ぞうすい》だった。

「いや、さなを一人にしては、よからぬことを考える輩《やから》が出る。ここは連吉さん、しっかり留守番をお願い致します」

「よからぬことを考える輩って誰ですか。この村には、そんな奴はいないでしょう」

連は苦笑して言う。

「金作はさなに岡惚《おかぼ》れしております。さなが一人だとわかれば夜這《よば》いを掛けるでしょう」

「夜這い……」

その古めかしい言葉を真顔で言う時次郎が可笑《おか》しかった。連は腹を抱えて笑った。

「笑い事ではありません」

時次郎は、むっとした様子だった。五人組の仲間の金作は二十五歳の若者である。さなに向ける微妙な視線を感じていたが、夜這いを掛けて無理やり自分の物にしようとするような男には思えなかった。

「この村の夫婦は、たいてい秋祭りの夜にくっついた連中ばかりですよ」

時次郎は渋い表情で続けた。

「おおらかですねえ」

連は、それでも愉快そうに応える。

「ですから、ここはひとつ、連吉さんにお頼みします。さなのことはよろしくお願いします。さなを無事に嫁入りさせるのが兄としてのわたしの責任ですから」

時次郎は深々と頭を下げた。

「よして下さい。改まってお願いされるまでもありませんよ。おれは時次郎さんに助けられ、こうして雨露を凌《しの》げる家で暮らすことができるんです。留守番ぐらい、何んでもありません」

連は慌てて時次郎を制した。

「ありがとうございます。これでわたしも安心して江戸へ向かうことができます」

「ところで……」

連は残った雑炊を掻《か》き込むと、時次郎に向き直った。

「弘前藩の事情をかなり詳しくご存じでしたね。おれは飢饉の話をした覚えがありますが、さほど詳しくは言わなかったと思いますが」

「それは、連吉さんのお話を伺った後で、江戸のお屋形様へ書状をしたためて事情をお訊ねしていたのです。驚いたことに、先日ご老中の田沼（意次）様はお務めを退《の》き、白河様（松平定信）が老中の席にお就きになるという噂があるそうです。連吉さんのおっしゃる通りでした。お屋形様はお立場が危うくならずに済み、大層お喜びのご様子でした」

青畑村の領主の松平伝八郎は連の助言通り、定信側について、うまく世渡りをしたようだ。

「時次郎さんはお屋形様と、どういう関係なのですか。かなり近しい間柄にも思えますが」

「いや、それは……さな、茶をくれ。連吉さんにも」

時次郎は連の視線を避けるようにさなへ言いつけた。さなはおおぶりの土瓶を取り上げ、連と時次郎の湯呑《ゆのみ》にほうじ茶を注《つ》いだ。

「おれは時次郎さんとさなさんが、てっきり青畑村の生まれだと思っていたのですよ。ですが、今朝松さんは時次郎さんとさなさんが十年ほど前に村へ来たと言っておりました。それはお屋形様の指示でそうしたからですか」

連が膝《ひざ》を進めて訊くと、時次郎は「畏《おそ》れ入ります」と低い声で応えた。

「連吉さん、余計なことは訊かないで！」

さなが甲高い声を上げた。連は驚いてさなを見た。普段はおっとりとした娘に見えていたが、その時だけは眉《まゆ》を吊《つ》り上げ、怖い表情をしていた。

風が出てきたようだ。木々を揺らす風の音が連の不安を掻き立てた。

しばらく沈黙が続いた後で、連はおもむろに口を開いた。

「おれは、お二人の事情を暴《あば》こうとしている訳ではないし、責めている訳でもありませんよ。おれにできることがあるなら、喜んで力になりたいと思っています。こうして半年近くも一緒に住んでいると、家族のような気持ちにもなっています。家族なら何んでも話し合うべきじゃないですか。それとも、時次郎さんもさなさんも、おれという男が信用できませんか」

連の口ぶりは次第に熱を帯びていった。

「おれはね、さなさん。今よりずっとずっと未来の時代から来た人間なのですよ。天明の時代のことは学校、いや、学問所で習いました。天明の次の時代は寛政になります。これだけでもおれのことは証明できるはずです。白河様はその内に改革を始めます。かなり思い切った改革です。江戸の人々はそれにより処罰を受けたりもしました。だが、それはまだ先の話です。この天明時代は飢饉との闘いの時代になります。日本中に飢饉が拡がり、百姓一揆《いっき》や打ちこわしが起こります。せめて、この青畑村にはそのようなことが起こらないことを、おれは願っている訳で」

「本当に本当に遠い先の時代からいらっしゃったの？」

さなは信じられない表情で訊いた。

「時次郎さんも、うすうすそれは感じていたはずです。そうですね？」

「はい……」

「なぜ、そんなことになったのかしらん」

さなは自分の胸に掌を押し当てて独り言のように言った。驚きで心臓がドキドキしているのだろう。

「それはおれにも説明がつきません。どこかが、何かがずれて、このような結果になってしまったのでしょう。天変地異のせいだと言うしかありません」

「お屋形様は早くから世情不安を感じておられました。何んとなれば、お屋形様のお父上も領内に一揆が起きた廉《かど》で責任を問われ、移封《いほう》の憂き目を見たからです」

時次郎は二人の間に割って入るように口を挟んだ。

「いほう？」

聞き慣れない言葉だった。

「簡単に申せば、領地替えをされたということです。以前はもっと江戸に近い場所がご領地でした」

「ちょっと待って下さい。お屋形様は旗本という身分ですよね。時次郎さんの言い方はまるで藩主のように聞こえますよ。旗本ってのは、つまり何んですか」

連は以前から感じていた疑問を口にした。

旗本は連にとって高級な武士というイメージしかなかった。時次郎は面喰らった表情で、きゅっと眉を持ち上げた。

「学問所で習わなかったのですか」

時次郎は連の無知を詰《なじ》るように言う。

「おれは経済学部だったので、歴史はちょこっと齧《かじ》った程度ですよ」

連は面目ないという表情で頭に手をやった。

坊主頭も相当に髪が伸びた。もう少し経ったら丁髷《ちょんまげ》を結わなければならないのだろうか。それがどうにも憂鬱《ゆううつ》だった。

「旗本は禄高《ろくだか》一万石未満の家臣で、上様に御目見《おめみえ》を許されている方を指します。旗本八万騎と言われておりますが、実際の旗本は五千騎そこそこでしょう。お屋形様は五千石の旗本ですが、領地としている青畑村から年貢を取り立てております。そこは藩主のお立場と変わりがありません」

時次郎は噛《か》んで含めるように教えてくれた。

「旗本は一騎、二騎と数えるのですね」

「はい。馬を使うことが許されておりますので、そのように数えます。町奉行所の与《よ》力《りき》も同様です」

「なるほど。で、時次郎さんはお屋形様の家臣ということになるのですか」

連がそう訊くと、時次郎は、つかの間、言葉に窮した。さなはじっと二人のやり取りを見つめている。

「家臣というより中間《ちゅうげん》です」

「ちゅうげん？」

「武家の奉公人という意味ですよ。お屋形様は一揆を大層恐れております。わたしは青畑村に一揆が起こらないよう、見張り役を仰せつかりました」

スパイのことかと連は思った。スパイは江戸時代の言葉で何んというのだろうか。

ちょっと思い出せなかった。しかし、時次郎は「わたしがお屋形様の間者《かんじゃ》であることは、何卒《なにとぞ》、他言無用に」と、すぐさま釘を刺した。スパイイコール間者だった。

「もしも一揆が起きたら、お屋形様はどうなるのですか」

連は新たな疑問を口にした。

「白河様は厳しい処断をされると連吉さんは言っておりましたね。そうなると、領地は召し上げられる恐れがあり、家禄も降下……いや、領内監督不行き届きで改易《かいえき》の憂き目を見るかも知れません。わたしはそうならないよう村の動きに注意を払っているのです」

「お家がお取り潰《つぶ》しになるということですか。武士の世界もなかなか厳しいものですね」

「ですから、連吉さん。どうかわたしに手を貸して下さい」

時次郎は縋《すが》るような眼で言った。

「もちろん、おれでできることは協力するつもりです。しかし、時次郎さんは村のことをどのようにお屋形様へ伝えるのですか？　せめて臨時金だけでも免除していただかないと村の人々は承知しませんよ」

連は厳しい声で言った。

「わかっております。何んとかそれはお許し願うつもりです」

時次郎はそう言ったが、声に力はあまり感じられなかった。

十三

時次郎はそれから間もなく、慌しく旅仕度を調《ととの》え、江戸へ向かった。稲刈りの前には戻って来ると言ったが、場合によっては遅れる恐れもあった。その時は五人組の仲間に声を掛けて手伝いを頼むつもりだった。

時次郎がいないので、連の仕事は格段に増えた。勢いよく生えるのは雑草ばかりだ。少しでも稲の実入りがよくなるように、連は草取りに没頭した。

畑の作物も生長が遅く、大根は細いし、青物は収穫する前に枯れてしまった物も多かった。少し早いが、さなは近くの山できのこを採ろうとしたが、すでに村人の手で摘み取られ、一回分の汁の実にするのが関の山だった。

さなが一人で山に行ったと聞き、連は眼を剝《む》いた。

「危ないじゃないですか。一人で山に入って何か起きたら大変ですよ。今後はやめて下さい」

「大丈夫よ。近所のおかみさん連中も近くにいたから」

「駄目と言ったら、駄目だ！」

連は怒鳴った。時次郎の留守中は、さなを守る責任があった。何かあってからでは時次郎にお詫《わ》びのしようがない。

「連吉さんは怒ったら怖いのね」

さなは不服そうに口を尖《とが》らせた。だが、さなは時次郎がいないせいで、連に対して媚《こ》びたような仕種《しぐさ》を見せる。連は内心で、参ったなあという気持ちでいた。さなと二人だけの食事も、そのせいか気詰まりだった。

連はなるべく手仕事をして、さなの気を逸《そ》らすようにしていた。

さなは大根の葉を茹《ゆ》でて干したり、床下に芋を貯蔵したりして冬に備えている。青畑村は山間《やまあい》の村なので、魚は滅多に口にできない。村を訪れる行商の魚屋が持って来るのは口もひん曲がりそうな塩鯖《しおさば》だった。おまけに何やら饐《す》えた臭いもする。飲み下すのが容易でなかった。青川で獲《と》れた山女《やまめ》に舌鼓を打ってから何ヵ月も経つ。あれは捨蔵が持って来てくれたものだった。もしかして、自分はこの青畑村で飢えを経験するのだろうかと、連は漠然と考える。

しかし、どこか実感が伴わない。生まれてこの方《かた》、連はひもじい思いなどしたことがなかったからだ。恋人だった田代茜とレストランで食事をする時、茜は決まって「ごはんは少なめでお願いします」とウェイターに言った。

ダイエットのつもりでそうしていたのだろうが、連はその度に、彼女は飢えを知らないからそんなことを言うのだろうと思った。その頃、アフリカ大陸で暴動が起こり、難民が増加していた。栄養失調で亡くなる子供も多かった。茜は飢えで苦しむ国を支援しようとする人々に冷淡だった。

「政治が悪いのよ。どうして遠い国の人々を日本が支援しなければならないのかしら。日本だって、困っている人は大勢いるのに」と不満そうに言った。連はその時、百円あったら、何人もの子供達が救えるのだと力説した覚えがある。その後で、茜とは険悪なムードになってしまったが。

茜とは同じ意識を持ち合えなかった。連は二人の破局の理由に今さらながら納得する。

今、江戸時代の青畑村で飢饉の恐怖に連が怯《おび》えているなど、茜は夢にも思っていないだろうし、そもそも連のことは忘却の彼方《かなた》へ追いやられているだろう。相変わらず雑誌の取材をして、写真を撮り、記事を書く毎日だろう。いつかライターとして陽《ひ》の目を見る日を信じて。たまに学生時代の友人と食事をしながら、茜は好きなワインにほろりと酔っているだろうか。彼氏とは別れちゃって、などと酔った拍子にぽろりと言っているかも知れない。

ネイル・サロンでマニキュアしたピンクの爪は先だけラメになっていた。夜はやけにその爪がきれいに見えたものだ。ブラウンに染めた髪は、いつもシャンプーのいい匂いがした。濡《ぬ》れたように見えるナチュラル・カラーの口紅、短めのジャケットの下は胸が大きく開いた白いシャツ。ダイヤのクロスのペンダントがよく似合っていた。

仕事がきつくなると、茜はエステや足裏マッサージもよく利用していた。

「リンパの流れが異常に悪いんだって。疲れるはずよね」

その言い方が得意そうだった。温泉の取材にはやけに張り切って「まったりするのよねえ、温泉って」と、若い娘が誰しも遣う言葉で言う。ライターなら、もっと自分の言葉で表現しろや、と連は訳知り顔で言ったものだ。

茜は変わり身が早いから、連の後釜《あとがま》の彼氏をとっくに見つけたかも知れない。それでもその彼氏は自分の仕事以上に大きな存在にはならないのだ。とんでもない大金持ちの男だったら別だろうが。野良着にぼさぼさ頭、ろくな物を食べていない今の連を茜が見たらどう思うだろうか。きっと見ない振りをしてやり過ごすだろう。

どうしてあんな女を愛したのか。連は茜を憎むと同時に自分をも嫌悪した。

とにかく、食べ物の確保が肝腎《かんじん》だ。連は茜の記憶を振り払い現実に戻る。現実？途端、連はまた大きな疑問に囚《とら》われる。現実とは何んぞや。青畑村にいる連吉が現実の自分か。それなら、二十五歳まで暮らした世界は夢まぼろしだったのか。今、自分が置かれている立場は何んだろう。何んの意味があるのか。

様々な思いがいっきに押し寄せていた。わかっていることは、自分がついてない男だということだ。ついていないから、このようなていたらくになったのだ。連は唇を嚙んで思う。目頭が自然に熱くなった。洟《はな》を啜《すす》る連を、さなは訝《いぶか》しい表情で見ていた。

時次郎がいない間にも五人組の寄合が開かれた。場所は今朝松の家だった。

今朝松の家は時次郎の家から一町ほど離れた所にある。家の造りも時次郎の家と、さほど変わりがなかった。だが、年老いた今朝松の母親、今朝松の女房、十八歳の息子を頭に五人の子供がいる大家族だった。

今朝松の女房のおかつは、五人組の男達のために大根のなますや煮物を拵《こしら》えて振舞ってくれた。男達はそれぞれに何か持ち寄る。連はさなが持たせてくれた濁り酒の一升徳利を持参した。

「連吉さんよ、時次郎さんはいつ頃戻ると言っていた?」

捨蔵は時次郎の不在が心細いような顔で訊いた。

「はっきりいつとは言っていませんでしたが、稲刈りまでには戻るでしょう」

「稲刈りなあ……さっぱり実がならねェから、今もひと月後も大して変わらねェなあ」

捨蔵は諦《あきら》めた口調で言う。

「んだ。稲刈りしても屑米《くずまい》で、お屋形様に差し上げても売り物にゃならねェだろう」

太助も相槌を打つように口を挟む。

「これで臨時金を出さなきゃならねェなら、いったいどうするのよ」

金作も憤った声で言った。

「せめて臨時金は勘弁して貰うよう、時次郎さんはお屋形様へお願いすると言っていましたよ」

連は皆んなを安心させるように言う。

「そんなことあてになるもんか。連吉さんよ、お屋形様はな、この青畑村のことは何も知らねェのよ。いっぺんだって様子を見に来たことはねェんだからな」

金作は吐き捨てる。

「え、そうなんですか？　いっぺんも？」

連は驚いた。江戸時代は交通の便が悪いから、おいそれとは自分の知行地を視察できなかっただろうが、それにしても一度も青畑村を訪れたことがないというのは意外だった。

「お屋形様なんて、皆、そんなもんだ」

年長の今朝松が訳知り顔で言った。

「年貢は代官任せ、代官は庄屋任せだ。とにかく決まりの年貢を出せと言うばかりよ。百姓と油は搾《しぼ》れば搾るほどいいと考えているんだ」

金作は憤った声のままだ。

「んだ。無理が通れば道理が引っ込むって諺《ことわざ》もあるしな」

太助も仕方がないという表情で相槌を打った。

四人の男達は間近で見ると、当たり前の話だが、それぞれに違う表情、違う顔つきをしている。

四十歳の今朝松は赤ら顔で、髭《ひげ》が濃い。三十二歳の捨蔵は、背丈は低いが、がっちりした身体つきをしている。野良仕事の合間に山菜採りや釣りをするまめな男で、大きな丸い眼は驚いた時、さらに丸くなる。

二十八歳の太助は童顔でおとなしい性格でもある。人の話もよく聞くので連は太助に好感を持っていた。二十五歳の金作だけは利かん気で、連とはそりが合わない。

連は五人組の仲間と一緒にいる時、こいつらは正真正銘の江戸時代の百姓なのだと、改めて思うことがある。連にとっては五人組の仲間が江戸時代を代表する百姓の姿だった。それは連が歴史の教科書から垣間《かいま》見ていた姿より、もっとねばり強く、もっとしたたかに感じられた。

身分制度における百姓は武士の次に身分の高い存在だが、実際は人としての扱いを受けない弱者に思え、連は哀れな気持ちを覚えていた。しかし、彼らはもちろん、自分達を哀れだとは微塵《みじん》も思っていない。百姓の家に生まれたからには百姓をして生きて行くしかないと覚悟を決めている。そして、理不尽なことには徹底的に異議を唱え、自分達の暮らしを守ろうとする。そのためには闘うことも恐れない。連は青畑村に住むようになって、改めて江戸時代の百姓の心意気を肌で感じた。

「時次郎さんがお屋形様に臨時金を勘弁して貰うとしても、今年の年貢はどうなるもんだか」

捨蔵は濁り酒をぐびりと飲んで言った。

「どうなるべェか」

今朝松も心配そうだ。

「あまりに無体《むたい》なことを言われた日にゃ、黙っていられねェ」

金作は大根の煮物を咀嚼《そしやく》しながら言う。

「どうするつもりですか」

連は、つっと膝を進めて金作を見た。

「決まっていらァな。一揆だべ」

「で、でも、時次郎さんは、そうならないように江戸へ向かったのですよ。お屋形様も領内で一揆が起きれば、お家がお取り潰しになる恐れがあります」

連は時次郎の代わりに必死で皆んなを宥《なだ》めた。

「知るけェ」

金作は他人事《ひとごと》のように吐き捨てた。

「一揆をしていいことなんて、ひとつもありませんよ。一揆の首謀者は責任を問われて死罪の沙汰《さた》が下されるでしょうし、庄屋さんも代官も咎《とが》めを受けます」

「首謀者って親玉のことけェ？」

金作は小馬鹿にしたような顔で連に訊く。

「そうです」

「そんなら心配ねェ。一揆を煽《あお》ったのが誰かわからねェ方法でやる」

「どうやって」

「いいか、連吉さんよ。一揆をするにゃ、村の男達が気持ちをひとつにしてやらなきゃならねェ。一人でも、おら、やんねェという者がいれば一揆はできねェ。本気かどうかは連判状《れんぱんじょう》に名前ェを書いて確かめるのよ。その連判状だが、普通は一揆を企てた者から書く。すると、最初に名前ェを記した者が親玉だと誰しも当たりをつける。親玉だけが処罰を受ける掟《おきて》なら、親玉を引き受ける奴はいねェ。そこでだ、名前ェは円にして書く。円にすれば、最初と最後がどこか見当がつかねェから、誰が親玉かわからねェ。昔からの百姓の知恵だ」

金作は得意そうに説明した。

「それを傘《からかさ》連判状という」

今朝松が訳知り顔で言い添えた。

「傘連判状……」

初めて聞く言葉を連は呟く。

「怖気《おじけ》づいたか？」

金作は連をからかうように言う。

「皆さんは、もはや一揆をしようというお気持ちでいるのですか」

連はそれが肝腎とばかり訊く。

「それは時次郎さんの返答次第よ。臨時金の免除がうまく行っても、年貢が当たり前に取られるなら、おら達は黙っていることはできねェ」

金作の言葉を他の三人は止めなかった。連を時次郎の身内と思って脅《おど》しているのかも知れないが、青畑村の窮状を救うためには一揆しかないと思ったとしたら、彼らは迷わず、それに向かって突き進むだろう。集団となった男達の行動に歯止めは利かない。

「金作、先走るな。一揆は連吉さんの言うようにおおごとだ。まずは時次郎さんの帰りを待ってからだ。その前に稲刈りの時期をいつにするかだ」

太助は血気にはやる金作を制した。太助のお蔭《かげ》で一揆の話が回避できた。連は、ほっとする思いだった。

「ところで、時次郎さんがいねェ間、連吉さんはさなと二人きりだな。どうだ？　もはや、いい仲になったのけェ？」

金作は野卑な笑みを浮かべて訊く。

「何言ってるんですか」

連はぎらりと金作を睨《にら》んだ。

「さなは若けェくせに滅法色っぽい娘だ。あんな娘に縋りつかれたらよ、腰もとろけるわな」

さなを呼び捨てにする金作が気に喰わない。時次郎が言っていたように金作はさなに眼をつけていた。連が時次郎と一緒に江戸へ出ていたとしたら、その夜の内に夜這いを掛けただろう。

「さな坊はお前の思い通りになるような娘じゃねェ。それに連吉さんといい仲になったのかとは何んという言い種よ。連吉さんとさな坊はいとこ同士だ。血の濃い二人がそんなことになる訳がねェ」

太助はぴしりと言った。

「金作、諦めな。さな坊はお前ェの相手じゃねェ。嘉助の妹のとめでも女房にするんだな」

今朝松も宥めるように言うと、金作は、ふんと鼻で笑い「あんなおたふく、ごめんだァな」と吐き捨てた。

金作に油断してはいけないと、連は固く肝に銘じていた。しかし、金作のことはいいとして、さなの思わせぶりな態度に辟易《へきえき》する。

自分には言い交わした相手がいると言った方が親切かも知れない。そうすれば、さなは納得するだろう。言い交わした相手？　連は胸で呟いた言葉をすぐさま自分に問い掛ける。

そんな相手がどこにいる。茜ではない。茜ではないが、こんな時になると決まって彼女の面影がよぎる。きっぱりと踏ん切りのつけられない自分が連は情けなかった。

十四

時次郎は青畑村に帰る様子がなかったが、江戸の噂は代官を介して庄屋の儀右衛門にも伝えられた。

八月に老中首座の田沼意次の出仕停止となり、同月の二十七日には御役召放《おやくめしはなち》（罷《ひ》免《めん》）となったことは時次郎から聞いていたが、その頃、将軍徳川家治《いえはる》に危篤の噂が拡がっていた。

そして九月八日。正式に薨去《こうきょ》が伝えられたという。

宝暦十年（一七六〇）辰《たつ》の年に始まった二十七年間の家治の治世は天変地異のやむことのない時代だった。不幸な将軍だったたと思う一方、田沼ら家臣に政治を任せ切りにしてしまった責任は重いと、連はひそかに思っていた。

徳川家治に代わり、徳川家斉《いえなり》が将軍に就き、老中首座も松平定信に代わるという噂が拡まる、江戸の人々の世直しの期待はいやが上にも高まっていた。

しかし、現実は当然ながら甘くなかった。

大雨による洪水は、青畑村だけではなかった。関東一円でも洪水の被害が報告されており、八月からは全国的に飢饉の様相が深まっていた。幕府は九月に米穀売買勝手令を出し、江戸周辺からの穀物の流入と自由な売買を許可し、食料不足を避けようとした。しかし、江戸周辺の村々にも飢饉が拡がっていて、その触《ふ》れは全く役に立たなかった。


さなはさななりに食べ物を確保しようと、田圃《たんぼ》や畑の畦道《あぜみち》を歩き、食べられる雑草を摘んで来た。畑の野菜は日照不足で半分以上が実がなる前に腐れてしまっていた。

「連吉さん、見て。この草は食べられるのよ」

さなは張り切った声で、笊《ざる》に山盛りになった雑草を見せた。連には何んの変哲もない雑草にしか思えない。

「大丈夫ですか。訳のわからない草を食べて、腹でも壊したら大変ですよ」

連は心配そうに言う。

「これはね、すべり莧《ひゆ》という草なの。和《あ》え物やお浸しにするとおいしいのよ。毒消しの効果もあるから身体にもいいと思う」

「すべり莧……」

聞いたこともない名前だった。だが、四の五の言っている場合ではない。食べられるなら何んでも食料にした方がいい。

「さなさん、それはたくさん生えているのですか」

「ええ。どこにでも。他に食べ物がある内はそんなにお菜《さい》にしませんでしたけど、今年のように青物が駄目になると、これに頼るしかないでしょうね」

さなはため息交じりに応えた。

「それは保存が利きますか」

「冬仕度できるかってこと？」

「ええ」

「そうね、干しておけば、水で戻し、油揚げやたけのこと一緒に煮物にすることもできますよ」

「それじゃ、たくさん摘んで保存しましょう。飢饉の噂がじわじわと拡まっております。不満を言うばかりでは能がない。自分達でも何んとかしなければ」

「連吉さん。青畑村も飢饉に見舞われるのですか」

さなは不安そうに訊いた。

「この様子では、その可能性が大です」

「兄さん、何をしているのかしら。早く戻って来たらいいのに」

さなは独り言のように言う。

「時次郎さんは村の皆さんを助けようと、お屋形様に掛け合っているのでしょう。その前にできるだけのことをして、長い冬を乗り越えましょう」

連はさなを励ました。

「今年はお正月からおかしかったの。元日はお天道様が急に暗くなったりして、今朝松さんのおかみさんは何か災いが起こりそうな気がすると言っていたの。その通りになってしまった」

「太陽が暗くなるのは皆既日食《かいきにっしょく》で心配することはありませんよ。月と太陽が一直線上に並んで重なって見えるだけですから」

「かいきにっしょく？　ごめんなさい。何を言ってるのか、さっぱりわからない。あたし、頭が悪いから」

さなはそう言って、そそくさと台所へ入ってしまった。この時代に科学の眼は届かない。人々は天体の変化をすべて世情不安と結びつけてしまう。ナンセンスだと思いながら、一方、全く否定することも連はできなかった。

神は（もし、存在するとしたなら）何らかの啓示を人間に与えるものかも知れない。しかし、啓示を与えても神はなぜ人間の命を救おうとしないのだろうか。アメリカは未《いま》だにイスラム文化圏と戦争をしている。戦争が続けば死者が出る。幼い子供も前途有望な若者も命を落としたり、手足を失ったりしている。彼らは何も悪いことはしていないのに。

おれは神を信じない。連は胸で呟いた。不運は努力で回避できるはずだ。おれは飢えたりしない。この世の中を生き抜いてみせる。そうでなくては、ここにいる意味がない。

連は、強くそう思うのだった。

だが、連の思いをよそに飢饉の様相はじわじわと青畑村にも押し寄せていた。食べる物に事欠き、泣く泣く村を後にする者が続いた。これを「欠落《かけお》ち」と呼んだ。

連が憶《おぼ》えている「駆け落ち」という言葉と似ているようで似ていない。いわゆる駆け落ちとは許されない恋に陥《おち》った男女が手に手を取り合って逐電《ちくでん》することだが、村での欠落ちとは田畑を捨て、年貢の義務を放棄するという意味がある。これは武士にとっては由々しき問題だった。武士は百姓が納める年貢によって経済を維持していたからだ。

捨蔵の話によると、昔（多分、戦国時代のことだと思うが）の欠落ち者は厳しい処罰を受けたという。欠落ちを手助けした者も極端な例では首を取られたらしい。それでも欠落ちを防ぐことができなかったのは、それだけ年貢が重く百姓達の肩にのし掛かっていたからだろう。いや、天明の時代になっても、現状はさほど変わっていないと連は思う。

合理的に年貢を徴収するために為政者は検地を行なうようになった。有名なものは豊臣秀吉が行なった太閤《たいこう》検地である。それは連もよく覚えている。

秀吉は天下統一した後に全国的に検地を行ない、土地の生産力を米の石高で表し、年貢は石高に応じて課したのである。当然、基本の年貢は米納である。検地帳には田畑の耕作者の名を記載し、年貢の負担者とした。これにより、秀吉は兵農分離の基礎を築いた。

さらに秀吉は検地して算出した石高を基準に諸大名に知行《ちぎょう》を与えて大名知行制度が確立したのである。

だが、検地帳に記載されれば、土地は記載された百姓の所有と認められる。時次郎の五人組の仲間が鼻息も荒く臨時金や年貢に対して意見を述べるのは、土地の所有者としての矜持《きょうじ》でもあるのだ。検地は武士の都合で進められたのではなく、実は百姓達の強い要望によって行なわれたのではないかと、連は考えるようになった。ひとつ気になるのは時次郎の耕作する土地である。最初、連がここは時次郎の持ち物かと訊いた時、時次郎は「とんでもない」と応えた。その後で、ここは松平伝八郎の領地だと言い添えた。その時は深く考えなかったが、領主＝土地の所有者ではないのだと、今になって思い当たる。時次郎の土地は誰の物なのか、俄《にわか》に気になり出した。

青畑村でまっさきに欠落ちしたのは、おとらの家族だった。おとらの家は洪水で被害を受け、そのために父親の増吉はおとらを女衒《ぜげん》に売った。土地の所有者ではない増吉は娘を売った金を持って青畑村から出て行ったのだ。

無人となったおとらの家は、その後、大風の影響で完全に壊れてしまった。おとらの家の前を通る度、連は何かしらやり切れない思いを抱いた。増吉は家族を連れてどこへ行ったのだろうか。武蔵国周辺にまで飢饉は拡大しており、安住の地など、そう見つかるものではないだろう。

青畑村では欠落ちする者の噂で持ちきりだった。足手纏《まと》いになる年寄りが残されることもあった。そんな年寄りが収穫の目処《めど》が立たない田圃を所在なくうろつく姿を連も眼にした。これからどうするのだろう。他人事ながら連は気になって仕方がなかった。

江戸から時次郎が戻って来たのは九月の晦日《みそか》近くだった。時次郎は戻ったその日に庄屋の儀右衛門の家を訪れ、お屋形様から課せられていた臨時金は、とり敢《あ》えず免除して貰ったことを伝えた。儀右衛門はほっと安堵《あんど》したのもつかの間、年貢は従来通りという言葉に表情を曇らせた。それでは村人が納得しない。

時次郎はお屋形様の屋敷でも質素倹約を励行し、切り詰められるところは切り詰めていると事情を説明したが、儀右衛門は、納得する様子ではなかったという。

時次郎が儀右衛門と長い話をして家に戻ったのは夜の五つ（午後八時頃）を過ぎていた。時次郎は煤《すす》けた顔に苦渋の色を滲《にじ》ませ、いっぺんに老けたように見えた。

手足を洗い、連の傍に座った時次郎は、さなの用意した濁り酒をひと息で飲み干した。

「兄さん。そんなに急いで飲んじゃ、酔いが早く回ってしまう」

さなは心配そうに声を掛けた。

「酔いたくて飲んでいるのだ」

時次郎は声を荒らげる。

「江戸はどんな様子でしたか」

連は時次郎の気持ちを察しながらも低い声で訊いた。酒のつまみは例のすべり莧の和え物だった。

時次郎は菜を摘《つま》み上げて不思議そうな眼をした。

「すべり莧です。さなさんが摘んできました。少し苦みがありますが辛子《からし》醬油《じょうゆ》で和えると、なかなかいけますよ」

連は笑顔で説明した。時次郎はその拍子に、ふっと笑った。箸《はし》で口に運び、納得したように肯《うなず》く。

「江戸は今年の正月から火事が頻繁に起こっておりました。二月には権現様《ごんげん》（徳川家康）をお祀《まつ》りしておる日光山でも火事が起き、これは権現様からのお告げではないかと、誰しも恐れておりました。その後の長雨と洪水です。青畑村だけでなく、七月には関東一円で大洪水となったそうです」

「よその土地も青畑村と同じように飢饉に怯《おび》えているのですね」

「さようです」

「お屋形様は青畑村の現状を承知で年貢を従来通りとおっしゃっているのですか」

連は、つい詰《なじ》る口調になる。

「時次郎さんはお屋形様は年貢によってお家を維持されておるので、それも致し方ございません」

「はい、それはもう……」

「それでも、敢《あ》えて年貢は従来通りと？」

「……」

「稲刈りをしても村人の食べる分が精一杯で、お屋形様に差し上げるものが出ないと思います」

連はその時、年貢は収穫量の何パーセントかを課せられるものと考えていた。連が勤めていた会社から貰う給料の明細を見ると所得税が差し引かれている。連は独身者なので妻帯者より多く税金を払わなければならない。税務署はこんなに取りやがってと、仲間とぶつぶつ愚痴を言い合っていたものだ。所得税は給料の十パーセント程度だったのだが。

時次郎は醒《さ》めた眼を連へ向け「青畑村はお屋形様のご領地なれば、まず年貢が先で、村人が食べる分はその後です」と応えた。

「それはどれぐらいの割合で課せられているのですか」

連は恐る恐る訊いた。

「五公五民ないしは四公六民で、青畑村は四公六民です」

収穫量の四十パーセントで、極めて高い税率だった。

「しかも」

時次郎は言葉を続ける。「青畑村はその年の稲の収穫量から四公六民とするのでは

なく、それぞれの田畑によって、あらかじめ年貢が定められているのです。それを定免《じょう》
免制《めんせい》と言います」

まるで無茶苦茶な税法だと連は思う。

「もしも年貢が納められない時はどうなるのですか」

「先延ばしは可能ですが、しかし、それにも期日がありまして、年末までには片をつけなければならないでしょう」


時次郎の言い方は、あくまで領主の側からのものだった。連はいらいらした。

「おれが聞きたいのは、本当に年貢が納められない時はどうなるのかということです」


連は声を荒らげた。

「組ごとに処罰を受けます。五人組は連帯責任ですから」

「時次郎さんも、そうなった場合、処罰を覚悟しているのですか」

「もちろんです。わたしは五石の収穫量の田畑を与えられておりますので、二石の年貢を納めなければなりません。米で納められない時は金で納めるしかありません」

「二石ですか……」

「一石は一両とみなしております」

「一両とは、値打ちとしてどれほどのものですか」

千両箱を奪う盗賊をテレビの時代劇で見たことがあるが、基本の一両という価値がよくわからない。現代に換算すれば十万円ぐらいだろうか。それとも、もっと高いのだろうか。

「ひとが一日に食べる米を五合と考えると、ひと月で一斗五升、年に一石八斗ですから、まあ、大人が半年程度食べられる米の量の値ということになりますか」

そう言われても、連はまだピンとこなかった。

江戸時代の米の価値は現代よりも相当に高い。事実、時次郎の家で百パーセント白米のごはんが出たことはない。雑穀が入っていたり、雑炊だったり。米を作っていながら米が食べられないのが百姓の実態だった。

「年貢が百姓にとって重いものだということはわかりましたが、問題は今年の年貢です。恐らく年貢を納められない村人は多いでしょう。年貢どころか自分達の食べる分を確保できるかどうか心許《こころもと》ない。村には不穏な空気も漂っております。時次郎さんの恐れる一揆が起こる恐れも十分ありますよ」

「わかっております。昨年（天明五年）、菅江真澄《すがえますみ》という学者が津軽地方を旅したそうです。あちらは想像以上にひどいもので、農家は崩れ、白骨が山を築いていたそうです。生き残っていた者の中には飼っていた馬を食べたり、あろうことか人の肉まで食べた様子があったそうです」

時次郎がそう言うと、さなは「いやー」と小さく悲鳴を上げた。時次郎はさなに構わず続けた。

「菅江真澄は、仏教でいう悪鬼・悪神の羅刹《らせつ》や阿修羅《あしゅら》の住む国は、さながらこのようなものではないかと感想を洩《も》らしていたそうです。その話はお屋形様から伺いましたが、わたしは少し妙な気も致しました。飢え死にしたのは百姓達と思われますが、百姓というものは野山のことを一番承知している人間です。たとい米が食べられなくても知恵を働かせて食べられる物を見つけるはずです。蕨《わらび》でも、このすべり莧でも。むざむざ飢え死にするのがどうにも解《げ》せません。連吉さん、そう思いませんか」

「そうですね。たまたま菅江真澄という人の通った所がそうであっただけで、それを津軽地方全体のことだと考えるのは早計かも知れませんね」

「飢え死にした百姓どもは頭が悪かったんだ。わたしは決して飢えたりしない！」

時次郎は珍しく憤った声で言った。

「とり敢えず、稲刈りを先に済ませましょう。収穫量を把握することが肝腎です。稲刈りをすれば稲藁《いねわら》も出ますので、それで筵《むしろ》を作って売れば、少しでも年貢の足しになるでしょう。あれこれ思い悩んでぐずぐずしているのが一番いけない」

連は時次郎を宥めた。

「そうですな。連吉さんのおっしゃる通りだ。さっそく明日から稲刈りの段取りを調えますよ。僅《わず》かでも新米のめしを味わって、元気をつけましょう」

「楽しみです」

連はようやく笑顔を見せた。


青畑村の稲刈りは時次郎の五人組が先駆けとなった。しかし、稲の実入りは呆《あき》れるほど悪かった。例年なら五石の米が穫れる時次郎の田圃でさえ三石そこそこで、それも屑米が多量に含まれていた。他の五人組の中には稲が全滅という所もあった。

江戸では極貧者にお救い米が支給され、青山権田原《ごんだわら》の安鎮《あんちん》大権現への参詣者《さんけいしゃ》がつづくという噂が青畑村にも流れていた。

稲刈りを終えた時次郎の田圃は赤茶けた土の面を見せている。所々に稲藁が小山を築いていた。それだけを見れば牧歌的な風景だ。

広い田圃を渡る風も清々《すがすが》しい。しかし、例年ならば行なわれる村祭りは中止され、儀右衛門がお観音さんに新米を供えただけで終わった。その供え物も、その日の内に何者かに持ち去られたという。

欠落ちも後を絶たない。その時点で村人の欠落ちは三十四人を数えた。

幕府はこの年、諸国人別改《しょこくにんべつあらた》めを行なったが、六年前の諸国人別改めと比べ、全国でおよそ百四十万人が減少しているという結果が出たと、後で連は知らされる。

実施された幕府の救済策は、ほとんど機能していなかったと言わなければならないだろう。

青畑村の知行主松平伝八郎は五千石をいただく旗本である。その五千石を青畑村から工面しようというのだから、どだい無理がある。

(無理が通れば道理が引っ込むって諺もあるしな)

太助が呟いた言葉を連は思い出す。

「ひでェ時代だ」

連は独りごちる。江戸時代の武士は百姓に養われているくせに、その百姓を軽んじている。理不尽だ。

(百姓と油は搾れば搾るほどいい)

(百姓は生かさぬよう、殺さぬよう)

およそ、人の口から出たと思われぬ言葉も横行していた。

青畑村でも一揆が起きるだろう。連の思いは次第に確信へと変わっていった。

十五

青畑村の庄屋《しょうや》儀右衛門の家は藍《あい》と白のだんだら模様の幕が張りめぐらされ、さながら婚礼か祭りのようだった。人足が慌しく儀右衛門の家の納屋から米俵を運び、外の荷駄車《にだぐるま》へ積み上げている。荷駄を引く馬が落ち着かない様子でいないていた。これから重い荷を運ばされることを馬は知っていたのだろうか。

人足を指図する三人の男達はぶっさき羽織、たっつけ袴《ばかま》の恰好《かっこう》で、袂《たもと》が邪魔にならないように、まっさらな白い襷《たすき》で括《くく》っている。ついでに額《ひたい》も白い布で鉢巻《はちまき》にしていた。彼らは代官屋敷から派遣された手代だった。村人はその様子を遠巻きに眺めていた。誰しも恨めしいような、やり切れないような表情だった。

その日、青畑村の年貢米は代官屋敷の米蔵へと運ばれるのだった。運ばれた年貢米の数量は代官屋敷の取り分、諸雑費を引かれた後、江戸の松平伝八郎の屋敷へ報告される。松平家では時期に応じて、その米を売却し、金に換えている。売却は松平家の古参の家臣が一手に引き受けているとのことだった。

二石の年貢を定められている時次郎は収穫量が間に合わず、不足分を金銭で支払ったという。三石の収穫はあったのだが、籾《もみ》の実入りが悪く、年貢として納められるのは一石と五斗に過ぎなかったからだ。時次郎の五人組の仲間も似たようなものだった。しかし、他の村人達の中には、どうしても決められた年貢を納めることができず、代官屋敷の手代から厳しい取り立てを受けている者が多かった。

ないものはない、と突っぱねてみても、それなら嫁でも娘でも売って金を用意しろと口汚く罵《ののし》られる始末だった。年貢の最終期限は十二月だ。期限まではふた月弱しか時間がない。それまでに青い顔をしながら金の工面をしなければならないのだ。連は、そんな村人達が気の毒でならなかったが、どうしてやることもできなかった。

刈り入れを終えた田圃《たんぼ》に吹く風は来《きた》るべき冬の到来を伝えるように冷たくなった。途方に暮れる村人達が深いため息をつきながら田圃の畦道《あぜみち》を歩く姿を見る度、連の胸は痛んだ。

江戸では米問屋への打ちこわしが続いたので、幕府は極貧者へ施行《せぎょう》をしているという。

施行は幕府だけでなく、富裕な商人達の寄付でも賄《まかな》われているらしい。ひと椀《わん》の粥《かゆ》、幾つかの餅《もち》、ひと束の鼻紙。病人には薬も与えられるそうだ。江戸市中に設けられたお救い小屋には、貧民が長蛇の列を作っているらしい。しかし、江戸から遠く離れた青畑村ではそれも叶《かな》わない。村人の誰もが冬を越せるだけの満足な米を所持していないというのに。これからまた、野菜で嵩《かさ》を増やした雑炊《ぞうすい》か、雑穀がおおかたのめしを食べる日々が続くのだと連は覚悟していた。

どの家からも夜なべで草鞋《わらじ》や筵《むしろ》を拵《こしら》える木槌《きづち》の音が響く。女達は女達で、一張羅《いっちょうら》の紋付や嫁入りした時に持ってきた着物を隣り村の一軒だけある質屋に曲げるか、古着屋に売って金を作っていた。

そんな折、時次郎の五人組の仲間である太助が、ちょっと話があると時次郎の家を訪れた。

晩めしの後に訪れた太助は酒の入った五合徳利を持って来た。

「酒なんて、よく手に入ったなあ」

時次郎は感心して言った。いつもは新米で拵える手作りの濁り酒も、今年はできそうになかった。

「江戸に奉公に出ている弟が里帰りしたのよ。弟は材木問屋に奉公しているが、親方がいい人なもんで、お前《め》ェはしばらく藪《やぶい》入りで帰《け》ェったこともなかったから、国の親父と兄貴の様子を見て来いと言ってくれたそうだ。不作の様子は江戸にもそれとなく伝わっていたらしい。親方は弟に米と酒を土産に持たせてくれた。百姓の家へ帰ェる土産に米と酒だぜ」

太助は皮肉な笑みを洩《も》らした。

「苦労して運んで来た酒をいただいていいのか？」

時次郎は心配そうに訊《き》く。

「いいんだ。半分持って来た。親父は下戸《げこ》だから飲まねェ。一人で飲んでもつまらねェから、少しだけど時次郎さんと連吉さんと一緒に飲もうと思ってな」

太助は鷹揚《おうよう》な顔で笑った。さなはさっそく三人の前に湯呑《ゆのみ》を置き、漬物の丼《どんぶり》も出した。瓜《うり》の味噌漬《みそづけ》だった。

「さな坊、漬物を拵えたのか？」

太助は驚いたように訊いた。

「ええ。夏に穫《と》れた瓜を味噌に漬けておいたのよ。兄さん、瓜は嫌いだけど、今はそんなことを言っていられないでしょう？　少し塩気がきついかも知れないけど」

「塩気のある方が酒のつまみになる。ちょうどいい塩梅《あんばい》だと、めしが喰《く》いたくなっていけねェよ。さな坊は気が利くなあ。いい嫁さんになれるよ」

「そんな……」

さなは恥ずかしそうに顔を赤らめた。

「それで、話ってのは何んだ」

湯呑の酒をひと口飲んでから、時次郎は太助の話を促《うなが》した。連も酒を相伴《しょうばん》したが、いつも飲む酒より、喉越《のど》しがはるかによかった。勤めていた会社の同僚と居酒屋でおだを上げ、酒は大吟醸《だいぎんじょう》に限るだなどと生意気な口を叩《たた》いていた自分が恥ずかしい。今では飲めるだけで倖《しあわ》せだった。

「おらは昨日、隣り村に草鞋と筵を売りに行ったのよ。草鞋はよろず屋をしている婆さんが、いつも買ってくれる。筵は顔見知りの大工に売った。材木が汚れねェように下に敷いたり、覆《おお》いにするためよ。その大工が先月、庄屋さんの家で三日ほど仕事をしたと言っていた」

「庄屋さんの家？」

時次郎は怪訝《けげん》な表情になった。

「年貢米を納める納屋をちょいと手直ししてほしいということだった。おらァ、おかしいなあと思ったのよ。豊作の年ならまだしも、今年に限っては、わざわざ大工に手間賃を払って納屋の手直しをすることもねェと思ってな。あの納屋は、普段は使っちゃいねェ。村で集めた年貢米を一時預かるためだけのもんだ。だから、鍵《かぎ》を掛けて、誰も入らねェようにしている。漬物樽《だる》や野良《のら》仕事の道具を入れて置く納屋は別にある。それは時次郎さんも知っているはずだ」

「ああ」

時次郎は低い声で相槌《あいづち》を打った。

「年貢米を預かる納屋は、しょっちゅう使っていねェから、扉《とびら》もしっかりしているし、中はきれえなもんだ。むろん、雨漏りもしていねェはずだ。で、おらァ、試《ため》しにどんな具合に造作《ぞうさく》したのかと大工に訊いた。すると、その大工は途端にまずいことを喋《しゃべ》っちまったという顔になったのよ。庄屋さんから口止めされたらしい。だが、元来、口の軽い奴だから、誰にも喋らねェから教えてくれと言って、四文銭《しもんせん》を幾つか摑《つか》ませた。そしたら、喋る、喋る。あの納屋は今まで、土間に筵を敷いて年貢の米俵を置いていたが、湿気が上がるんで床下から一間《いっけん》上を板敷きにしてほしいと言われたそうだ。時次郎さん、一間だぜ。それをどう考える」

一間は連にも想像がついた。連の実家の玄関は引き戸になっており、引き戸二枚分で一間の幅となる。儀右衛門は、その納屋を高床式《たかゆか》に造作したようだ。

時次郎は腕組みして押し黙った。太助は構わず話を続けた。

「床下にはよ、取り外しのできる板をつけたそうだ。その板を外せば、床下には別の物を入れられるという寸法だ」

「別の物って何んですか」

連は不思議そうに訊く。

「そりゃあ、色々あるだろうよ」

太助は意味深長な言い方をした。連には、さっぱり見当がつかなかった。

「大名屋敷にある米蔵は、湿気を防ぐために床下から一間ほど高くすることは、ままあるが」

時次郎は太助をいなすように言った。

「時次郎さん、敵は大名屋敷じゃねェ。たかが田舎の庄屋の家だ」

太助は声を荒らげた。普段はおとなしい男だったので、連は面喰らっていた。

(敵って……)

連は太助の言い方が引っ掛かる。太助はすでに儀右衛門を敵視しているのだろうか。

「それにな、造作をしている間、できるだけ玄能《げんのう》（金槌）の音を立てねェように静かにやってくれと釘《くぎ》を刺されたらしい。つまり、庄屋は造作していることを村の皆んなに知られたくなかったってことだろう。え？　そう思わねェかい、時次郎さんよ」

酔いが回ってくると太助の舌も滑《なめ》らかになった。いつの間にか庄屋さんではなく、庄屋と呼び捨てにしていた。

「それは調べてみないことには何んとも言えないことだな」

時次郎は当たり障りのない返答をした。

「もしも、床下に何かあったら、時次郎さんはどうする」

太助は試すように訊いた。

「その時は庄屋さんに事実を確かめるだけです」

「いいや」

太助は首を振った。「まともに訊いたところで何んの彼《か》んのと理屈をつけて、はぐらかすだけだ」

「太助さん、その納屋の床下に何があると思っているのですか」

連はずばりと訊いた。太助は時次郎と連の顔を交互に見た後「米俵よ」と、低い声で応《こた》えた。

連は二の句が継げなかった。村人が納め残した年貢の工面に頭を悩ませている時に、儀右衛門はひそかに抜け荷をしていたということなのか。

「もし、それが本当なら許されることではありません。代官に訴えるべきです」

連は憤《いきどお》った声で言った。

「甘《あ》めェな」

太助は小ばかにしたように笑った。

「いいか、連吉さん。庄屋が一人でそんなことをすると思うか？　あのぼんくらの庄屋に、そんな洒落《しゃれ》た真似はできねェ。こいつは代官と納得ずくのことだと、おらァ睨《にら》んだ。あっちでも、こっちでも飢饉《ききん》の噂は拡まっている。青畑村もご多分に洩れねェだろう。恐らく、冬になる前に喰い物に事欠く連中が出るはずだ。庄屋はそんな村人を尻目《しりめ》に、手前ェ達だけ、ぬくぬくと白いおまんまを喰うのよ」

太助は吐き捨てるように続けた。

「時次郎さん、どうするのですか」

連は不安な気持ちで訊いた。

「今夜にでもわたしが調べてみる。話はそれからだ。太助、このことはくれぐれも他言無用だぞ。慎重に事を運ばなければ、村が混乱する。いいか？」

時次郎は釘を刺した。太助は不満そうな顔をしていたが、渋々、肯《うなず》いた。

太助はさんざん喋って、四つ（午後十時頃）近くにようやく帰って行った。結局、五合の酒は太助が一人で飲んだようなものだった。

「さな、表を戸締まりして、先に寝ていろ」

時次郎は立ち上がって、さなに命じた。儀右衛門の納屋へ行くつもりらしい。

「時次郎さん。おれも一緒に行きます」

連はすかさず言う。時次郎は少し躊躇《ちゅうちょ》する表情を見せたが「万一に備え、一緒に行って貰《もら》うか」と言った。

それから二人は身拵えをして外に出た。手拭《てぬぐ》いで頬被《ほおかぶ》りした恰好は、これから盗みに入る泥棒のような感じもしたが、もちろん、時次郎は頓着《とんちゃく》していなかった。

十六

儀右衛門の家はすでに皆、床《とこ》に就《つ》いているようで、灯《あか》りが消え、闇に包まれていた。

時次郎の提灯《ちょうちん》の灯《ひ》が足許《あしもと》を照らすだけだった。

「こっちだ」

時次郎は囁《ささや》き声で連を促す。納屋は母屋から少し離れた場所にある。儀右衛門が飼っている馬が、ざわざわと身じろぎしたので連は肝《きも》を冷やした。年貢米を納めていた納屋は馬屋と、普段使っている納屋の間にあり、ひと際大きな建物だった。

外から中の様子はわからない。床下を造作したかどうかも見当がつけられなかった。扉に鍵は掛かっていた。だが、時次郎は慎重に納屋の様子を調べ、横壁の下に小さな格子をはめ込んだ窓を見つけた。その窓は空気抜きのために元からあったものだった。時次郎は提灯をかざして、中を覗《のぞ》いた。それから短いため息をついた。

やがて時次郎は「さ、帰りましょう」と、連の背中を押した。連が肯いて納屋を離れる時、母屋に灯りが点《つ》いた。二人は大急ぎで儀右衛門の家を離れ、そのまま夜道を駆けた。

一町ほど走ってから時次郎は荒い息をして立ち止まった。

「どうでした？」

闇の中で時次郎の顔は見えなかった。提灯の灯も走っている途中で消えたらしい。

「太助の言う通りでしたよ。米俵が並んでいました」

「汚《きた》ねェ！」

連は声を荒らげた。時次郎はゆっくりと前を歩き出した。月明かりだけでは頼りない道だが、まっすぐに歩いて行けば家に辿《たど》り着くはずだ。

「足許に気をつけて下さい」

時次郎は連に注意した。

「大丈夫です」

「わたしも実は腑《ふ》に落ちないことがあったんですよ」

　時次郎はおもむろに話を始めた。

「腑に落ちないこととは？」

「江戸のお屋形様は、確かに年貢は従来通りとおっしゃいましたが、お屋形様にすれば、不作の年だから今年の年貢は少なくて構わぬ、とはおっしゃらないはずです。本当の年貢の額を決めるのは庄屋さんと代官なのです。庄屋さんは村人と相談して、代官の所へ行き、年貢の額を掛け合うのですが、その掛け合いは一度で決まることは少ないのです。折り合いがつくのは三度目ぐらいになるでしょうか。あまり長く掛け合いが続けば代官は責任を取らされるので、そのぐらいで決められます。ところが、今年は庄屋さんが村人を集めて相談したのは一回だけでした。それがどうにも腑に落ちません」

「どだい、五千石をこの村から出そうというのは無理がありますよ。お話にもなりません」

「ちょっと待って下さい。誰がこの村から五千石の年貢を集めると言いました？」

　時次郎は苦笑した。

「だって、お屋形様は五千石取りの旗本じゃないですか。青畑村はその知行地《ちぎょうち》でしょう？」

「表向きはね」

「表向きって……」

「五千石の旗本が知行地から受け取る年貢は、実際にはその三割ほどになります。ですから千五百石ぐらいです。お屋形様の知行地は隣り村にも及んでおりますので、青畑村の実質は千石を割ります。庄屋さんの納屋にどれだけの米俵が入るか考えたらわかるはずです」

松平家の知行地が隣り村にもあることを、連は初めて知った。早くそれを言ってくれという気持ちだった。江戸時代の人間は肝腎《かんじん》なことを小出しにして言うから、こっちは混乱するのだ。いや、江戸時代の人間ではなく、時次郎が、だった。

「まあ、そうですね。しかし、そうなるとお屋形様の内証《ないしょ》もかなり苦しい状況ですね」

連は松平家を慮《おもんぱか》って言う。

「おっしゃる通りです。ご息女の輿《こし》入れの仕度もままならず、恐らく数年先までの禄を見込んで両替商に借金をしているはずです。武家の暮らしも、これでなかなか大変なものなのですよ」

「そうでしょうねえ」

連がしみじみとした口調で言うと、時次郎は、ふっと笑ったようだ。

「どうですか、ご先祖様の時代を生きているお気持ちは。何か以前と変わりましたか」

時次郎は連と二人だけになったから、そんなことを訊いたのだろう。五人組の仲間といる時はもちろん、妹のさながいても、時次郎が連の事情を口にすることは滅多になかった。

最初、時次郎は連が未来の時代からやって来たことに疑わしい思いを抱いていたようだ。今は八割がた信じてくれていると思う。

「聞くと見るとは大違いでした。おれが考えていたより江戸時代の人々は過酷な人生を送っていたのだなあと思いましたよ」

「我々の時代は江戸時代と呼ばれているのですか」

「ええ、そうです。徳川家康公が初代の将軍に就いてから、およそ二百五十年以上も戦争のない時代が続きました。これを『徳川の平和』と言いまして、世界でも類《るい》のないこととされております。外国では相変わらず戦争と平和を繰り返していましたからね」

「わたしが生きている内、戦《いくさ》は起こらないのですか。それは嬉《うれ》しい」

時次郎は本当に嬉しそうだった。

「先の時代はよい時代ですか」

　時次郎は興味深そうに続ける。

「そうですね。生活に便利な道具が幾つも発明されましたから、台所仕事をする女の人にとっては今より格段によい時代でしょう。スーパー・マーケットという大型の店に行けば、必要な物がだいたい揃うのです。しかも安価に。野菜、肉、魚もよりどりみどりですよ。料理のいやな人には手いらずで食べられるお惣菜《そうざい》も売っています。そうそう、コンビニと呼ばれている店は夜中でも営業をしているので、独り者は小腹が空くと、そこへ行って弁当などを買っています。おれもよく利用しました」

「まるで夢のような話だ」

「しかし、おれは、便利は不便でもあると考えることがあるんですよ」

「ほう」

「おれ達は何んでも簡単に手に入るので、物をあまり大切にしません。また買えばいいやと思ってしまうのです。紙の類も大量に使うので、原料となる森の樹《き》を伐《き》り、そのために森が小さくなるか消滅しているのです。時次郎さんは森の効用を考えたことがありますか」

「さあ」

「雨が降ると、雨水は土に滲《し》み込みますよね。樹は根から雨水を吸い上げて生きています。だから大雨になっても森が水浸しになることはあまりありません。樹が地下の水分のバランスを取る役割をしているのです」

「ばらんすとは？」

「ええと、均衡を保つという意味です」

「なるほど」

「しかし、樹がなければ、雨水はどんどん土に滲み込んで、地下の水分のバランスが崩れ、溢《あふ》れた水は川に流れます。野分《のわき》（台風）の影響がなくても洪水が起きるので問題となっております。近頃の研究では海の昆布の生長が森と関連があることもわかってきました。豊かな森が近くにある海によい昆布が採れるのです。それは森の養分が海へと流れるからです。砂漠ってご存じですか」

「砂ばかりの土地ですか」

「ええ。砂漠の近くにある海は昆布も採れないし、魚もいないのです。近頃は森が減って砂漠が拡がっているのです。しかし、それよりも、今、我々が一番問題にしているのは地球温暖化です」

「ちきゅうおんだんか？」

「ええ。我々が住む所は空の星のひとつでもあるんですよ。地球と呼ばれております。その地球の温度が上昇しているのです」

「便利を追求した結果です。暑ければクーラーという空気を冷やす機械を使い、寒ければ石油という燃料を燃やして部屋を暖める。そのツケがじわじわと回ってきたのです。場所によっては、夏になると風呂《ふろ》の温度ほどに気温が上がります」

「なぜですか」

「そりゃ大変だ。死んでしまう」

時次郎は大袈裟《おおげさ》な声を上げた。

「ええ。ですから、どうにかしなければならぬと、皆んなで考えているところです」

「便利は不便か……連吉さんはおもしろいことを言います。確かにそうかも知れませんね。ま、先の時代のことはともかく、我らは今後どうするかが問題ですよ」

途端に時次郎は現実に戻った。

そうだった。平成の地球温暖化問題より、天明の飢饉問題の方が今の連には重要だった。

「わたしは庄屋さんが、ひそかに私腹を肥やす人間とはどうしても思えないのですよ。あの床下の米俵は万一の場合、村人に施《ほどこ》しをするためのものではないかとも考えられるのですが、連吉さんはどう思いますか」

時次郎はそう続けた。

「時次郎さんに言われると、それもそうかと思います。でも、本当のところはわかりませんね」

「少し様子を見ましょう。喰い物に困った村人が庄屋さんを頼った時、あの人がどう出るかでわかります」

「そうですね。しかし……」

あとの言葉を濁した連に時次郎は「しかし、何んですか」と訊いた。

「もしも太助さんの言う通りだったとしたら、時次郎さんはどうするのですか」

「それはお屋形様に報告しなければなりません」

時次郎は当然という口調で応える。

「庄屋さんは時次郎さんがお屋形様と通じていることを承知しているはずです。悪事が露見しそうになれば、時次郎さんの口を封じる手段に出るかも知れませんよ」

「……」

「油断は禁物ですよ」

「はい……」

応えた時次郎の声が緊張していた。そのまま二人は口を閉ざし、家路を急いだ。お観音《かんのん》さんの社《やしろ》に植わっている樹木が夜風を受けて、ひゅるひゅると鳴っていた。この先、どうなるのだろうか。

飢饉はいずれ収まると知っていながら、それまでの時間の長さが連には想像できなかった。青畑村も飢饉に襲われるのだろうか。漠然とした不安が連を捉《とら》えて離さなかった。

明日は畑の芋掘りでもしようと思った。大きさは期待できないが、それでも当座の食料にはなるはずだ。頭上の星は地上の人間の思惑など意に介するふうもなく、きらきらと瞬《また》いていた。美しい星空だけが、その時の連の慰めだった。もはや現代の東京では、そのような圧倒的に美しい星空など眺めることは無理だったからだ。「現在」と折り合いをつけて生きて行かなければならない。連は自分に言い聞かせた。その現在が途方もない過去のことだとしても、連にとっては、紛れもなく現在だった。

翌日、畑の芋を掘り起こしたが、案の定、親指の先ぐらいの小粒の芋しか収穫できなかった。それでも茹《ゆ》でるとほくほくして、味はまずまずだった。連は筵で拵えた袋に芋を入れて納屋に保管した。これで少し食料の確保ができたと思えば、気持ちは楽になる。しかし、時次郎の家の食米は年貢を納めると、残りは一石五斗である。それも屑米《くずまい》が多量に含まれていた。一石五斗では冬の間に食べ尽くしてしまうだろう。時次郎の妹のさなは、毎日頭を悩ましながら食事の仕度をしていた。連は申し訳ない気持ちでいっぱいになる。自分の口が増えたために、さなは一層、生計に苦労することになったのだ。それを言うと、さなは「余計な心配はしないで」と怒ったように応えるのだが。

太助に儀右衛門の納屋のことは口止めしていたのだが、時次郎がすぐに次の行動に出ないので業《ごう》を煮やしていたらしい。つい、口を滑《すべ》らせ、やがてその噂は村人に知れるところとなった。

十月の晦日《みそか》近くに初雪が降った頃、突如として事件が起きた。

「時次郎さん、てェへんだ」

事態を知らせてきたのは時次郎の五人組の仲間の金作だった。時次郎と連は翌年に備えて田圃の土を鍬《くわ》で均《なら》している時だった。

「どうした」

時次郎は手を止めて金作を見た。外は凍えるような冷たい風が吹いていたが、金作は額に汗を浮かべていた。

「嘉助が庄屋さんの家を襲った。打ちこわしだ！」

「何んだって！」

時次郎は思わず手にしていた鍬を取り落とした。

「男達は大八車で米俵を運んでいる。庄屋さんは頭から血を出している。早く止めてくれ」

金作は叫んだ。時次郎が田圃から上がると、連もそれに続いた。三人は儀右衛門の家に向かって走った。

「襲ったのは嘉助と誰々だ」

走りながら時次郎は訊く。

「嘉助の五人組の仲間よ。それに太助も入っている」

「何んだとう！　今朝松と捨蔵は？」

「二人は太助を止めに、ひと足先に行っている」

「嘉助達は前々から庄屋さんの家を襲う相談をしていたのか」

時次郎は悔しそうな表情で訊く。

「らしい」

「らしいって、お前はそのことを知っていたんだろう？」

「ああ、知っていた。時次郎さんは様子を見ると言ったきり、さっぱり動かねェんで、太助は痺《しび》れを切らし、嘉助に打ち明けたんだ。血の気の多い嘉助は江戸へ出て、お屋形様に事情を訴えるつもりで、庄屋さんに手形を頼みに行った。だが、庄屋さんは年貢の残りにけりをつけない内、村からは出さねェと言ったのよ。それで米俵を奪うことを企《たくら》んだんだ」

「どうして早く知らせなかった。庄屋を襲えば、代官が黙っていない。嘉助は咎《とが》めを受けるぞ。いや、嘉助の仲間と太助も同罪だ」

時次郎は詰《なじ》るように金作に言う。

「うまく行けば、米を分けてやるから、時次郎さんには黙っていろと言われたんだ。それで仕方なく……」

「くそッ！」

時次郎の剣幕に金作は恐ろしそうに首を縮めた。

「時次郎さん、まず、太助さんを止めるのが先です。太助さんが捕まれば、我々も咎めを受けます。五人組は連帯責任ですから」

連は時次郎の背中に言った。振り向いた時次郎は、ふっと笑い「頭が回るな」と応えた。

「そうだ。連吉さんの言う通りだ。太助を引っ張り出して、じたばたしねェように縄で縛《しば》り、奴の家に押し込めるんだ」

金作は張り切って口を挟む。時次郎は、いまいましそうに金作を睨んだ。

「手前ェもついでに縛ってやるか？　事が起きる前に知らせてくれたら、おおごとにはならなかったはずだ。庄屋さんの言い分も聞かず、不意打ちを喰らわせるのは道理が通らねェだろうが」

「だけど、米俵は確かに庄屋が隠していたじゃねェか」

金作は小鼻を膨《ふく》らませて反論する。

「だから、どういうつもりでそうしたのか、こっちは庄屋さんに確かめる機会を待っていたんだ」

「機会って？」

金作は無邪気に訊く。

「ええい、うるさい。話は後だ」

時次郎は金作を制すると、先を急いだ。息が上がり、それ以上、込み入った話をするのが無理だったせいもあった。

十七

事態は連が想像していたより、はるかに悪かった。儀右衛門は鉈《なた》で頭を割られ、すでに息絶えていた。儀右衛門の女房と女中は逃げ出していたが、住み込みの下男も怪我を負った。太助は捨蔵と今朝松に、すんでのところで止められ、手を下してはいなかった。それが不幸中の幸いだった。

嘉助と仲間はすでに米俵を運び去って、そこにはいなかった。納屋の扉は無残に破られ、床下は樹木のうろのように黒々と見えた。

儀右衛門の下男の清作《せいさく》が涙ながらに語ったことによれば、嘉助達は、ほとんど有無を言わさぬ態《てい》で、大八車を納屋の前に横づけすると、鉈や木槌で扉を打ちこわした。儀右衛門が母屋から出て来て、厳しい声で叱責《しっせき》したが、男達はやめなかった。儀右衛門が嘉助の頬を張ると、嘉助はためらうことなく儀右衛門に二度、三度と鉈を振るったという。儀右衛門はよろよろと倒れ、その内に動かなくなった。

　儀右衛門の女房は女中と一緒に隣り村の宇根村《うねむら》へ向かったようだという。宇根村の庄屋は儀右衛門の従弟《いとこ》に当たる男だから、恐らく、そちらに助けを求めたのだろう。

　儀右衛門の従弟は、すぐさま代官屋敷へ青畑村のことを知らせに行ったはずだ。儀右衛門が殺されたのだから、このままでは済むまい。嘉助とその五人組の仲間が咎めを受けることは決定的だった。

　連は惨殺死体を初めて見た。儀右衛門は俯《うつぶ》せに倒れていたが、割られた頭から白い脳がはみ出していて、身体の下には血溜《ちだ》まりが拡がっていた。連は平常心を保とうとしたが、儀右衛門から眼を逸《そ》らした時、激しい吐き気に襲われた。慌てて母屋の隅に行って、地面に吐いた。

「代官屋敷の役人が来るまで、このままにしておかなければならないな。清作さん、筵を庄屋さんに掛けてやって下さい」

　時次郎はてきぱきと命じた。

「連吉、だらしないぞ。しっかりしろ！」

時次郎はしゃがんでいる連に厳しい声を浴びせた。

「すいません」

連は手の甲で唇を拭い、ようやく立ち上がった。嘉助は米俵だけでなく、儀右衛門の家の中も荒らしていた。戸棚の戸は外れ、引き出しはすべて開けられ、金目の物を奪って行ったようだ。このまま、ただで済むと思っているのだろうか。連は短慮な行動をした嘉助達を憎むより、哀れな気がした。

村の女房達はかいがいしく家の中を片づけ、土で汚れた座敷を雑巾《ぞうきん》掛けした。

時次郎は落ち着かない様子で代官屋敷の役人が現れるのを待っていた。これが現代なら、警察に連絡を取れば、ものの十五分か二十分でパトカーが到着するのだが、代官屋敷の人間が現れたのは、夕方近くであった。儀右衛門の女房と女中、それに宇根村の庄屋の弥佐衛門《やざえもん》がやって来たのは、さらに一刻《いっとき》（約二時間）後だった。儀右衛門の女房のおそよは筵に覆われた遺骸《いがい》を見た途端、甲高い悲鳴を上げて気を失った。

弥佐衛門は儀右衛門より幾つか若く見えたが、面差しは儀右衛門と似ていた。代官屋敷の男達は弥佐衛門が到着すると、遺体が儀右衛門であることを確認させた。村人は誰しも恐ろしそうな顔で、ひそひそと囁き合っていた。

「あんたは？」

弥佐衛門は母屋の隅に立っていた時次郎に声を掛けた。

「時次郎と申します。組頭《くみがしら》を仰《おお》せつかっております」

時次郎は小腰を屈《かが》めて応えた。弥佐衛門は小さく肯いた後で「あんたは、この度のことに気がつかなかったのかい？」と、詰るように訊いた。

「嘉助達がこのようなことをしでかすとは、夢にも思っておりませんでした」

「嘉助とその仲間は街道で捕まった。恐らく、代官屋敷で厳しいお取り調べを受けるはずだ。だが、死罪は免《まぬが》れないよ。青畑村の長《おさ》である名主《なぬし》（庄屋）を手に掛けたとあっては」

「はい……」

「幾ら江戸で打ちこわしが流行《はや》っているからと言って、こんな田舎の村で真似をしなくてもよさそうなものだ。儀右衛門があいつらの怒りを買うような、どんなことをしたと言うのだ」

弥佐衛門の声が震え出し、たまらず涙が溢れた。時次郎は何も言わなかった。黙って俯いているだけだった。米俵を隠していたと言えばいいのにと連は内心で思っていたが、その場の空気を読めば、黙っている方が利口なのかも知れない。事情はいずれ明白となるだろうから。

「ご苦労だが、これから儀右衛門の弔《とむら》いをしなければならない。時次郎さんとやら、手分けしておそよさんを助けてやってくれ。あの人は恐らく、何もできないからね」

「お屋形様へは、うちの方で知らせる。お役人のお取り調べが終わったら、儀右衛門を中へ運び、きれいにして、寺の僧侶を呼んでやってくれ。全く、こんなことになるとは……」

「承知しました」

弥佐衛門はそう言って、手拭いで眼を拭った。

儀右衛門の亡骸《なきがら》を母屋の中に運び、時次郎と連は葬儀の準備をした。儀右衛門の頭を北向きにし、屛風《びょうぶ》を逆さに置き、胸には魔よけの刃物を置く。それは魂の抜けた身体に別の魂が入って悪さをさせないためだった。

葬儀は村人が手分けして行なう。こまごまとした仕来たりがあり、年寄りがいちいち口を挟むので煩《わずら》わしいものも感じる。現代のように葬儀会社に任せ、遺族が弔問客にただ頭を下げているだけでよいのとは全く違っていた。死者を見送るという点では昔ながらの葬儀が厳粛で心がこもっているが、手間と時間、掛かりをできるだけ少なくするために省略できるところは省略して今日に至ったのだろう。

青畑村で唯一の寺である法善寺《ほうぜんじ》から住職がやって来たのは、女達が集まって儀右衛門に着せる経帷子《きょうかたびら》を縫っていた時だった。

儀右衛門の息子は百姓を嫌い、江戸へ出て学問に励み、今は大名屋敷お抱えの儒者《じゅしゃ》をしているという。知らせを聞いて、早ければ明日、遅くても明後日には青畑村へ駆けつけるはずだという。娘達は近隣の農家に嫁いでいるので、明日にも顔を揃えるだろう。

法善寺の住職は儀右衛門の幼なじみで、長田《おさだ》雲海《うんかい》という曹洞宗《そうとうしゅう》の僧侶《そうりょ》だった。儀右衛門の亡骸を見て「いたわしや、いたわしや」と、勤め抜きでその死を悼《いた》んだ。

女達は経帷子を縫い上げると、弔問客へ出す料理の仕込みを始めた。大根、保存していた山菜が惜しげもなく納屋から運ばれ、米も大釜《おおがま》で炊かれた。連はそれを不思議な光景のように見ていた。米がない、野菜がないと村人達が言っていたのはデマだったのだろうか。

台所の土間に用意された食材は、ちょっとした青物屋を開けるほどだった。

「庄屋さんのところには、たくさん喰い物があるんですね」

連はそっと時次郎に囁いた。

「ばか者!」

時次郎はこんな時、何を言うのかという表情で連を叱った。首を縮めて俯いた連の袖《そで》を捨蔵がそっと引っ張った。

「連吉さん、弔いは別だ」

捨蔵は訳知り顔で言った。

「幾ら喰いもんがねェと言ったところで、いざとなったら何んでも出してくるのが百姓よ。見てろ、めしだけでなく酒だってふんだんに出てくるさ」

捨蔵はそう続けた。

「それじゃ、青畑村に飢饉の心配はないということですか」

「そいつァ、どうかな」

捨蔵は疎《まば》らに生えた顎鬚《あごひげ》を撫《な》でて言う。

「だって、ないないと言いながら、実はあるんでしょう？」

「本当にねェ奴もいる」

「………」

「嘉助は本当になかったんだろうよ。そいで切羽《せっぱ》詰まって思い切ったことをしたのよ」

「庄屋さんから奪った米俵はどうなったんですか」

「そりゃあ、仲間と分けただろう。嬶《かか》ァと母親と餓鬼《がき》どもの喰いもんを用意して、ほとぼりが冷めるまで、どこぞに隠れている魂胆だったのよ。しかし、そううまく問屋は卸《おろ》さず、捕まっちまった。嘉助達の家のもんは、これからどうなるんだか。恐らく、村にはいられねェだろうなあ」

「村の人は助命嘆願しないのですか？」

「命乞《いのちご》いってことけェ？」

「ええ」

「無理だろう。庄屋さんをあやめちまったからなあ」

「何も殺すことはなかったんだ」

連は怒気を孕《はら》んだ声で言った。強盗殺人は、現代でも一番罪が重い。あまつさえ、江戸時代は主従の関係が重く見られていた。夫が不義をした妻を殺しても、さほど罪に問われないが、その反対は違う。同様に商家の奉公人が主人を殺したり、怪我を負わせたりした場合も死罪となる。

嘉助は村の長《おさ》である庄屋を手に掛けたのだから死罪は免れない。儀右衛門に非があったとしても、嘉助とその仲間に情状酌量は見込めないらしい。

「時次郎さんは一揆《いっき》を恐れていたが、起きたのは一揆でなくて庄屋殺しけェ……ちょいと的が外れていたな」

捨蔵はそう言って、弱々しく笑った。

儀右衛門の息子がやって来るまで、時次郎は青畑村の庄屋代行を仰せつかった。弥佐衛門は棺桶《かんおけ》の段取りもつけてくれた。青畑村には棺桶を作る職人がいなかったので、宇根村からそれを運ばせた。

連は座棺というのを初めて見た。早桶《はやおけ》と呼ばれる棺《ひつぎ》に遺体を座らせた状態で納め、梯子《はしご》のような台に括《くく》りつけ、男達が担《かつ》いで法善寺の墓所に運ぶのである。

儀右衛門の息子の矢作宗仙《やはぎそうせん》が翌々日に到着すると通夜が行なわれ、その翌日の午前中に儀右衛門の遺体を納めた早桶は村外れの法善寺へ運ばれた。葬列に加わった人々は皆、白装束を纏《まと》っていた。空は厚く雲に覆われ、烏《からす》の鳴き声がやけに耳についた。

今後、「不吉」という言葉を耳にする度、連は儀右衛門の葬列を思い出すだろうと、ふと思った。

儀右衛門の初七日が過ぎると、時次郎は儀右衛門の家に村人を集め、寄合を持った。今後の青畑村の庄屋を誰にするか、期限の迫っている年貢をどう解決するか、問題は山積みだった。

儀右衛門の息子の矢作宗仙も同席したが、江戸での仕事を理由に庄屋の任を辞退したいと言った。宗仙は三十五歳で、総髪にした髪は黒々として白髪一本なかった。男盛り、仕事盛りでもある。せっかく大名家に取り立てられたというのに、志《こころざし》半ばで青畑村に舞い戻るのはどうしても承服できなかったのだろう。

「したが、あんたは庄屋さんの総領息子でねが。この村を捨てるのけェ」

村人の中には露骨に反論する者もいた。

「捨てるつもりはありませんが、立場上、わたしは親父の跡は継げないのですよ」

宗仙の言い方には聡明《そうめい》さが感じられる。連は宗仙の気持ちがよく理解できた。しかし、下男の清作は「坊ちゃまは三年だけという約束で江戸へ出たはずでごぜェやす。坊ちゃまの頭のよさは村でも評判だった。学問を積んでこの青畑村に戻って来たあかつきにゃ、必ず村のためになるはずだと法善寺の御前《ごぜん》様もおっしゃって、旦那《だんな》様は渋々、江戸行きを承知なさったんだ。三年が五年、十年、十五年となりやした。しかし、旦那様が亡くなった今、坊ちゃまは村に戻らねェとおっしゃる。それは間尺《ましやく》に合わねェ話ですぜ」と、涙ながらに訴えた。

宗仙は言葉に窮し、つかの間、黙った。

「お内儀《かみ》さんをどうなさいます」

時次郎は低い声で訊いた。

「お袋は引き取ります。それが息子であるわたしのつとめですから」

宗仙が応えると、おそよはたまらず「あたしは江戸なんて行きませんよ」と、甲高い声を上げた。宗仙は頭の後ろへ手をやった。参ったなあという表情だった。

「宗仙さん。田圃はどうなさるおつもりですか」

時次郎は、それが肝腎とばかり訊く。

「それは宇根村の父の従弟《いとこ》に任せたいと思っております」

宗仙の口調に澱《よど》みはなかった。前々から今後のことは考えていたようだ。

「おい、宗仙。他人事《ひとごと》のように言うな。これから冬になれば、この村は飢饉に襲われるかもしんねぇんだぞ。村がどうなっても構わねぇのか？　死んだ庄屋さんのことを悪く言うつもりはねぇが、嘉助があんなことをしでかしたのは、庄屋さんが年貢米をほまち（へそくり）していたからじゃねぇか」

金作が立ち上がり、憤った声で言った。

おそよはすかさず「何んだって？　うちの人が年貢米をほまちしただあ？」と、金作を睨んだ。

「だってよう、納屋の床下に米俵を隠していたじゃねぇか」

金作はぼそぼそと応える。

「あれはいざという時のものだったんだ。春になる前に村では必ず喰い詰める者が出ると、うちの人は踏んでいた。それでお代官様に内緒で米を隠しておいたのさ。だが、米があると言えば、あんたらは必ずあてにする。出すものも出さなくなる。それがわかっていたから、村の人にも黙っていたんだ」

おそよはこめかみに青筋を立てて怒鳴った。

「んなこと、わかるもんか。いざとなりゃ、たとい庄屋さんだって手前ェの身が可愛いからよ」

金作は怯《ひる》まず言う。時次郎は、やめろと言うように金作を目顔で制した。

「皆んなもそう思っていたのかえ。悔しいねえ。うちの人は今まで村のためを思ってやって来たというのに」

おそよは咽《むせ》んだ。女中のおたけが背中を撫でて宥《なだ》めた。

「宗仙さん。これこのように青畑村は庄屋さんが亡くなったために混乱しておるのです。どうぞ了簡《りようけん》なさっていただけませんか」

時次郎は阿《おもね》るように宗仙を見た。これから嘉助達の処分もあるし、青畑村に庄屋が不在では物事が進まなかった。宗仙は、むっつりと押し黙ったまま返事をしなかった。

「青畑村に戻ることは、わたしの一存では決められません。一旦《いったん》、江戸へ戻り、お仕えしているお殿様にご意見を仰《あお》がなければ」

宗仙はおずおずと言った。連は宗仙が江戸へ戻ったら、再び青畑村の土を踏まないような気がした。宗仙が大名家から受け取る給金はどれほどだろうか。恐らくは青畑村で田圃や畑を耕して受け取るものより、はるかに高額なはずだ。どっちが得か天秤《てんびん》に掛けるまでもない。まして宗仙は村人の力になりたいという殊勝な気持ちは微塵《みじん》も持ち合わせていないように感じた。

連は、また高校時代の友人、坂本賢介のことを、ふと思い出した。彼の父親は自動車の修理工場を経営していた。父親は修理工から出発して小さいながら工場主となったのだ。祖父は馬喰《ばくろう》をしていて、父親には家と裏にあった小高い山を残した。父親はその山を抵当に入れて工場を建設した。父親の商売はマイカー・ブームに乗って急成長し、山の抵当権も外すことができた。だが、賢介が大学に進学する頃には自動車産業も徐々に下火となり、息子の学費を工面するために父親は再び山を抵当に入れた。しかし、返却の目処《めど》は立たず、その山はついに売却された。

山は切り崩され、今は分譲住宅となっている。賢介は父親の恩に報いることなく、大学を卒業すると家電メーカーの研究所に入った。賢介の弟も会社員となったから、父親の工場は一代限りで終わる運命だ。

子供の人生は子供のものと言いながら、連は内心で賢介の父親が気の毒だった。では、自分はどうだろう。農協に勤める父親とスーパーのパートをしている母親がいる。パート収入がある限度を超すと税金を徴収されることになるので、母親はびくびくしながら給料の明細書を見ていた。限度を超しそうになると、休みたくないのに休んでいた。

親って何んだろう。母親が働くのは自分や弟妹達の学費の工面のためだった。連はやるせない気持ちで思う。儀右衛門は頭のよい息子が自慢である一方、先のことを考えると不安だったのではないだろうか。宗仙が村へ戻ることを信じていたのか、いなかったのか。儀右衛門の口から宗仙のことを連は一度も聞いたことがなかった。内心では大名屋敷お抱えの儒者として出世するよりも、青畑村の自分の傍で暮らし、村人を束ねてくれる息子であってほしいと思っていたのではないだろうか。

様々なことを考えるが、儀右衛門の亡くなった今、その答えはわからない。

「わたしは時次郎さんに親父の跡を継いでほしいと思っております」

宗仙は凛《りん》とした声で言った。おそよは「まッ」と声を上げたが、居並ぶ男達はしんと押し黙った。

「いかがですか、時次郎さん」

宗仙は、つっと膝《ひざ》を進めて訊いた。

「わたしは組頭を仰せつかっておりましたが、それは、あくまでも庄屋さんを補佐するだけのものでした。庄屋の任は、わたしには重過ぎます。平《ひら》にご容赦のほどを」

時次郎は深々と頭を下げた。

「なるほど、親父を補佐する目的で組頭を引き受けていたのですか。しかし、親父は村人に殺された。結果的にあなたはお役目を全《まっと》うできなかったことになりますね」

宗仙の言い方は次第に小意地悪くなった。

感じがよく聡明な印象がしたのは、つまりは宗仙が人とうまくやるための方便に過ぎなかったのだろう。

「そうなりますか……」

時次郎は諦《あきら》めたように言う。連は宗仙に対し、むっと腹が立った。

「ちょっと待って下さい。庄屋さんが殺されたのは、時次郎さんのせいではありませんよ。庄屋さんが米俵を隠していたことで、嘉助さんが疑いを持ったために起こったのです。庄屋さんが時次郎さんに事情を話してくれていたら、少なくともこんな事件には発展しなかったはずです。あんたは庄屋を継ぎたくないために時次郎さんへ責任転嫁している。卑怯《ひきよう》ですよ」

連はひと息に喋った。宗仙は驚いたように連を見た。宗仙が理屈でくるなら、こっちだって理屈で返す。連はそんな気持ちでいた。

「時次郎さんの従弟の連吉さんでしたね。なかなか弁が立つ。だが、あなたに今後のことを決める権利はない。口は慎んでいただきましょう」

宗仙は不愉快そうに吐き捨てた。

「おれも青畑村の村人の一人です。あんたこそ、自分が失礼なことを言っているのに気がついていないようだ。儒者が聞いて呆《あき》れる」

連は口を返した。時次郎が「連吉、やめろ!」と制した。

「あなたは本当に時次郎さんの従弟ですか。人相風体《にんそうふうてい》に不審なものがありますよ。あなたは青畑村へ来る前、どこにいたのですか。親の名は? 以前の住まいはどこですか」

宗仙は連の痛い所を突いた。連は言葉に窮して俯いた。

「やっぱり異人だったんだな」

誰かの声がした。金作か、太助か。声の主の正体がわからない。

「嘉助達を煽動《せんどう》したのはお前だ！」

宗仙は決めつけるように言い放った。連は、きッと顔を上げた。

「ふざけるな、このすっとこどっこい！　お前に何がわかる。青畑村を捨てたお前に」

連は立ち上がって宗仙を睨んだ。男達は二人のなりゆきを見ていたが、眼の動きはまるで猫のように忙《せわ》しなく、落ち着きがなかった。

十八

赤や黄で染められていた山々は、いつの間にか青黒い冬の姿に変わった。それも天気の悪い日には雲に隠れて見えないことが多い。

赤茶けた田圃《たんぼ》や畑に初雪が降ってから久しい。積み上げられた稲藁《いねわら》が田圃の所々、放置されたままになっている。水気を多量に含んだ稲藁を、これから筵《むしろ》や荒縄《あらなわ》に拵《こしら》えるのは骨だ。もはや肥《こ》やしにするしかないだろう。

武蔵国中郡青畑村は、通り過ぎる人の姿も見えず、しんと静かだった。皆、家の中で身体を縮めるようにして、囲炉裏《いろり》の火で暖を取っているのだろう。頭から離れないのは納め残した年貢の工面と冬の間の食料のことばかり。いや、翌年の種籾《たねもみ》をどうして工面するのかも重要な問題だった。

連は勝手口の外に置いてある薪《まき》を小脇に抱え、つかの間、そこから見える景色を眺めながら村人達の心の内へ思いを寄せた。畑仕事の合間に薪割りをして、家の壁際にきれいに薪を積み重ねておいたので、当分、燃料の心配はしなくてもよい。何も彼《か》も不足がちな暮らしの中で、それだけが唯一安心できることだった。しかし、連は新たに起こった問題に頭を悩ませていた。連の素性《すじょう》に疑問を持つ人間が現れたからだ。庄《しょう》屋《や》の息子で、江戸で儒者《じゅしゃ》をしている矢作宗仙だった。

怪しい男が青畑村にいると、宗仙が代官に訴えたら、連は取り調べを受ける羽目となる。

そうなった時、連はうまい言い訳ができそうになかった。それは時次郎も大層気にしていた。

「このままだと、連吉さんは代官屋敷に連れて行かれ、きつい詮議《せんぎ》を受ける恐れもあります」

薪を運んで、囲炉裏の傍《そば》の桶《おけ》に入れると、時次郎は待っていたように苦渋の表情で口を開いた。連は無言で囲炉裏に薪をくべた。パチパチと薪の水気がはぜる音がした。連は眼をしばたたくと、時次郎へ向き直った。そろそろ中食《ちゅうじき》の時分になる。囲炉裏の自在鉤《じざいかぎ》に掛けてある鉄鍋《てつなべ》の中は芋の蔓《つる》が入った汁だ。朝に炊《た》いた雑穀の多いめしは残っているのか、いないのかわからない。なければ汁を三杯ぐらい飲んで空きっ腹を宥《なだ》めるしかない。

「おれは何もしておりません。何を訊《き》かれても平気ですよ」

連は静かな声で言ったが、それは虚勢に過ぎなかった。

「いや、宗仙さんがどのように連吉さんのことを言うのかわかりません。場合によっては怪しい人間として牢《ろう》に入れられた挙句《あげく》、今まで街道筋《かいどうすじ》で未解決だった事件の罪を着せられ、悪くすればこれです」

時次郎は手刀で首を打つ仕種《しぐさ》をした。

「そんな……」

「宗仙さんが江戸に戻っている間に、連吉さんもしばらく身を隠していた方がよろしいでしょう」

「身を隠すと言っても、おれにはそんな心当たりはありませんよ。時次郎さんだけが頼りなんですから」

連は縋《すが》るように言った。

「幸い、わたしはただ今、庄屋代行を仰《おお》せつかりました。手形を出すこともできます。お屋形《やかた》様に書状を書きますので、それを届けに江戸へ行って下さい。書状には年貢の免除と夫食米《ふじきまい》（凶作の時に領主が農民に与える米）を支給して下さるようお願いするつもりです。本来、それはわたしがしなければならない仕事ですが、庄屋代行の今、村を離れる訳には行かないのです。まあ、それが連吉さんを江戸へ行かせる大義名分となりましたが」

「しかし……」

「江戸へ着けば、すぐに師走《しわす》となり、お屋敷では新年を迎える用事があれこれとございます。人手も足りません。連吉さんにはお屋形様の役に立っていただきたいのです。それで、向こうで正月を過ごし、そうですね、雪が解けて春の兆《きざ》しが訪れた頃に村へ戻って下さい。その頃にはほとぼりも冷め、連吉さんに疑いを持つ者はいなくなっているでしょう。多分、宗仙さんもその頃には連吉さんのことを忘れているはずです」

そんなに簡単に事が運ぶだろうか。俄《にわか》には信じ難い。しかし、今はそれしか方法がないような気もする。広い江戸で宗仙とばったり出くわす可能性は低いだろう。青畑村や隣り村にいるより安全なはずだ。

「時次郎さんは、この先、青畑村の庄屋を引き受けるつもりですか」

連は時次郎の身の振り方が気になった。

「さあ」

時次郎は首を傾《かし》げた後、「それもお屋形様のご指示を仰がなければなりません。江戸へ戻れと命じられたら、戻ることになるでしょう」と、続けて言った。

「とり敢《あ》えず、一揆《いっき》は回避されたのですから時次郎さんの面目は保たれましたね」

連は時次郎を持ち上げるように言った。時次郎は青畑村の知行主である松平伝八郎という旗本から百姓一揆を阻止するために派遣された人間だった。それは村人達には秘密にしていることだった。

「さて、それはどうですか。もっとも庄屋さんが殺される事態となったのは、わたしにも予想外のことでしたが。世の中は何が起きるかわかりませんな」

時次郎は皮肉な表情で薄く笑った。

「おれは江戸に行くしかないってことですか」

連はため息をついた。

「江戸の町中《まちなか》は連吉さんも、まんざら知らない訳ではないでしょう」

時次郎は悪戯《いたずら》っぽい顔になって言う。

「何言ってるんですか。どこもかしこも景色が違いますよ。江戸時代の東京なんて想像もつかない」

連は、むっとして応《こた》える。台所にいたさなが振り返って「とうきょうって、江戸にあったかしら」と訊いた。

「東京は江戸のことですよ」

連は怒ったように応えた。

「変な名前で呼ぶのね。どういう字を充《あ》てるのかしらん」

「東の京で東京です」

「あら、そうなの。でも、あたしは江戸の方が好き」

「東京の地名は、おれが決めた訳ではないので、そんなことを言われても……」

「誰が決めたの？」

「わかりませんよ」

「きっと、江戸の人じゃないと思う。江戸の人がそんな無粋《ぶすい》な名前をつけるもんですか」

さなは決めつけるように言う。東京と命名したのは誰だろう。恐らく幕府の人間ではないはずだ。大政奉還《たいせいほうかん》から王政復古《おうせいふっこ》、それから江戸城開城だ。明治維新はめまぐるしい。徳川幕府は江戸幕府でもあったから、江戸という地名を残したくなかった天皇側の気持ちは至極《しごく》もっともだ。ああ、そうか、東京と改名したのは天皇側の人間であったと納得できる。納得したところでどうなるものでもないが。

明治維新まで、まだまだ遠い。今は天明六年（一七八六）だ。幕藩体制の時代において、いずれ幕府が瓦解《がかい》するなどという情報は、時次郎やさなには無用のものである。連は二人の気持ちを考えて、敢えてそのことは言わなかった。

「江戸の謂《いわ》れをご存じですかな」

地名が出たついでに時次郎はそんなことを言う。

「いえ」

「江戸の江は入り江に面した場所のことです。戸は渡り口の渡《と》の意味があります。今《いま》戸《ど》、花川戸《はなかわど》、亀戸《かめいど》は皆、水辺で、渡り場所があります」

「なるほど、言われてみるとそうですね。勉強になりました」

連は感心した顔で応えた。

「一説には豪族《ごうぞく》の江戸太郎重長《たろうしげなが》という人の住まいが江戸城の東にあったからだとも言われております。その頃の江戸氏は武蔵国と常陸国《ひたちのくに》におりましたが、常陸国の江戸氏は江戸に幕府が開かれた頃に滅ぼされております。ですから、江戸という地名は他国にはない唯一無二のものなのです」

時次郎は誇らしげに語った。

「時次郎さんはもの知りですね」

連がそう言うと、時次郎は照れて頭に手をやった。

「兄さんは江戸が心《しん》から好きなのよ」

さなは含み笑いを堪《こら》える顔で言った。

「お屋形様のお屋敷は深川《ふかがわ》の八名川町《やながわちょう》にございます。江戸府内から新大橋を渡れば、場所はすぐにわかると思います」

時次郎は話題を換《か》えるように事務的な口調になって言った。

八名川町は残っていないが、その辺りは恐らく江東区《こうとうく》だ。会社の軽四輪で何度か通っている。確か、近くに芭蕉《ばしょう》記念館がある。そうそう、森下《もりした》のコンビニの隣りに小さなスポーツ用品店があって、その店に野球のスパイクとアンダー・シャツを届けた記憶もあった。スポーツ用品メーカーで仕事をしていた時の記憶が甦《よみがえ》る。まだ江戸時代に来て一年も経《た》っていないのに、ずい分、昔のことのように思える。自分はもう、現代には戻れないかも知れない。やるせないため息が出る。安給料をぼやきつつ、あくせくと働いていた日々がこの上もなく愛《いと》しく思い出されるのはなぜだろう。天明のこの時代に比べたら、平成の過去は紛れもなく極楽だった。連は、いや現代人の誰もがそのことに気づかずにいるのだ。

喰《く》い詰めて餓死《がし》した人のことがニュースで報道されると、人々は一様に驚きの表情になる。この豊かな時代に幾ら何んでも餓死はないだろうと。

それは飢えを実感できない人間の意見だ。連にとって、餓死は他人事《ひとごと》でない。自分もいつそうなるのかと怯《おび》えて暮らしているのだから。

商店街が並び、道路を車が頻繁《ひんぱん》に行《ゆ》き来《き》する江東区界隈《かいわい》を江戸時代のイメージに置き換えることは無理だった。恐らく、現代とは似ても似つかぬ風景だろう。知りたいような知りたくないような複雑な気持ちだった。

「江戸は青畑村から二十里ほどありますので、二日ほど掛かります。途中、街道の旅籠《はたご》へ泊まることになりますが、よく知っている旅籠なので何んの心配もいりません」

時次郎はもはや連を江戸へ行かせるつもりで話をしていた。

二十里はキロに換算すると約八十キロの距離だ。車で二時間も掛からない場所が、歩くとなったら二日も掛かる。まてよ。八十キロを二日？　ということは一日四十キロも歩くのか。そんなに長い距離を歩くのは高校生の時以来だ。学校の創立八十周年を記念して、八十キロを二十四時間掛けて歩くという行事があったのだ。途中、何度か小休止はあったものの、足に肉刺《まめ》はできるわ、その肉刺を庇《かば》ってがに股《また》になり股ずれができるわ、散々な目に遭ったものだ。

交通手段が基本徒歩だった江戸時代の人々の健脚ぶりに連は改めて感心した。

「連吉さん、旅は大変ですよ。お金と命を取られないよう、くれぐれも気をつけなければ」

さなは鉄鍋の蓋《ふた》を取り、芋の蔓《つる》が軟らかくなったかどうか確かめながら口を挟《はさ》んだ。味噌汁《みそしる》の中に、かんぴょうを刻んだようなものが泳いでいる。しゃきしゃきと歯ごたえはあるが、毎日これでは気分が萎《な》える。もし現代に帰れたとしても、これだけは口にしたくないと連は思っていた。

「なあに。日暮れの前に旅籠へ着けば、山賊や狼に襲われることもないでしょう」

時次郎は連を安心させるように言ったが、連はぞくりと背中が粟立《あわだ》った。山賊、狼だと。

「護摩《ごま》の灰《はい》だっているし」

さなは連の不安に追い討ちを掛ける。

「護摩の灰?」

聞いたことがあるような、ないような不思議な言葉だった。

「護摩の灰は旅の道中で旅人になりすまして親しげに声を掛けてくるのよ。一人旅の人は道連れがいると安心できるでしょう? 気を許した隙《すき》に荷物を奪われるのよ」

さなは眉間《みけん》に皺《しわ》を寄せて応えた。連は歩くことより、そっちの方に気が滅入《めい》った。貴重品を保管するロッカーなんてないし、金や手形を二六時中《にろくじちゅう》、肌身離さず持っていなければならないのが煩《わずら》わしく思える。だが、時次郎は「それほど心配することはありません」と鷹揚《おうよう》に言うばかりだった。

十九

旅の携帯品はできるだけ少なくするのが利口なやり方である。とはいえ、必需品として小田原提灯《おだわらぢょうちん》、煙草入れ、早道《はやみち》と呼ばれる小銭入れ、筆記用具の矢立《やたて》、急な腹痛などに襲われた時の用心に薬を入れた印籠《いんろう》などがあった。

その他に着替えなどを入れた手行李《てごうり》、弁当を包む網袋《あみぶくろ》、財布、合羽《かっぱ》など、荷物が嵩《かさ》む。

総重量はどれぐらいになるだろうか。何んとか十キロ程度に収めなければ、歩行に支障を来たしそうだった。

金は分《わ》けて携帯するのがよいと、さなは忠告した。もしもの時のために襦袢《じゅばん》の襟《えり》の中にも入れて、縫ってくれた。紙幣のない時代なので、銅貨の重量も相当だろう。首が凝《こ》りそうだった。

時次郎が蒲団《ふとん》に入ってからも、連は囲炉裏端《いろりばた》で持ち物の仕度に余念がなかった。

「連吉さん、まだお休みにならないの？」

寝間着の上に綿入れの半纏《はんてん》を重ねたさなが顔を出して訊いた。

「もう少しで終わりますので」

連はすまない顔で応えた。さなは行灯《あんどん》の油が減ることを気にしているのだと思った。

だが、さなは連の傍にそっと座り「明日、お観音さんに行って、連吉さんの道中の無事をお祈りして来ます」と、ぽつりと言った。

「ありがとうございます」

連は低い声で応えた。

「お別れね」

そう言ったさなの眼が濡《ぬ》れていた。

「すぐ戻って来ますって」

連はさなを慰めるように笑顔で言った。

「なぜかわからないのだけど、連吉さんとは、もう会えないような気がしてならないの」

「気のせいですよ」

「連吉さんがお観音さんの傍に倒れていたのを見つけたのは兄さんだった。行き倒れかと最初は思ったらしいのよ。でも、心《しん》ノ臓《ぞう》は動いていたから、慌てて家に戻って来て、さな、手伝えって言ったの。古い大八車《だいはちぐるま》を引っ張り出して、それで家まで運んだのよ。あたし、連吉さんの恰好《かっこう》を見て、この国の人ではないのだと思ったの。兄さんもそう思っていたみたい。村の人に言えば騒ぎになるから、何事もないふうを装えって、兄さんは言ったのよ」

さなは当時のことを思い出すように言った。

「時次郎さんは、おれが田圃の真ん中に倒れていたと言っていましたが、違ったんですか」

時次郎とさなの話は喰《く》い違っていた。

「ああ、それはね、ずっと昔、連吉さんと同じようにお観音さんの近くで行き倒れになっていた人がいたのよ。その時は亡くなった庄屋さんのお祖父《じい》さんが介抱したそうなの。行者《ぎょうじゃ》さんのような形《なり》をしていたそうよ。ひと月近くも庄屋さんの家で厄介になり、元気になって、また旅に出て行ったけど、その後で、村は冷害に見舞われ、作物に実がならなかったの。村の人は、その行者さんを疫病神《やくびょうがみ》だと噂したのよ。兄さんはその話を思い出して、田圃の中に倒れていたと言ったのよ。連吉さんをその行者さんと一緒にしたくなかったのね、きっと」

「そうですか……」

結果的には、自分も村にとっては疫病神のような存在になってしまったと思う。天明の飢饉《ききん》の時代に青畑村へ来てしまったのだから。

だが、時次郎は何も言わず、連を家に置いてくれた。連は改めて時次郎に感謝の気持ちを抱いた。

「お観音さんの傍というと、石段を登った上ですか」

連は、ふと気になって訊いた。お観音さんの社《やしろ》は小高い丘のてっぺんに建っているからだ。明神滝からタイム・スリップして、そんな場所に放り出されたのかと思った。

「いえ、上がり口の杉の樹《き》の陰《かげ》でしたよ。幾ら何んでも、兄さんが大男の連吉さんを担《かつ》いでお観音さんの石段は下りられないですよ」

さなは呆《あき》れたような表情で応えた。

「それもそうですね。ちょっと、びっくりしました。おれが、あんな高い所で行き倒れになっていたなんて驚きますよ。行き倒れになる者が、あの石段を上がれる訳がないですから」

連も苦笑交じりに言う。

「本当ね。でも、連吉さんが家に来て、とても楽しかった。兄さん、それまであまり喋《しゃべ》らない人だったけど、連吉さんとはよく話をしていたでしょう？　あたし、嬉《うれ》しかった。きっと兄さんは連吉さんのことを本当の弟のように思っているのよ」

「おれもそうです。時次郎さんは兄のような人です」

「兄さんは連吉さんが江戸へ行けば風向きが変わるようなことを言っていたけど、果たしてそうかしら。庄屋さんの息子さんは連吉さんが逃げたと思うのじゃないかしら」

さなは心配する。

「おれもちらっと、それは思いました。しかし、代官に捕まるのはいやですから、江戸に行った方がいいと思います。時次郎さんは、うまく村の人に話をしてくれるでしょう。さなさんは、そんなに心配することはありませんよ」

連は笑顔でさなをいなした。

「道中の旅籠は色々だから、間違っても別な所へ泊まらないでね」

さなは俯《うつむ》きがちに言った。

「どういう意味ですか」

「めし盛り女を置いている旅籠もあるのよ。めし盛り女は夜のお世話もするそうだから」

連は、自分でも顔が赤くなるのがわかった。

「大丈夫ですよ」

「連吉さんには言い交わしたお相手がいるの？」

さなは突然、そんなことを訊いた。

「以前はおりました」

田代茜の顔が、ぽっと脳裏に浮かんだ。

「別れてしまったの？」

「ええ……」

「どうして？」

「おれが東京へ……いえ、江戸に転勤になった時、一緒について来てくれと頼んだのですが、承知しなかったんです」

「……」

「振られました」

連は悪戯っぽい表情で続けた。

「あたしなら、絶対ついて行く。本当に好きならそうするのが当たり前よ。きっと、その人、連吉さんのことをそれほど好きじゃなかったのよ」

さなは決めつけるように言う。会ったこともない茜に嫉妬《しっと》しているような感じだった。

何んだかんだ言っても、さなはまだ十七歳の娘だった。だが、記憶の中の茜の顔は、さなよりずっと子供っぽく感じられた。さなに限らず、江戸時代の娘達は、現代のそれより大人びていると思う。さなは連との年の差など全く気にしている様子がなかった。気にしていたのは連のほうだろう。

「無事に江戸から戻って来たら……」

さなはおずおずと言ったが、途中で言葉を呑《の》み込んだ。

「ええ、何んですか」

「何んでもないの。あたし、もう休みます。連吉さんも早く仕度を済ませてお休みなさいまし」

さなは低い声で言って、連に背を向けた。

さなの言いたいことは、連にはわかっていた。無事に江戸から戻って来たら、自分を妻にしてほしいということなのだろう。さなの好意はありがたいが、連は、この時代で身を固めるつもりはなかった。微《かす》かに、微かにだが、現代へ戻る希望を、連はまだ持っていたのだ。


時次郎は早々に連の手形の用意をしてくれた。甲州街道を辿《たど》る旅である。泊まる旅籠は八王子の宿場にある「恵比寿屋《えびすや》」か、もしくは府中の「大木屋《おおき》」である。旅籠の主《あるじ》に書状をしたためるので、心配はいらないと言った。しかし、旅籠代を惜しんで夜道を歩くことはならないと、くどいほど念を押した。旅は夜明けとともに旅籠を出て、日暮れの前に別の旅籠へ入るのが利口なやり方だった。めし盛り女のことを特に注意されなかったのは、恵比寿屋も大木屋も、そういう類《たぐい》の旅籠ではなかったからだろう。

時次郎は小仏峠の関所まで見送ってくれるという。そこを無事に通過すれば、後は四谷の大木戸《おおきど》まで街道をひたすら歩くだけでよい。

旅立ちにあたり、ひとつ問題は、連の頭だった。髪は伸びているものの、まだ丁髷《ちょんまげ》を結えるまでには至っていなかった。時次郎はつけ髷を使用するかと訊いた。長い道中、そんなものを頭にのっけているのは煩わしい。連は再び、頭を丸めることにした。

「それでは、身分を訊《たず》ねられた時、百姓の傍《かたわ》ら按摩《あんま》を生業《なりわい》にしていると応えて下さい」

時次郎は知恵をつけた。按摩は頭を丸めている者が多い。マッサージは割合得意だった。小学生の頃、少林寺拳法《けんぽう》を習っていて、その時、道場の先生に整体を教えられた。それが後に、ずい分、役に立った。中学から大学まではバドミントン部に所属していたが、肩がパンパンに腫《は》れた先輩のマッサージをして喜ばれたものである。今でも三十分や一時間程度なら、整体と絡《から》めてマッサージができる。いきなりそれを所望される事態となっても、うろたえることはないだろう。

「わかりました」

連は張り切って応えた。

さなはお観音さんのお札を貰《もら》って来て、それを手作りの袋に入れて持たせてくれた。五人組の仲間には、時次郎がそれとなく連の江戸行きを伝えた。皆、矢作宗仙とのやり取りを覚えていたので、それがいいと賛成してくれたという。

出立の朝、時次郎と連は七つ刻《どき》（午前四時頃）に家を出て、一路、小仏峠を目指した。

これからどんな景色が連の前に拡がるのか、連は緊張で身体が震えた。

青川沿いに道を歩き、村はずれで山道に入る。標高五百四十八メートルの小仏峠まで約一時間掛かった。八ヵ月前、この峠を逆の方向から登ったことが思い出された。あの時も結構きつくて息が上がったが、今回も同じようなものだった。だが、時次郎は自分一人なら、その半分の時間で峠に辿り着くと自慢気に語ったので、少しむっとなった。

山道の景色は今も昔も、さほど変わって見えなかった。しかし、峠の頂上近くまで来ると、目の前に堂々とした関所の門が立ちはだかり、着膨《きぶく》れた門番が入り口の両側に棒を携《たずさ》えて立っていた。門の向こうに幕を張り巡らした建物が見え、旅人が列を作っていた。そこで手形の改めと、短い問答があるようだ。

「出女《でおんな》に入《い》り鉄砲」という諺《ことわざ》を連はふと思い出した。

幕府は人質状態で江戸の藩邸に置かれた大名の奥方が江戸から脱出することと、鉄砲など武器が江戸へ運ばれることを警戒して関所で調べるのだ。

連は地方から江戸へ行くので鉄砲関係だけだが、江戸から西へ向かう女の旅人は専門の年寄りの女がいて、身体のあちこちに触って確かめるという。

連は時次郎が持たせてくれた護身用の刀のことがひどく気になった。現代なら刀剣所持は許されない。

「それでは行ってきます」

連は関所の前で時次郎に頭を下げた。

「お気をつけて」

時次郎は応えたが、すぐには踵《きびす》を返さず、心配そうにその場所に立ち止まって様子を見ていた。

(何んか緊張するなあ)

連は胸で呟《つぶや》いた。飛行機に乗る時に保安検査があるが、あれより、もっと厳しい感じがする。だいたい、取り調べの役人は何んだって、あんなに威張り腐っているのだろう。こっちは旅人だ。罪人でもあるまいし、もう少し、丁寧なもの言いでできないものかと思う。

一列に並べ、ぼやぼやするな、よそ見をするな、ぐずぐずするな——一分おきに叱《しっ》責《せき》が飛んだ。

「恐ろしいもんですなあ、関所は。生きた心地もないですわ」

連の後ろにいた上方《かみがたな》訛《ま》りの男が呟いた。間髪を容《い》れず、「無駄口を叩《たた》くな」と役人の声がした。男は首を縮め、口を閉じた。

二十分ほどして、連の番になった。手荷物を検《あらた》められた後、中央に控えていた役人は連の手形をまじまじと見つめ「その方《ほう》、江戸へ向かうのであるな」と訊いた。

「さようです。深川の松平伝八郎様のお屋敷へ参ります」

連は丁寧な言い方で応えた。

「きさま、侍ではないな」

狐のような顔をした役人は不審の眼で訊く。

（いきなり、きさまはないだろう）

むっとしたが「常は百姓をしております。その傍ら、按摩も時々行なっております。わたしの従兄《いとこ》が青畑村で、ただ今、庄屋代行を仰せつかりましたので、村を離れられません。それでわたしが代わりに江戸へ行き、お屋形様へ用件をお伝えすることになりました」と、連は時次郎と昨夜練習した口上を述べた。

青畑村の庄屋儀右衛門が殺された事件は関所の役人も知っていたので、そのことについては深く詮索《せんさく》されなかった。

「按摩をしておるのなら、その方は眼が不自由なのか？」

「いえ、ちょっとは見えます」

連はひやひやしながら応えた。役人は手形の文面と連の顔を交互に見ていたが、やがて「通ってよし」と、ようやく言ってくれた。

ほっと安堵《あんど》して振り向くと、時次郎の姿はもう見えなくなっていた。

無事に関所を抜けると、今度は下り道となる。草鞋履《わらじば》きの足許《あしもと》は、まだ疲れも痛みも感じない。さなが三里《さんり》のつぼに灸《きゅう》をしてくれた効果だろうか。膝頭《ひざがしら》の下の外側にあるくぼんだ部分に灸をすると、足の疲れをさほど感じずに済むと言った。さなは連に灸をすえながら、ぽろぽろと涙をこぼしていた。何か優しい言葉を掛けてやるべきではないかと連は思っていたが、どうしてもそれはできなかった。その代わり、痩せた肩を二、三度、ぽんぽんと叩いてやった。さなはようやく笑った。

目指すは八王子の旅籠恵比寿屋だ。日暮れまでに辿り着けるだろうか。連は自然に歩みを早めた。だが、青畑村が遠ざかるにつれ、心細い気持ちにもなる。その時、子供の頃、母親がうたってくれた童謡を連は思い出した。「あの町この町」(野口雨情《うじょう》作詞)というものだ。

あの町　この町
日が暮れる　日が暮れる
今きたこの道
かえりゃんせ　かえりゃんせ

歌詞もメロディも鮮明に覚えている。親戚《しんせき》の家に行って夕方になり、母親に手を引かれて家に戻る時、若かった母親は低い声でうたった。土手の道だった。西の空が真っ赤に染まっていた。まだ弟と妹が生まれていなかった頃だろう。二番の歌詞がとりわけ連をもの悲しくさせた。

お家《うち》が　だんだん
　遠くなる　遠くなる
今きたこの道
　かえりゃんせ　かえりゃんせ

（って、これからお家に帰るんだろうが）

子供の連は、胸の中でひそかに突っ込みを入れていたが、母親は繰り返し、繰り返し、その歌をうたっていた。

今、江戸へ向かいながら、母親からそんな所でぐずぐずしていないで早くお帰りなさいと言われているような気がした。

そうだね、母さん。こんなことしている場合じゃないよね。だけど、どうやったら元の場所に戻れるんだろう。おれ、それ、わかんないし。チャンスを見つけるまで、江戸時代の人間としてがんばるしかないんだよ。

連は心の中で母親に語り掛けていた。風がやけに冷たい。そう感じたのも道理で、みぞれが降ってきた。連は道中合羽《どうちゅうがっぱ》の胸許をきつく重ね合わせた。手甲《てっこう》、脚半《きゃはん》、草鞋履き。まるで股旅物《またたびもの》の時代劇だ。その恰好を笑う者は誰もいない。峠の道ですれ違う者は、誰しも、黙々と歩みを進めていた。

「こんにちは」

連が言葉を掛けると、怪訝《けげん》そうな眼を向けた。護摩の灰に思われたのだろうか。そう思うと苦笑が込み上げた。

この先、きっと何んとかなるだろう。連はそう自分に言い聞かせて霜枯れた山道を軽快な足取りで下った。

二十

恵比寿屋での宿泊は存外に快適だった。街道筋には、ちょっと歩けば旅籠が並んでいた。

恵比寿屋は時次郎が江戸を行き来する時の定宿《じょうやど》だったので、主も世話をする女中達も親切だった。外観は古い民家に連子格子《れんじごうし》をはめ込んでいるが、普通の民家の三軒分もありそうな大きな建物だった。

中に入ると広い上がり框《かまち》があり、目隠しに衝立《ついたて》が置かれていた。三和土《たたき》は粘土で固めてあり、まるでコンクリートのようだ。上がり框に腰を下ろすと、女中が濯《すす》ぎの水が入った桶を運んで来て、連の汚れた足を洗ってくれた。水は注《さ》し湯をしていたが、それほど温かくなかった。

それでも他人に足を洗って貰う気分は悪くなかった。上がり框の後ろは居間になっており、大きな囲炉裏が切ってあった。

連が通された部屋は上がり框から箱階段を上った所にあった。六畳間の狭い部屋だったが、冬場のことで相客はいなかった。それがまず幸いだった。相客がいれば貴重品の管理に神経を遣うことにもなる。

しかし、食事の時も、風呂《ふろ》に入る時も、連は手形、お屋形様へ届ける書状、財布などを手許から離さなかった。

旅籠の食事は豪華だった。魚の田楽《でんがく》、里芋の煮物、山芋の千切り、豆腐、蒲鉾《かまぼこ》、椎《しい》茸《たけ》と卵の吸い物、それに漬物とめしがついていた。

白めしは久しぶりだったので、連は大ぶりの茶碗《ちゃわん》で三杯のめしを平らげた。極楽だった。

世の中は飢饉の噂が流れているのに、恵比寿屋では何事もないように旅人の世話をしている。それが不思議でたまらなかった。

青畑村だけが特別な状況なのだろうか。連は俄《にわか》に湧き出た疑念に頭を悩ませた。

青畑村に飢饉が迫っている。そのことに気づいたのは四谷の大木戸を抜け、江戸市中に入ってからのことだった。

江戸は――テレビの時代劇や映画とはもちろん、違っていた。時々、CG（コンピュータ・グラフィックス）を駆使して江戸の街を再現している作品に出合うことが（いや、今はCGの助けがなければ江戸時代の景色は作れないのかも）あるけれど、見ているこっちにはどうも妙な感覚が残る。変に奥行きがあって居心地が悪い。壁際に鏡を置いて部屋を広く見せるような、そんな感じに似ている。

たいていは広重《ひろしげ》か北斎《ほくさい》の風景画を下敷きにしているから、間違いだとは言わないけれど、それは広重や北斎の絵師としての視点だろう。

一般庶民の視点じゃないと思う。だから、汚い部分や余計なものを排除した理想の景色になってしまう。たとえば北斎の富士山は頂上がとんがっていて、現実の富士山とは大きく違っている。北斎の富士山だ。まあ、それは連の独自の考えでなく、学生時代に読んだ太宰治《だざいおさむ》の『富嶽百景《ふがくひゃっけい》』からの影響ではあったが。

連の目の前に現れた江戸の街は、もちろんCGではなく、本物の江戸だ。本物というのは迫力がある。機械に頼らず、すべて人間の手でひとつずつ作り上げているから、一膳《いちぜん》めし屋の縄暖簾《なわのれん》の意匠や、商家の店先に下がる藍色《あいいろ》の長暖簾を見てすら、現代とは違うなあと感心してしまう。職人が十分に手間と時間を掛け、納得した品物を客に納め、客もまた、それを大切に使う。現代の使い捨ては消費を拡大させたが、物を作る側の職人気質《かたぎ》は失われたのではないだろうか。連は深川へ向かう道々、そんなことを考えていた。街は生活臭がふんぷんで、通りも見た目はきれいだが、注意して見ると、道端には紙屑《かみくず》とかゴミが落ちている。通り過ぎる人の恰好も何んとなく垢《あか》じみて見える。時代劇の役者のように、ほつれ毛一本もない結い立ての髪形をしている者はいない。顔つきもちょっと違う。妙に扁平《へんぺい》な顔で色黒だ。青畑村の人々にもそれは感じていたが、それは百姓なので身を構う暇がないからだと思っていた。まさか江戸の人々も同じようなものだったとは驚きだ。現代の日本人の顔は食事の影響で欧米化しているらしい。プチ整形で顔の欠点を気軽に修正できるせいもあるだろう。それがいいのかどうか、連にはわからない。女に生まれたからには美しくありたいだろうし。

そう言えば恋人だった田代茜は、知り合った頃、片方の瞼《まぶた》は一重《ひとえ》だった。それを本人はひどく気にしていた。連に整形したとは言わなかったけれど、いつの間にか両方の眼がぱっちりとした二重瞼に変わっていた。

茜はそれで自信をつけたのだろうか。積極的な女性になったと思う。人の顔の美醜についてかなり辛辣《しんらつ》なことも言うようになった。茜がきれいになるのは嬉しかったが、性格がそれに比例したとは決して思わない。

女は難しい生きものだと、つくづく思う。

江戸時代の人々は全体に身長が低いので、当時としては大男の連が珍しいらしく、すれ違うと振り返る者が多かった。

ようやく江戸に着いたと思ったが、深川までは半端じゃなく遠かった。鼻緒《はなお》擦《ず》れや肉刺もできていて、足が思うように進まない。

途中、八百屋や魚屋の前を通ると、店先には普通に品物が並べられていた。

買い物に来ていた女房達が、青物が高直《こうじき》だとぼやく声も聞こえたが、それで買い控えるという様子はなかった。

幕府はお救い小屋を市中のあちこちに設置して、極貧の者に施しをしていると聞いていたが、あくまでも極貧の者であって、一般庶民は何事もなく暮らしている。

幕府のお膝元である江戸には、他国から優先的に食料が集められる。その皺寄《しわよ》せが地方に及んでいるのだ。青畑村も例外ではない。

早く知行主の松平伝八郎に青畑村の窮状を訴え、何んとか救いの手を差し伸べて貰いたいと、連は心底思った。

重い足を引き摺《ず》るようにして新大橋を渡った時、連は、ほっと安堵の吐息をついた。

新大橋は元禄六年（一六九三）に架《か》けられた橋で、永代橋《えいたいばし》より歴史が古い。永代橋は元禄十一年（一六九八）にできている。新大橋は古びた木橋だが、頑丈で、橋桁《はしげた》の太さに感心した。現代では、そのような太い樹木を調達することは無理だろう。いや、現代の橋は万事、鉄筋コンクリートで固めていて、木材の出番は皆無だろう。橋の欄干から見下ろした隅田川《すみだがわ》の水はきれいだった。へえ、隅田川の水が澄んでいた時代もあったのかと、連は改めて思った。

伝馬船《てんません》や小舟が引っ切りなしに橋の下を行き過ぎる。江戸時代の交通手段は船が主体だったのだ。特に堀が縦横に張り巡らされている本所、深川方面は、それが顕著だった。

ようやく八名川町の松平家の屋敷前に着いた時、その門構えの見事さに連は感歎《かんたん》のため息を洩《も》らした。

旗本五千石とは、現代の官僚で言えば、どの辺りだろうか。ちょっと見当がつかなかった。長屋門はぴったりと扉を閉めていた。連は横の通用口の戸を遠慮がちに叩いた。

さっぱり応答がなかった。少し強い力で叩くと「何者だ。いずれへ通る」と、ようやく返答があった。

「手前、青畑村の時次郎よりの書状を持参して参りました。お屋形様へ何卒《なにとぞ》お取り次ぎを」

そう言うと、軋《きし》んだ音を立てて通用口が開き、お仕着《しき》せのような焦げ茶色の印半纏《しるしばんてん》を着た門番が顔を出した。どんぐり眼《まなこ》に見事な団子鼻、厚く赤みのある唇、髭《ひげ》の濃い質《たち》らしく、もみ上げを妙な形に伸ばしている三十二、三の男だった。いや、実際の年齢はもっと若いのかも知れない。

「お前の名は？」

「はい、連吉と申します」

門番は連のつま先から頭のてっぺんまで舐《な》め回すように見てから「しばらく、そこで待て」と言って、通用口を閉じた。

それから呆れるほど待たされた。忘れられたのだろうかと思ったほどだ。連は立っているのが辛《つら》く、通用口の前にしゃがみ込んだ。

八名川町は町家《まちや》と隣接している町なので、連がそうして待っている間にも棒手振《ぼてふ》りの物売りや、商家の奉公人らしい男、大八車に荷を積んで運ぶ者などが目の前を通って行った。

彼らの表情もまた、空腹を抱えているようには見えなかった。

通用口の扉が開くと、さっきの門番が中へ入れと命令口調で言った。「はい」と応えて、中へ足を踏み入れると、そこはまるで庭園のようだった。季節柄、芝は枯れていたが、松や他の常緑樹がきれいに手入れされて植わっていた。玄関に通じる所は敷石だった。

連は門番の案内で立派な玄関の前を通り、木戸を抜け、縁側廊下の見える庭へ出た。雨戸は開いていたが、廊下に面した部屋の障子は閉められている。

門番は相変わらず命令口調で言った。

「ここで待て」

「はい」

突っ立ったままでいると「なに、ぼんやり立っている。控えろ」と怒鳴られた。慌てて沓脱石《くつぬぎいし》の傍にしゃがんだ。

時刻は午後を過ぎていたが、何時頃なのか正確な時刻がわからない。夕方には少し間があるような感じがした。その日は曇っていたが、幸い気温はそれほど下がっておらず、寒さはさほどこたえなかった。

門番の男が去ってから、またしばらく待たされた。待つことも、この時代の人々の仕事の内だったのだろう。

やがて、屋敷に奉公しているらしい羽織袴《はおりはかま》姿の二人の男が廊下をすり足で現れ、閉じていた障子を開けた。時次郎が教えてくれた若党《わかとう》と呼ばれる奉公人であろう。お屋形様の側仕《そばづか》えだ。

連は畏《かしこ》まって頭を下げた。間もなく、誰かがやって来た気配がした。

「面《おもて》を上げい」

よく響く声が聞こえた。白い玉砂利に両手を突きながら、連は顔だけ上げた。五十がらみの男がそこにいた。金つぼ眼《まなこ》、わし鼻、厚い唇の堂々とした面構《つらがま》えだ。昔の武士の顔だと連は思った。

「時次郎から伝言とな」

男は縁側廊下まで出て来て、蹲踞《そんきょ》の姿勢になって訊く。薄茶色の着物を着流しにして、紺色の袖《そで》なしを重ねていたので、それは普段の恰好なのだろう。松平伝八郎その人と気づくと、連は緊張した。仲介者から書状を渡して貰うものと連は思っていたので、知行主《ちぎょうぬし》が直接現れたことに、ひどく驚いてもいた。

連は少し震える手で懐の書状を差し出した。

松平伝八郎が状袋（封筒）を外すと、脇に控える若党の一人がすばやく受け取った。それから伝八郎は書状をはらりと拡げた。その仕種がかっこよかった。

低くぶつぶつと呟きながら書状を読むと、伝八郎の眉間に皺が寄った。青畑村の現状に困惑している様子であった。

「各地で色々飢饉の噂を聞いていたが、わが知行地もそのような羽目になっているとは思いも寄らなんだ。どうしたらよいものか……」

独り言のように言ってから、ふと連に気づいて「その方《ほう》、時次郎の従弟《いとこ》とな？」と怪訝そうに訊いた。

「はい」

「はて、今まで奴に従弟がいたようなことは聞いておらぬが」

「時次郎さんの家とは今まで音信不通でありましたが、ひょんなことで一緒に暮らすようになりました」

「ひょんなこと？」

「色々、家の事情がございまして」

連は冷や汗をかきながら応える。

「まあ、それはよい。もう少し、その方に詳しい話を聞くつもりゆえ、今夜は中間固屋《ちゅうげんごや》でひと息入れ、旅の汗など流してゆっくり休むがよい。呼び出しがあるまで、おとなしく待っておれ」

伝八郎はそう言って、奥の間へ踵を返した。

二人の若党は障子を閉めると、掌《て》を打ち、さっきの門番を呼んだ。若党はどちらも十代の若者のようだった。

「こいつを固屋へ連れて行け。空いている部屋はあるな」

「へい……」

「お屋敷の仕来たりも色々教えるように。殿の御用が残っておるゆえ、丁重に扱え」

そう命じると、門番はつかの間、煩わしい表情になったが、黙って肯《うなず》いた。若党が去ると、門番はついて来いと言うように顎《あご》をしゃくった。

立ち上がった拍子に少しよろめいた。足が痺《しび》れていた。門番はちッと舌打ちした。

「半鐘泥棒《はんしょうどろぼう》のくせに、存外、頼りねェ野郎だ」

小ばかにしたように吐き捨てる。半鐘泥棒は大男を揶揄《やゆ》して言う言葉だった。

中間固屋は玄関の裏手にある厨《くりや》の真向かいに並んでいた。低い屋根の物置みたいな所だ。

そのひとつの油障子を開けると、狭い土間口の向こうに三畳ほどの板の間が見えた。

「ここに泊まれ。晩めしは暮六つ（午後六時頃）の鐘が鳴った後だ。めしと汁、漬物はつく。ただし、お菜《さい》は自分持ちだ。外の煮売り屋にでも行って買ってきな。蒲団《ふとん》は押し入れの中に入っている。湯屋はお屋敷を出て、真向かいの通りを入れば大黒湯《だいこくゆ》というのがある。夜の五つ（午後八時頃）までやっているが、お前《め》ェ、これからする事もねェだろうから、早めに行ってきな。お屋敷の出入りにゃ、切手（通行証）がいるが、今日のところは大目に見るわな」

「連吉と申します。よろしくお願い致します」

連は殊勝に頭を下げた。

「百姓のくせにまともな挨拶《あいさつ》をするじゃねェか。おれは芳蔵《よしぞう》てんだ。中間は他に二人いる。交代で門番をしている。寝ずの番よ。お前ェがここにいる間、門番もやってくれるんなら助かるが」

芳蔵は最初とは打って変わり、気軽な口調で言った。

「わたしでよければ」

「そ、そうけェ。ありがとよ。ささ、荷物を整理して湯屋へ行きな」

「手形とか置いて行ってもよろしいでしょうか」

「仲間内に妙なくせのある者はいねェよ。心配すんな」

芳蔵は連を安心させるように笑った。

とはいえ、財布とか、襦袢の襟に仕込んだ金のことは気になる。芳蔵が出て行くと、窓の障子を開けた。目の前は屋敷の塀だった。

昼間はろくに陽も射さないだろう。薄い壁の隣りには同じような部屋があるのだろう。

連は貴重品の隠し場所を探し、釘《くぎ》の甘い床板を見つけ、そこを剝《は》がした。床下は地面になっていた。手行李に手形、財布、襦袢などを押し込んだ。早道と手拭《てぬぐ》いを持って固屋を出た。

連が門の通用口から外へ出ようとすると、芳蔵が顔を出し「いいか、奉公人の出入りはこっちで、間違ってもそっちを使うなよ」と、念を押した。

そっちというのは大門の左側の通用口のことで、武士の専用らしい。伝八郎が外出する時には大門が開けられるという。

「承知しました」

「ゆっくり湯に浸《つ》かってきな」

芳蔵は連をねぎらうように言った。

屋敷の前の通りを横切り、六間堀町の界隈に入ると、大黒湯はすぐに見つかった。唐破風《からはふ》造りの銭湯だ。似たような感じの銭湯を連は現代でも見たことがある。暖簾をくぐり、男湯と思《おぼ》しき戸口を開けると番台があった。連は履き替えた雪駄《せった》を下駄箱に入れて、湯銭を払った。十文だった。

「がま口、預かるよ」

こめかみに頭痛膏《ずつうこう》を貼った湯屋のおかみさんが連に言った。

「お願いします」

早道を預けると、紐《ひも》のついた木札を渡された。それを手首に巻いて、連は脱衣籠《かご》に着ている物を入れた。脱衣場と中の洗い場との間に戸がないのが妙だった。そのずっと奥にざくろ口と呼ばれる仕切りがあり、湯舟の湯気が洩れないような仕組みになっていた。

洗い場で丁寧に身体を洗い、それから湯舟に浸かった。糠袋《ぬかぶくろ》を忘れたことが悔やまれたが、男湯で糠袋を使っている者はあまりいなかった。ざっと湯を掛けて、熱めの湯に浸かり、さっと出るのが粋《いき》なやり方らしい。客が湯舟の中に手拭いを入れ、ごしごしやるのが気になった。湯が汚れるだろうと思う。

案の定、眼を凝らすと、湯舟にうっすらと垢が浮かんでいた。それでも湯舟に浸かると、旅の疲れが取れるような気がした。足のだるさも少し楽になった。

湯屋から出ると、冬の冷たい風も心地よく感じられた。

(大黒湯は気に入った)

連は胸で呟いた。江戸の銭湯は現代のそれのように、決して清潔ではないが、人々の暮らしに密接していた。湯屋のおかみさんも銭湯商売に不景気は訪れないと思っているに違いない。案外、いい時代じゃないか。連はつかの間、青畑村のことを忘れ、江戸の街の気分を味わっていた。

冬の日暮れは早い。連が屋敷に戻る頃は、とっぷりと暮れ、藍玉を溶かしたような夜の闇が迫っていた。連はうっかりして晩めしのお菜を買うことを忘れてしまった。

屋敷に戻った時、すでに奉公人達の食事は済んでいた。調子に乗って長湯になったらしい。おずおずと厨《くりや》の戸を開けると、古参の女中が「あんた、晩めしがまだだったのかえ」と、呆れた声で訊いた。

「すみません」

「困ったねえ、お櫃《ひつ》にままが残っていたろうか」

　女中は慌ててお櫃を開け、こびりついためしをこそげ取るようにして、ようやく丼《どんぶり》にひとつ用意してくれた。汁はなく、丼の上に沢庵《たくあん》を五切ればかり、梅干しをひとつ載《の》せてくれた。

「今夜はこれで我慢おし」

　女中は気の毒そうな表情で言った。

「ありがとうございます」

「火鉢を入れて置いたから、行灯は火鉢の火で点《つ》けるといいよ。寝る時は火鉢の炭に灰を掛け、行灯は必ず消しておくれね」

「わかりました」

　連は頭を下げて中間固屋へ戻った。上がり框に丼を置き、連は女中に言われた通り、火鉢の火で行灯を点けた。それから押し入れを開け、黴《かび》臭い蒲団を引っ張り出して敷いた。

　お菜はなかったが、連は白めしが食べられるだけで倖《しあわ》せだった。火鉢には鉄瓶が載っていて、湯が沸いていた。連は湯漬けにしてめしを掻《か》き込んだ。隣りの部屋では中間が花札博打《ばくち》をしているらしい。

　食べ終えた丼と箸《はし》を井戸の傍へ持って行き、水を汲《く》んで丁寧に洗った。井戸は廚の外に設《しつら》えてある。

食器を洗うと、ふと思いついて、汚れた下帯と襦袢を洗う気になった。床下の荷物は無事だった。洗剤代わりの灰汁《あく》がなかったが、それでも水洗いしておけば少しはましだろう。

指先に息を吹き掛けながら連は洗濯をした。

男達の笑い声が外まで響く。夜更かしして明日の仕事に差し支えないのだろうか。連は他人事《ひとごと》ながら気になった。

連の江戸での第一日目の夜は、そんなことで過ぎたのだった。

二十一

師走《しわす》に入った江戸は寒さが骨身に滲《し》みる。

北海道生まれの連は、寒さには比較的強いと自負しているが、何しろ江戸時代では暖房の設備がろくに整っていないので、気温が0度以上でも（多分）北海道の真冬日より寒く感じられた。もっとも、現代の東京の冬だって結構な寒さである。雪こそあまり降らないが、裾《すそ》から這《は》い上がる小意地の悪い寒さに連は往生していた。筑波《つくば》おろしのせいだと会社の先輩が教えてくれた。筑波山に北風がぶつかり、頂上を越えて東京の街に吹き下りるのだそうだ。

連は東京へ転勤になった時、慌ててポータブルの石油ストーブを買った。社宅にクーラーはついていたが、ストーブはなかったからだ。東京の人間にとっては、ストーブよりもクーラーの方が必需品であるらしい。所変われば品変わるとは、よく言ったものだ。

北海道は住宅の構造も本州のそれと大きく違う。壁には断熱材を入れているし、窓は二重にしてある。おまけにストーブをがんがん焚《た》くので、室内は下着姿で過ごせた。連の父親も仕事を終えて帰宅すると、半袖《はんそで》シャツにパジャマの下だけ穿《は》いた恰好《かっこう》でビールを飲んでいた。

父親もあと数年で定年を迎える。農家に生まれた父親は五人きょうだいの三番目で、次男だった。長男である伯父《おじ》は中学を出ると、すぐに家の仕事に就《つ》いた。連の父親も中学を出たら家の仕事をするつもりだったが、伯父は高校を出て会社員になれと勧《すす》めたという。

農家は労働量の割に実入りの少ない仕事である。父親がたまたま学校での成績がよかったので、伯父は祖父に進言したようだ。そのお蔭《かげ》で連の父親は地元の公立高校に進学し、卒業後は農協の職員に採用された。その時の伯父は自分のことのように喜んでいたという。

いい伯父さんである。小学生の頃、夏休みに遊びに行くと、連をカブトムシのいる裏山へ連れて行ってくれたし、自家製のメロンやスイカを飽きるほど食べさせてくれた。とうきびも枝豆もうまかった。トラクターに乗せて貰《もら》った記憶もある。今でも連の家には定期的に野菜の入った段ボールが届く。伯父が育てたものだ。

母親は眼を輝かせて、スーパーのものより断然、質がいいと言っていた。

だけど、最近の農業は機械が巾《はば》を利かせている。伯父も農協に借金して様々な機械を入れた。人手が足りないので機械に頼るしかなかったのだ。伯父の息子も長男だけ農業をしていて、後は会社員だった。その長男が最新型の農機を次々と入れる男だった。作物が順調に育っている時はよかったが、農業は天候に左右される仕事である。冷害で不作の年、収入がなくても農機のローンは待ってくれない。

切羽詰まった伯父とその長男は連の父親に金の無心をした。それで連の両親は夫婦喧嘩《げんか》になったが、最終的には母親が折れた。

三百万円。未《いま》だにそれは返済されていないはずだ。だが、父親は金のことで伯父を詰《なじ》ったことはない。高校に進学させて貰った恩返しの意味もあったのだろうが、結構、父親には男気があると、連は内心で感心していた。

連の父親の夢は自分の子供を大学にやることだった。本当は父親も大学に進みたかったのだろう。だが、当時の父親の実家の経済事情では高校だけで精一杯だった。父親は高校の修学旅行に行っていない。クラスで修学旅行に行かなかったのは、父親を含めて三人だけだったという。考えてみれば、父親は可哀想な高校生活を送ったのだ。その分、自分の子供達にはできるだけのことをしてやりたいと考えていたのだ。

連は父親の期待に応《こた》えて地元の大学を卒業した。無事に卒業して卒業証書を見せると、父親は眼を赤くして喜んでくれた。それはかつて、伯父が父親に抱いていた気持ちと同じだったような気がする。

定年を迎えても父親は第二の就職先を見つけなければならない。連の弟や妹にまだまだ金が掛かるからだ。

おれは両親の苦労に何も応えていなかったなと、連は改めて思う。夏と冬のボーナスを貰った時に一万円を家に送っていただけだ。せめて弟と妹の学費の手助けを幾らかしたいものだと、江戸時代に来て、ようやく連は思うようになったが、それは無事に現代に戻れたらの話である。毎日のように現代に戻る方法を考えても、一向に埒《らち》が明かなかった。

江戸時代にタイム・スリップしたのが奇跡なら、戻るのもまた奇跡に近い。いや、戻る方が数段、難しいことのように思えてならなかった。

深川八名川町の松平伝八郎の屋敷は、なまじ建物が大きいだけに寒々としていた。武士たるもの、暑さ寒さを堪《こら》えられずにどうするという教育が行きわたっているらしく、伝八郎はもちろん、側仕《そばづか》えの若党《わかとう》、用人《ようにん》は、かなり冷え込む日でも寒そうな表情は見せなかった。

あからさまに寒い、寒いを連発するのは中間《ちゅうげん》と呼ばれる下働きの奉公人や厨で食事の用意をする女中達ぐらいのものだった。

厨は竈《かまど》の火を使うので、寝泊まりしている中間固屋《ごや》にいるより暖かかった。連は身体が冷えると厨に行き、竈の前でしゃがみ、手をかざした。おせきという古参の女中は「意気地なし」とからかうが、いやな顔はしなかった。

中間は芳蔵の他に、常吉《つねきち》という三十がらみの男と、浅吉《あさきち》というずんぐりした男がいた。浅吉は老けて見えるが、まだ十九だった。

中間は屋敷内の掃除や諸事使い走りなど、こまごまとした仕事があった。門番も交代で行なっていた。

連は屋敷からこげ茶色の半纏《はんてん》を与えられた。

それは中間達のお仕着《しき》せだった。背中に松平家の梅鉢《うめばち》の家紋が入っていた。松平家の中間は、元は在所から採用していたらしいが、路銀を与えて江戸へ呼び寄せるより、江戸で雇う方が安上がりなので、いつの頃からか一季、あるいは半季の雇《やと》い中間が多くなったらしい。芳蔵達も江戸で雇われた中間だった。

中間はお仕着せの半纏に梵天帯《ぼんてんおび》、木刀を腰にたばさんだ恰好をしている。年に二両ほどの給金で屋敷内にある中間固屋に寝泊りし、用がなければ昼酒を飲んで、博打《ばくち》に興じていた。一日中屋敷に拘束されているのだから、それも仕方のないことだが、連は誘われても博打には手を出さなかった。時次郎から渡されたなけなしの金を博打で失くしては申し訳ないと思っていたからだ。そんな連を中間達はしみったれと罵《ののし》ったが。

朝は明《あけ》六つ（午前六時頃）の鐘が鳴る前に起き、身仕度を調えて歯を磨き、顔を洗うと、屋敷の内外の掃除をする。おせきに頼まれて水汲《みずく》みをすることもあった。それから朝めしになる。

松平伝八郎は三日に一度ほどの割合で江戸城へ出仕する。駕籠《かご》を使うことが多いが、伝八郎は近頃、持病の腰痛が悪化して登城に支障を来たしているとのことだった。登城には若党一人と中間二人が交代でつき添った。

駕籠舁《か》きはその都度、出入りの駕籠屋から訪れた。駕籠舁きも以前は屋敷内に専属の者を置いていたが、掛かりを軽くするために駕籠屋に頼むようになったのだろう。もっとも、その時だけは松平家のお仕着せに身を包み、あたかも屋敷内の奉公人のように振る舞わせていた。

伝八郎が公務を終えて戻って来るのが七つ刻《どき》（午後四時頃）である。それから入浴、夕食となるようだ。不思議なことに連が松平家に来てひと廻《まわ》り（一週間）になっても伝八郎の娘の姿を眼にすることはなかった。奥方は時々、裾を引き摺《ず》った着物で厨に来て、女中達にあれこれと指図していた。伝八郎の長男の松平伝五郎《でんごろう》の姿も確認できた。若党と話をしながら廊下を歩いていたのだ。連と同い年ぐらいの小柄な青年だった。表情がきりりと締まっていて、いかにも武士の若者という感じがした。

宿直は三日に一度巡ってきた。長い夜を門の横の張りつけ小屋で過ごすのだ。小さな火鉢を抱えるようにしても、背中は冷えた。連は大きな体を縮めるようにして宿直をした。

とはいえ、青畑村で暮らしていた頃より、格段に身体は楽だった。村では朝から日暮れまで野良仕事に追われ、ろくに休む暇もなかった。時次郎はどうしているだろうと度々思い出した。村人から納め残した年貢の工面をどうするのか相談を受けているだろう。伝八郎に青畑村への援助を乞《こ》う書状は渡したが、どうも伝八郎にはどうにかしようという様子がない。旗本のお殿様というから、毎日屋敷内でのんびりしているのかと思っていたが、幕府から役職を与えられているので結構、忙しいらしい。伝八郎は御書院番頭《ごしょいんばんがしら》を仰《おお》せつかっているというが、仕事の内容まで連にはわからなかった。

師走の半ばを過ぎた頃、連が薪割《まきわ》りをしていると若党の一人がやって来て、連に声を掛けた。

「連吉。その方、按摩《あんま》の心得があると聞いたがまことか」

持田半右衛門《もちだはんえもん》という二十歳前後の若党は怪しむような目つきで訊《き》いた。

「はい、少々はございます」

連は恐縮して応えた。

「少々とは何んだ。時次郎の書状ではそのように書いてあったぞ」

「これには色々と事情がございまして……」

連はどぎまぎしながら言う。

「ならば、按摩は方便《ほうべん》か」

「いいえ。ですから、少々と申し上げました」

「訳《わけ》のわからん奴だ。とり敢《あ》えず、今晩、殿のお腰を揉《も》み療治せよ。出入りの按摩は役に立たぬのでな」

「あ、あの……お医者様はお屋形《やかた》様のお腰の具合をどのようにお診立《みた》てしているのでしょうか」

連は踵《きびす》を返し掛けた半右衛門に早口で訊いた。

「診立てだと？」

小ばかにした眼で見る。

「はい。腰痛と申しましても色々ございますので」

「殿はお若い頃、ぎっくり腰を患われ、それ以後、本調子ではないのだ。最近はお年のせいもあって、ますますお辛《つら》いご様子である」

椎間板《ついかんばん》ヘルニア、もしくは脊柱管《せきちゅうかん》狭窄症《きょうさくしょう》の疑いがある。整体で症状を和らげることが可能かどうか、連には自信がなかった。

「さようでございますか。まことにお気の毒です。お役に立てるかどうかわかりませんが、とり敢えずやらせていただきます」

「とり敢えずとは何んだ。誠心誠意尽くすと言えぬのか」

すかさず怒鳴られた。自分だってとり敢えずと、さっき言ったはずじゃないかと連は思ったが、逆《さか》らうことなど、もちろん、できない。

「申し訳ありません。一生懸命やらせていただきます」

連は言い直した。半右衛門は「それでよい」と、肯《うなず》いた。

「おお、その折、青畑村の様子も詳しく殿にお伝えするように」

半右衛門はそう続けた。伝八郎は青畑村の話を聞くために連を呼ぶのではないかと、ふと思った。松平家の当主の立場で、たかが中間と間近《まぢか》で話をするのは差し障りがある。だが、揉み療治を理由にすれば、それは可能だ。

「承知致しました」

連は低い声で応えたが、緊張していた。青畑村に援助の手を差し伸べてくれるか否かは、連のやり方に懸《か》かっていた。

二十二

松平伝八郎の寝間へ上がる前に、連は沐浴《もくよく》と着替えを命じられた。連は晩めしの前に大黒湯へ行って身体を洗った。戻って晩めしを食べている時、持田半右衛門が生成《きな》りの上下を持って中間固屋に現れた。どうやら、それが揉み療治をする時の恰好らしい。紐《ひも》のついた上着と裾がすぼまった、いわゆるたっつけ袴《ばかま》と呼ばれるものだった。

連には小さめだったので、上着の袖から腕が十センチも出てしまったし、下もふくらはぎが露《あら》わになった。

半右衛門はそれを見て小さく噴《ふ》いた。

「殿がまたお前をお召しになりたいと所望された時には新たに仕着せを用意するゆえ、今夜はそれで我慢しろ」

「はい、わかりました」

肌の露出が多いので、半右衛門の後に続いて屋敷内へ向かう時、連は寒さで身震いした。

内玄関から中に入ると、目の前に虎の絵の衝立《ついたて》があった。玄関は二つあり、主や大切な客人が出入りする時は表玄関で、家族や武家の奉公人は内玄関を使う。他の使用人は勝手口から出入りした。

半右衛門の後から式台《しきだい》に上がり、連は長い廊下を歩いた。途中、灯《あか》りの点《つ》いた部屋の前を通ると、中から論語を唱和する声が聞こえた。伝八郎の息子の伝五郎は夜になると、家臣と一緒に勉強をしているようだ。

障子が細めに開いて、中にいた人間がこちらを窺《うかが》った様子も感じられたが、すぐに障子は閉じられた。

廊下の突き当たりを曲がり、さらに奥へ進むと、若党の一人が廊下に正座している姿が眼に入った。そこが伝八郎の寝間らしい。

半右衛門は勝見《かつみ》留治《とめじ》という若党へ目顔で肯いた。すると留治は畏《かしこ》まった声で「殿、連吉を連れて参りました」と中へ声を掛けた。

「うむ。入れ」

気軽な返答があった。半右衛門に促されて中へ入ると、連は障子の傍《そば》で正座して「連吉でございます。本日はよろしくお願い申し上げます」と、半右衛門に言われた通りの口上を述べた。

蒲団《ふとん》に腹這《はらば》いになっていた伝八郎は、こちらをちらりと見て「頼む」と手短《てみじか》に応えた。

伝八郎は白い寝間着に防寒のため、袖なしを重ねていた。生地は恐らく絹だろう。

伝八郎はいつもその恰好で揉み療治を受けていたのだろう。ちょっと見ただけでも左右の足の長さが揃っていないように感じられた。傍に近づくと、やはりそうだった。

腰痛を庇《かば》うため、片方の足に負担が掛かり、さらに症状を悪化させていたようだ。

「畳の方へ直《じか》に俯《うつぶ》せになって下さい。苦しいようでしたら、胸に座蒲団を二つ折りにしてあてがって下さい」

整体をするにはふかふかの蒲団が邪魔だった。半右衛門は不満そうな表情をした。

「殿を畳に俯せにせよとな？　無礼であろう」

「駄目ですか？」

「当たり前だ。畳は冷える」

「しかし……」

「構わぬ。持田、連吉の言う通りにせよ」

伝八郎が口を挟《はさ》んでくれたので、連はほっとした。

室内には行灯《あんどん》ではなく、紙燭《ししょく》と呼ばれる丈《たけ》の長い燭台が置かれ、太い蠟燭《ろうそく》に火がともされていた。蠟燭の灯りも結構明るいものだなと連は思ったが、江戸に火事が多い理由にも納得がいった。うっかり、引っ繰り返そうものなら、たちまち襖《ふすま》に火が移ってしまう。

伝八郎を畳に俯せにして、胸に座蒲団をあてがうと、半右衛門は火鉢の炭を掻《か》き立てた。

「それではこれからやらせていただきます。首から順に指圧しますが、力加減がわかりませんので、痛いようでしたらおっしゃって下さい」

連がそう言うと、伝八郎は「うむ」と低く応えた。連が伝八郎の首の後ろに親指を突き立てると「連吉、手拭《てぬぐ》いは持参しておらぬのか」と、また半右衛門が口を挟んだ。

「指圧ですから手拭いはいりません」

「殿のお身体に直接触れるとはふとどき千万」

むっと、腹が立った。短いため息が伝八郎に聞こえたのだろう。

「持田。そちは、ちとうるさい。黙っていろ」

伝八郎が助け船を出してくれた。連は「畏《おそ》れ入ります」と礼を述べ、首から丁寧に指圧して行った。伝八郎は心地よさそうに低く唸《うな》った。胃の辺りから腰に掛けて、ぽきぽきと骨が鳴った。背骨も少し丸くなっているようだ。椎間板の辺りに骨が飛び出ているかと探ったが、どうやらその様子はなかった。もしも椎間板が神経を圧迫して痛みを起こしているとすれば、指圧で痛みは取り除けない。最悪、手術するしかないだろう。しかし、この時代、その手の手術は行なわれていないだろうとも思った。

背中の指圧が終わると、連は伝八郎を仰向けにさせた。半右衛門は慌てて枕を用意する。

「枕はいりません」

連はすぐに言った。半右衛門は、今度は何も言わず、黙って手を引っ込めた。

「お屋形様、両足の長さが揃っておりません。腰の骨が少しずれております。ずれを直しますので、少々窮屈ですがご辛抱下さい」

連はそう言って、中腰の恰好になった。伝八郎の身体を横向きにして、上の足を軽く曲げさせ、連は左手で伝八郎の肩先を押さえ、右手は尻《しり》にあてがい、ぐっと押し上げた。

バキッと骨の鳴る大きな音がした。伝八郎は驚いて「おお」と声を上げ、半右衛門は小さくのけぞった。今度は反対。二度目はそれほど大きな音はしなかった。姿勢を元に戻すと、両足の長さは最初に見た時ほど極端な差がなくなっていた。

「そのまま立ち上がって下さい。ゆっくりです」

連は手を添えて伝八郎を起き上がらせた。

半右衛門も慌てて手を貸す。

「いかがですか？」

「うむ。何が何んだかわからぬが……」

「前屈《まえかが》みになって下さい」

伝八郎は恐る恐る上体を曲げると「おお、このようなことは、以前はできなんだ」

と、ようやく感歎《かんたん》の声を上げた。

「ありがとうございます。しかし、これで治った訳ではありませんので、ご無理はなさいませんように」

連はそっと注意を与えた。伝八郎は蒲団の上に戻ると、身体を左右にねじるような仕種《しぐさ》をして「おお、なかなかよい。連吉は手練《てだ》れの按摩師だ」と、ひどく満足気だった。

連は指圧の後で上等の最中《もなか》と茶を振る舞われた。しばらく甘いものはご無沙汰《ぶさた》だったので、最中はひどくうまかった。

「それで、庄屋《しょうや》の儀右衛門は何ゆえ殺される羽目となったのだ」

蒲団に胡坐《あぐら》をかき、白湯《さゆ》を飲みながら伝八郎は訊いた。伝八郎は夜に茶を飲むと眠れなくなるという。

「庄屋さんは年貢米を納める少し前に、自宅の納屋を造作しました。床下に米俵を置けるようにしたのです。造作は内緒で行なわれたので、事件を起こした嘉助という男は庄屋さんが年貢米を横領するためではないかと不審の念を抱き、それをお屋形様へ訴えるために手形を出してほしいと庄屋さんに言ったのですが、その時、諍《いさか》いとなり、あのような仕儀《しぎ》となってしまったのです」

連はかい摘《つ》まんで青畑村の事件のことを話した。

「年貢米の横領は事実であるのか？」

伝八郎は連の表情を窺うように訊いた。

「事件が起きた後で、庄屋さんのおかみさんは、いや、あれは村人が喰《く》い詰めた時に分け与えるものだったと言っておりましたが、庄屋さんが亡くなられた後では、真偽のほどは定かでありません」

そう応えると、伝八郎は腕組みして眼を閉じ、低く唸った。

「庄屋を殺してまでも米を手に入れたかったとは、それほど青畑村は困窮しておったのか」

しばらくして伝八郎は独り言のように呟《つぶや》いた。

「さようでございます。長雨と洪水で田圃《たんぼ》と畑を失い、村を出て行く人もおります。また、娘を女衒《ぜげん》に売る者もおりました。わたしは気の毒でなりませんでした」

「次の庄屋は誰が引き受けるのであろうか。まだこちらには知らせが参っておらぬようだが」

伝八郎は、ふと思い出して言う。

「庄屋さんの息子さんの矢作宗仙様は、どうも跡を継ぐことに難色を示しているご様子でした」

「ふむ。奴は江戸で儒者をしておるからの。青畑村に戻れば、お仕《つか》えしているお屋敷からいただくものより、実入りは少なくなると懸念しておるのだろう。かと言うて時次郎をいつまでも青畑村に置いておくことはできぬし、困ったのう」

伝八郎は心底弱った様子だった。

「お屋形様。村人達が食べる当座の米を融通していただけませんでしょうか。冬を越せば、新しい年が巡って来ます。今年のように悪い年にはならないはずです」

連は、つっと膝《ひざ》を進め、強く言った。

「ご公儀は年明け早々に大坂から米を送らせる所存であるが、それがわが知行地まで廻ってくるかどうかは、はなはだ心許《こころもと》ない。ここは、村人達に堪《こら》えて貰うしかないだろうの」

伝八郎は苦渋の表情で応えた。伝八郎が青畑村に援助の手を差し伸べないとすれば、村に餓死者が出る恐れもあった。

「青畑村がどうなってもいいのですか」

つい、詰る言葉が出た。半右衛門は「連吉、口を慎め！」と甲走った声を上げた。

「申し訳ありません。口が過ぎました」

連は頭を下げた。

「困窮しておるのは、わが知行地ばかりではないのだ。わかってくれ。それがしも何か手立てはないか、よっく考えてみるつもりゆえ」

伝八郎は連を慰めるように言った。連は黙って肯くしかなかった。

小一時間、伝八郎の寝間で過ごすと、連は中間固屋へ戻った。半右衛門は「よくやった、連吉」と褒《ほ》めてくれたが、連の気持ちは少しも浮き立たなかった。

翌日から、また中間としての仕事が待っている。のろのろと揉み療治のお仕着せを脱ぎ、寝間着に着替えると、連は冷え切った蒲団にもぐり込んだ。隣りの部屋では相変わらず中間達が博打に興じている様子である。

(この寒いのに、よくやるものだ)

連は胸で呟いて、頭から蒲団を被《かぶ》った。

二十三

大晦日《おおみそか》が近づくにつれ、屋敷内は正月の仕度で忙しくなった。大掃除も順序立てて行なわれた。大掃除の後には餅《もち》つきがあり、それが済むと、出入りの鳶《とび》職の頭《かしら》が屋敷を訪れ、門松《かどまつ》を立て、正月の飾りつけをした。

呉服屋も奥方と息女の晴れ着を持って現れた。その頃になって、連は初めて伝八郎の娘のひびきの顔を見た。十七歳の大人びた表情の娘だった。婚姻の仕度がままならないという話はどこから来たのだろうか。呉服屋の様子からそれを感じることはできなかった。

屋敷に運び込まれる品々も、知行地が困窮しているなどと微塵《みじん》も感じさせなかった。ひびきは普段、小紋の地味な着物に緞子《どんす》の帯を胸高に締めている。帯の結び方がいわゆるお太鼓《たいこ》ではなく、蝶《ちょう》結びになっているのが奉公人と違った。また、帯締《あかし》めも丸ぐけと呼ばれる綿を入れた白いものが使われている。丸ぐけは武家の女性の証でもあるという。

廊下に出て庭にやって来る雀《すずめ》に餌《えさ》を与える姿を、連はぼうっとした表情で眺めた。

「お姫さんをじろじろ見ると、持田様に怒鳴られるぜ」

後ろから芳蔵がからかうように声を掛けた。

「何卒《なにとぞ》、ご内聞に。このお屋敷に来て、初めてお姫様をお見掛けしたんで、ちょっと見とれてしまいました」

連は振り返り、悪戯《いたずら》っぽい表情で応えた。

「いいべべを着て、頭をきれえに結ってりゃ、どんな娘もそれなりに見えるというもんだ」

芳蔵は皮肉な口調で言う。まあ、芳蔵の言うことも一理はある。ひびきは正直なところ、あまり器量がよい方ではなかった。色は白いが伝八郎に似て顔が四角いし、腫《は》れぼったい眼をしていて、全体に印象が薄かった。

「でも、さすが旗本のご息女ですね。品があります」

連はひびきを持ち上げるように言った。

「品があろうがなかろうが、裸になりゃ、皆同じよ」

芳蔵は吐き捨てる。それこそ持田半右衛門にでも聞こえたら、ただでは済まないだろう。

連は返答に窮し、竹箒《たけぼうき》で落ち葉を掃《は》き寄せ、塵取《ちりと》りに入れた。連は門内の掃除をしている途中だった。芳蔵はそんな連に構わず言葉を続けた。

「お姫さんはようやくお庭に出て、雀に餌をやる気持ちになったんだなあ。縁談が反故《ほご》になってから塞《ふさ》いでいたご様子で、こうっと三月《みつき》も部屋にこもりっ切りだったのよ」

「縁談が壊《こわ》れたんですか」

連は驚いて芳蔵の丸い顔をまじまじと見た。

「ああ。この不景気で婚礼のお仕度も思うようにできず、こちらから先様にお断りしたそうだ」

「……」

連は青畑村に臨時金が課せられたことを思い出した。それはひびきの婚礼の仕度のためだった。村人は年貢も納められるかどうかわからないのに、臨時金などとんでもないと拒否したのだ。連は婚礼が延期されたと思っていたが、延期ではなく破談となってしまったらしい。

「お前ェに言っても始まらねェが、青畑村の奴らは薄情だぜ」

芳蔵は皮肉な眼をして言った。

「芳蔵さん、青畑村に来ればわかりますよ。村はこの冬を越せるかどうかわからない状況なんですよ。年貢だって、納め残している人がかなりおりますから」

「それがどうしたって言うのよ。村で暮らせるだけでも倖《しあわ》せじゃねェか。おれの住んでいた村はよ、浅間の山焼《やまや》けで一時は田圃も畑も、皆なくなっちまったんだぞ。もちろん、住んでいた家もだ」

「山焼け？」

初めて聞く言葉だった。

「浅間のお山が火を噴くことよ」

噴火のことを土地の人間は山焼けと呼ぶようだ。天明三年（一七八三）七月七日の真昼に起きた噴火は遠く離れた江戸まで灰を降らせたという。

「芳蔵さんは江戸の人間じゃなかったんですか」

「おうよ。上州《じょうしゅう》の鎌原村《かんばらむら》の出だ」

「村は灰に覆《おお》われてしまったんですか？」

「いや、村は浅間押しでやられた」

「浅間押し？」

それも聞いたことのない言葉だった。

「火のような泥が山肌を滑《すべ》り落ちて来て、何もかも呑《の》み込んじまったのよ」

浅間押しは火砕流《かさいりゅう》を指すようだ。江戸時代と現代では、言葉ひとつでもずい分と違う。

「芳蔵さんの村は浅間山のすぐ近くにあったんですか」

「いや、三里は離れていた」

「それでもやられてしまったんですか」

「おうよ。防ぎようもなかった。六百人もいた村人の内、生き残ったのはたったの九十人よ。おれァ、嬶《かか》ァと三つになる娘を死なせてしまった」

芳蔵の声にため息が交じった。

「お気の毒でした」

連は低い声で悔やみを述べた。

「生き残った九十人は力を合わせて村を持ち直したんだ。先祖の墓もあることだし、そのままにはしておけなかったからな。おれァ、昼も夜もなく、生き残った村の者と一緒に固まった焼け石を取り除き、潰《つぶ》れた家の後片づけをした。それから田圃や畑を元通りにするために土を掘り返したのよ。だからよ、青畑村の連中が稲の不作でお姫さんの臨時金も出せねェって言ってるのを聞くと、了簡《りょうけん》が甘《あ》めェなと思うのよ」

上には上があり、下には下があると連は思う。当時の芳蔵の悲しみや苦しみは飢饉《ききん》を恐れる青畑村の比ではなかっただろう。

「せっかく苦労して村を持ち直したのに、どうして芳蔵さんは江戸へ出て来たんですか」

そう言うと、芳蔵はつかの間、口ごもり、大きなため息をついた。

「おれもできれば村にいたかったさ。だがよ、検分に訪れたお上《かみ》の役人は、子供を亡くした者には親を亡くした子供を養わせ、亭主を亡くした女と女房を亡くした男をくっつけて、夫婦にさせようとしたのよ。おれはその時、とてもそんな気になれなかった」

「強引なやり方ですね」

「実際、それで夫婦になった者も何組かいたぜ。おれに回って来たのは十五も年上で孫もいる婆《ばば》ァだった。何が哀しくてこの婆ァと夫婦にならなきゃならねェのかと考えたら、ばかばかしくてよう、当分、江戸で働いて家を建て直す金を作ると言って、とっとと村を逃げ出したのよ。その婆ァは女房きどりで、今でもおれの帰りを待っているらしい。帰るか、そんな所に」

芳蔵は腹立たしげに声を荒らげた。

「芳蔵さん、その話、今夜、もっと詳しく聞かせてくれませんか」

連はぐっと首を伸ばした。鎌原村の再生の話を聞けば、青畑村にも何かヒントになることがあるのではないかと思ったのだ。

「話も何も、今話した通りよ」

芳蔵はつまらなそうに言う。

「だから、もっと詳しくですよ。どのように村の後始末をしたのか、お上の援助はどの程度あったのかとか……」

「夜はお前ェ、酒を飲んで博打をするから、話をしている隙はねェわな」

「ひと晩ぐらい、博打なんてやめたっていいじゃないですか。青畑村に飢饉が迫っているんです。何か手立てを考えたいのです」

連は熱心に頼んだ。

「今夜、殿様のお召しがあるんじゃねェのか」

芳蔵は連に伝八郎から揉み療治の所望があるかも知れないと言っていた。正確には揉み療治でなく整体とストレッチなのだが、面倒なので揉み療治で通している。連はあれから二度ほど伝八郎の寝間に呼ばれた。

「もしもお召しがありましたら明日の晩にお願いします」

「まあ、それほど言うんだったら、話をしてやらァ。なに、話をするのに銭が掛かる訳でもなし」

芳蔵は渋々肯いた。

その夜、伝八郎からお召しも掛からなかったので、連は晩めしを済ませた後、芳蔵の中間固屋に行った。中には同じ中間の常吉もいた。浅吉は門番をするため、そこにはいなかった。連は気を利かせて酒屋で酒一升と、するめを二枚買って振る舞った。芳蔵と常吉は大いに喜んでいた。

風の強い晩で、中間固屋の油障子が始終、耳障りな音を立てていた。遠くから、もがり笛も聞こえた。もがり笛は木枯《こが》らしが樹木や竹垣などにぶつかって出る音のことを言う。不安を掻き立てるような音だった。

芳蔵は舌で唇を湿しながら、ぽつぽつと当時のことを語った。浅間山の噴火の兆候は三ヵ月ほど前からあったという。

小さな地震が続いていたらしい。

「山焼けと言ってもお前ェ、それまでも田圃や畑に焼け石が飛んだり、灰が降ったりすることは、しょっちゅうあったのよ。浅間山の傍《そば》に住んでいるんだから、そいつは百も承知、二百も合点《がってん》のことだ。あの時だって、村の連中は、浅間のお山がご機嫌斜《なな》めだから、ちょいと用心するべえ、ぐれェの気持ちだったのよ。浅間押しみてェに火の泥が流れることは、これまで一度もなかったんだ。七月の七日は朝から天気がよかったが、地震が何度か続いていた。村の連中は一応、用心のために大事な物は蔵にしまった。ところが、昼少し前にどかーんと雷のような音がして山焼けが起きた。それから半刻《はんとき》(約一時間)後に、ひっしお、ひっしお、わちわちという妙な音と一緒に浅間押しが鎌原村までやって来たのよ」

ひっしお、ひっしお、わちわちという擬音語《ぎおんご》が、連にはやけにリアルに感じられた。

「村には九十三軒の家が建っていたが、皆、浅間押しに流され、四百六十七人が死んだ。馬も百七十頭が死んだ。残った人間は九十と三人よ」

芳蔵は正確な数字を並べた。被害の状況はかなりのものだった。現代なら、さしずめマスコミが現場へ駆けつけ、テレビで報道しただろう。歴史書にある浅間山噴火は時代を経ているせいもあろうが、ひどく淡々としていた。噴火があった——ああ、そうですか、という感じでしか連は受け取っていなかった。

三宅島《みやけじま》や北海道の有珠山《うすざん》の噴火もかなりの被害が出たが、天明三年の浅間山の噴火も死者の数がすごい。

「生き残った人と亡くなった人の差は何んでしょうか。運ですか」

連は生き残った九十三人がどうして難を逃れることができたのか不思議だったので、

そんな言い方で訊いた。

「運って、お前ェ……」

芳蔵は呆《あき》れたように苦笑した。

「芳さん、運のいい奴と悪い奴ってのは、確かにいるぜ」

常吉はするめを齧《かじ》りながら真顔で言う。

「だな。おれは運がよかったんだろうなあ。生き残った奴らは、皆、観音堂《かんのんどう》に逃れていたのよ。観音堂は村の小高い所に建てられていた。おれは嬶ァと娘を先に行かせ、近所の連中に声を掛けてから観音堂に向かったのよ。ところが、嬶ァと娘は目の色を変えて逃げる奴らに突き飛ばされ、田圃に嵌《はま》ってしまったらしい。まだ水抜きをしていねェ田圃は泥で身動きなんざできねェ。おれはそれを知らなかった。おれが観音堂に着いた時、浅間押しは石段を這い上がってくるところだった。近所の女房が腰の曲がった姑《しゅうとめ》と一緒に石段を上がったが、五段目で浅間押しに呑み込まれてしまった。おれ達はどうすることもできなかった。あの時の女房のけだものじみた悲鳴は今でも忘れられねェ。幸い、浅間押しは石段の途中で止まった。ほっと安心したのもつかの間、おれァ、嬶ァと娘がいねェことに気づいた。誰か見なかったかと訊くと、田圃にいるのを見たという者がいた。観音堂から見下ろした田圃は、どこもかしこも浅間押しにやられていた。おれァ、情けなくて、やり切れなくて、声を上げて男泣きした……

……」

芳蔵は思い出して、しゅんと洟《はな》を啜《すす》った。

常吉は俯いて何も喋《しゃべ》らない。連も芳蔵を慰める言葉が見つからなかった。

「それから何日観音堂にいたか、よく覚えていねェ。お上の役人が様子を見に来たのが、それからふた廻り（二週間）後だ。お救い普請《ぶしん》が始まったのは八月の末よ。その頃には残った男達も手分けして後片づけをしていた」

固まった岩石を取り除き、灰を捨てる復旧作業が来る日も来る日も続いたらしい。

「もちろん、年貢はなしですよね」

連はおそるおそる訊く。

「当たり前ェよ」

鎌原村の近隣の分限者《ぶげんしゃ》によってお救い小屋も設《もう》けられ、村人は食料を得ることができたという。

「村人は名主《なぬし》も水呑《みずの》みも差別なく、皆、気持ちをひとつにして村を持ち直したのよ」

芳蔵の顔は、その時だけ誇らしげだった。だが、女房と娘を忘れられなかった芳蔵は新しい家族を作ることを拒み、一人、江戸へ出て来たのだ。

「もう、所帯を持つ気持ちはないのですか」

連は上目遣いになって訊く。

「ねェだろうなあ。婢ァとたった一人の娘を守ってやれなかったおれが、新しい婢ァと子供を持ったら罰《ばち》が当たるわな」

「芳蔵さんのせいではありませんよ。それは仕方のないことだったんですから」

「へへ、連吉にそう言われると、少し気が楽になるわな。ありがとよ」

芳蔵は泣き笑いの顔で礼を言う。

「ところで、青畑村に飢饉が迫っているので、何か知恵をお借りしたいのですが」

連は改まった顔で言った。

「知恵って、どんな知恵よ」

芳蔵は怪訝《けげん》そうに訊く。

「今年がこの調子ですから、来年の年貢もかなり厳しいと思うんです。何かいい方法はないでしょうか」

芳蔵は顎《あご》を撫《な》でながら煤《すす》けた天井を睨《にら》み、しばらくの間、思案した。それからおもむろに湯呑の酒をぐびりと飲んでから口を開いた。

「関東郡代《かんとうぐんだい》という代官の元締めがいることは知っているか？」

「聞いたことはあります」

「伊奈《いな》様というお人が代々受け継いでいなさる。その伊奈様の初代が出した掟書《おきてが》きに田圃を新たに作れば年貢は二年目から、畑は三年目からでいいことになっている」

芳蔵が言っていたのは新田開発のことだった。

「本当ですか」

「ああ、種籾《たねもみ》の貸し付けも利子なしでやっているそうだ。だからよ、青畑村の野《の》っ原《ぱら》を耕して田圃や畑を拵《こしら》えれば、一年や二年の年貢は大目に見て貰える。話が通じなければ馬喰町《ばくろちょう》に郡代屋敷があるから、そこへ泣きつけばいい」

芳蔵の言葉に連は夜が明けるような気持ちになった。さっそくこのことを青畑村の時次郎に知らせてやろうと思った。湿っぽい話の後は独り者の男ならお決まりの猥談《わいだん》だった。

連は二人に話を合わせていたが、何しろ微《び》に入《い》り、細《さい》を穿《うが》っているので、内心では辟易《へきえき》していた。江戸時代の男達は現代人の男達よりはるかに好色である。いや、中身は所詮《しょせん》、同じだろうか。

二十四

年が明け、新しい一年が始まった。連は雪解けを心待ちにしていた。街道の峠の雪が消えれば青畑村に戻れると信じていたからだ。

しかし、江戸は稲の不作のせいで米価が高騰し、銭百文で一升以上買えた米が、同じ百文で七合になり、五合になり、ついに三合まで値段が吊《つ》り上がる羽目となっていた。

暮らしが立ち行かなくなった庶民は町奉行所に窮状を訴えたが埒《らち》は明かなかった。それどころか北町奉行の曲淵景漸《まがりぶちかげつぐ》は町人の分際で米ばかり喰うのはふとどき至極《しごく》などと、訳のわからないことを言う始末だった。

松平伝八郎は三月になっても四月になっても、連に青畑村へ戻れとは言わなかった。江戸の治安が守られなくなるのを恐れて、用心のために連を屋敷内に留《とど》めていたのだろう。

五月に入り、江戸には不穏な空気が漂い出した。そして、ついに江戸に打《う》ちこわしが起きた。札差《ふださし》、米屋、酒屋、質屋などが次々と打ちこわしに遭い、その数は八千軒にも及んだ。

八名川町の松平家では家臣、中間が一丸となり、厳重な警戒態勢に入った。不審な輩《やから》を一歩たりとも屋敷内に入れるつもりはなかった。五月の二十日から丸三日の間、江戸は打ちこわしが続き、あっちの商家、今度はこっちの商家と、徒党を組んだ男達が通りを駆け抜ける。松平家の門はぴったりと閉じて、閂《かんぬき》をさしていたが、忍び込んで目ぼしい物でも奪おうとする男達の、開けろ、開けろの怒号と、木槌《きづち》か何かで激しく門を叩《たた》く音が絶え間なく続いた。

塀を乗り越えて中へ入ろうとする者には六尺棒を使って追い払った。そろそろ夏めいて来ていたので、連も他の中間も汗だらけになって応戦した。

町奉行所は何をしているものか、さっぱり暴徒を鎮圧する様子がなかった。この時、当主の松平伝八郎は江戸城に留め置かれたままだった。連は留守番をする家臣達と一緒に屋敷を守った。

門の横の張りつけ小屋から外を覗《のぞ》くと、大八車《だいはちぐるま》で米俵を運ぶ男や、肩に箱を担いで行く男達が屋敷の前を通り過ぎて行く。誰しも血走った眼で、あろうことか薄ら笑いを浮かべている者もいた。連はそんな景色をどこかで見たような気がした。

昔、恋人だった田代茜と一緒にビデオで見た『ディア・ハンター』という映画に、これと似たシーンがあった。いや、アメリカで災害が起きて住む家をなくした人々がコンビニやスーパーから食料を奪うところを撮影したテレビのニュースだったただろうか。

いずれにしても、連が日常目にする光景ではなかった。人間は追い詰められると道徳もへったくれもなく、こうしてエゴ剝《む》き出しで人の物を奪うのだ。突き詰めれば、それが人間の本性なのだ。連は品物を奪って運ぼうとする男達の顔を呆然《ぼうぜん》と眺めた。不思議に彼らを非難したり、憎悪を募《つの》らせたりする気持ちにはならなかった。ただ、常軌《じょうき》を逸《いっ》した男達が哀れに思えただけだった。

「連吉、何をしている。炊《た》き出しのにぎりめしが来たから、さっさと喰え！」

外から芳蔵の焦《じ》れた声が聞こえ、連は慌てて張りつけ小屋を出た。

幕府はこの大掛かりな打ちこわしを、もちろん、腕をこまねいて見ていた訳ではなかった。ただ、暴徒を鎮圧するのは、町奉行所では心許ないと感じていたようだ。幕府が白羽の矢を立てたのは芳蔵が言っていた関東郡代の伊奈忠尊《ただたか》だった。忠尊は弱冠二十四歳ながら召し抱える役人を総動員して鎮圧に乗り出し、それを成功させた。暴徒達は「伊奈様には逆らえない」と、あっさり観念したのだ。伊奈氏の声望は大したものだと連はひとしきり感心した。

伝八郎がようやく城から戻った夜、連は揉み療治を命じられた。

「一時はどうなることやらと、生きた心地もなかったものよ。さすが伊奈殿である。見事に事態を収束させた」

伝八郎は連に指圧をされながら独り言のように言った。安堵《あんど》した伝八郎は普段と違い、その夜は饒舌《じょうぜつ》だった。半右衛門が余計なことを話させないためにさり気なく伝八郎を牽制《けんせい》するのだが、伝八郎はすっかり連に心を許している様子で、半右衛門の言葉も意に介するふうはなかった。

「町奉行所は面目を潰《つぶ》してしまいましたね。本来なら江戸の治安を守るのは町奉行所なのですから」

連は伝八郎の言葉に時々、さり気なく応えた。

「その通りだ。連吉は世の中の理屈を存外心得ているようだ」

「畏れ入ります」

「伊奈殿は、こたびの働きあっぱれとのことで、ご公儀より褒美《ほうび》をいただくことになったが、伊奈殿は、畏れながら二十万両を頂戴《ちょうだい》したいと大胆にも上様に申し上げたのよ」

「すごいですね。でもそれは、ご褒美にしては少し額が大き過ぎませんか」

「うむ。上様も最初は何を申すかというお顔をされたが、それに応える伊奈殿の理屈がまたあっぱれであった」

「どのような」

「連吉」

半右衛門が連をぐっと睨んだ。

「よいよい。人に聞かれて困る話ではないゆえ。よいか、連吉。伊奈殿は二十万両で諸国から米を集めるおつもりなのよ。関東郡代というお仕事柄、今どこに米があるのか、よっくご存じなのだ。米だけでなく、麦や大豆も買い付け、それを江戸の人々に安く売り、また江戸市中にお救い小屋を設けて貧民達に喰い物を与えるお考えでもいるようだ。さぞかしこれからは喰い詰めた者達が馬喰町の郡代屋敷へ押し掛けることだろうて」

伝八郎は愉快そうに言った。

「お屋形様、本当に伊奈様が江戸へ運び込まれた米や大豆を安く売るおつもりなら、いかがでしょう、少し多めに買って、青畑村に送ることはできませんか」

連の申し出に伝八郎はしばらく返事をしなかった。連は気分を害したのかと心配になったが、黙って指圧を続けた。

「そちは青畑村が好きか」

伝八郎は唐突に訊いた。今度は連が言葉に窮し、首を傾げた。

「好きではないのか」

伝八郎は怪訝な様子で首をねじ曲げ、連の表情を窺う。

「わたしは時次郎さんにお世話になりました。時次郎さんが住んでいる村が困っているのなら、喜んで力になりたいのです」

「青畑村ではなく、時次郎が住んでいる村だからか……」

「はい、正直に申し上げればそうです」

「そちの言い分、含んでおくぞ」

伝八郎はそう言ってくれた。

「ありがとうございます」

「ところで、そちはなかなか学のある男と見たが、字は読めるのか？」

伝八郎は話題を変えるように訊いた。江戸時代の崩《くず》した文字は全くお手上げだった。平仮名でもなかなか読めない。

「楷書《かいしょ》なら読めます」

連はそう応えた。

「ほう、楷書とな。そちはどのような学問を積んだのだ」

「学問というほどの学問はしておりません。論語もちょっと齧《かじ》った程度ですから。伝五郎様は毎晩、熱心に論語の素読《そどく》をしておられます。お屋形様はよいご子息をお持ちでお倖せですね」

「ふむ。あれは何んとかそれがしの跡を継いでくれるだろう。問題はひびきのことだ」

伝八郎の声が低くなった。

「ご縁談がうまく運ばなかったご様子で」

「うむ」

「青畑村が例年通り収穫がありましたら、臨時金もご用意できましたのに、申し訳ありません」

連は殊勝に謝った。

「そちが謝ることはない。お天道様のすることには逆らえぬからの」

「稲の不作は毎年起こる訳ではありません。きっと今年は持ち直すでしょう」

「そうだといいが」

連は伝八郎を仰向けにして、腰のずれを直す整体を施した。

「お屋形様は骨が弱ってきておりますので、小魚とか、骨を強くするお食事を心掛けて下さいませ」

そう言うと、伝八郎は眼をみはった。

「そちは何んでも知っておるのだな」

「いえ、そんなことは」

「他に何を喰うたらよいかの」

伝八郎は腰の整体が済むと、半身を起こし、腰を左右にねじるような仕種をして訊く。

「青物と鰯《いわし》や鯵《あじ》、鯖《さば》など、背の青い魚がよろしいでしょう。米も白米ではなく、麦や雑穀を入れたものにすればお身体のためになります」

「平目《ひらめ》の刺身も鰻《うなぎ》も駄目か」

伝八郎はがっかりして言う。

「鰻は精がつきますので、時々お召し上がりになるのはよろしいと思います。煮魚は頭も一緒に煮付けて骨までしゃぶって下さい」

「ほほう」

伝八郎が感心した声を上げると、半右衛門は「連吉、貴様は医者でもないくせに、いい加減なことを殿に申し上げるな」と、制した。

「いい加減か、本当かは実際に行なってみればわかります。年齢とともに骨を作る成分が少なくなりますので、それをお食事で補う必要があるのです」

連はきっぱりと言った。

「そのようなこと、どこで習った」

半右衛門は小意地の悪い表情で訊く。

「どこって、学校……いえ、学問所の師匠から習いました」

連はしどろもどろで応える。栄養学はこの時代、まだ手探りの域を脱してはいない。白米ばかり食べ続けるとビタミンB_1が不足し、脚気《かっけ》になるという情報は明治の世になってからわかったことだ。ビタミンB_1の発見者は鈴木梅太郎《うめたろう》という人で、米糠《こめぬか》からビタミンB_1を抽出することに成功している。その時はビタミンB_1ではなく、確かオリザニンという名で呼ばれていたはずだ。小学生の頃、授業で教えられたのを連は今でも覚えていた。

もっとも、脚気のことは「江戸患《わずら》い」と呼ばれ、この時代でも人々に警戒されていた。

「どこの学問所であるか」

半右衛門はさらに追及した。

「持田、そう根掘り葉掘り訊くこともあるまい」

伝八郎は鷹揚《おうよう》に言ってくれた。

「しかし、殿。こやつ、いささか不審な点がございまする。この六尺近い身体も、人相も並の男達と著しく違っております。もしや、どこぞの間者《かんじゃ》ではなかろうかと、拙者、前々より怪しんでおりました」

半右衛門は怯《ひる》まず口を返した。

「わたしは間者ではありません。でも、青畑村ではわたしのことを異人《いじん》と呼ぶ人もおりました」

連がそう言うと、伝八郎は愉快そうに声を上げて笑った。

「おもしろい男だ。連吉が怪しい男ならば、時次郎が黙っておらぬ。案ずることはない。わしはこれでも人を見る目があると自負しておる。連吉、そちはわしの味方であるな」

伝八郎はその時だけ、確かめるように連の眼を深々と覗き込んだ。

「もちろんでございます」

「そうか。ならば、それでよい」

伝八郎がそう言ったので、半右衛門もそれ以上、何も言わなかった。

連は腋《わき》の下に冷たい汗をかいていた。現代からタイム・スリップしたという打ち明け話は半右衛門には通じない。もちろん、伝八郎にも。

別に罪を犯した下手人《げしゅにん》でもないのに、連の心の中に臆《おく》するものがあった。それが何んともやり切れなかった。

江戸の打ちこわしが一段落し、ほっと安堵したのもつかの間、八名川町の屋敷に早《はや》飛脚《びきゃく》が訪れた。連がいつものように、屋敷の内外の掃除をしていた時、半右衛門が緊張した顔でやって来た。

「連吉、殿がお呼びだ」

「お腰の具合が悪くなったのですか」

「何を呑気《のんき》な。時次郎が村を視察に訪れた勘定吟味役《ぎんみやく》殿に直訴《じきそ》したのだ。殿のお立場も考えず、短慮なことをしてくれたものだ」

連は、そう言われても、事の重大さをまだ感じてはいなかった。伝八郎は青畑村に救いの手を差し伸べることができずにいた。その間にも時次郎は村人達から、どうするどうすると急《せ》かされていたのだろう。切羽詰まった時次郎は公儀の役人に直截《ちょくせつ》窮状を訴えたのだ。連は、それもひとつの方法だと、時次郎のしたことに反対する気持ちは起きなかった。しかし、連の考えは甘かった。

この時代の法律は、理由はどうあれ、直訴はご法度《はっと》。時次郎の立場は危うい状況であったのだ。

二十五

青畑村にいる時次郎が幕府の勘定吟味役へ直訴したことは深川八名川町にある松平伝八郎の屋敷内で大きな問題となっていた。時次郎は伝八郎の知行地《ちぎょうち》の青畑村で庄屋《しょうや》代行を仰《おお》せつかり、村のために尽力していたのだが、村のあまりの窮状に直訴せずにはいられなかったのだろう。しかし、それは知行主である伝八郎の本意に適《かな》うものでなかった。

幕府の役人に訴えるぐらい何んだ、と連は思っていたが、事は、そう簡単ではなかった。勘定吟味役は老中《ろうじゅう》の命を受け、青畑村へ視察に訪れている。言わば老中の代行である。だから、時次郎は老中に直訴したのと同じ扱いになるのだ。悪くすれば時次郎は磔《はりつけ》の刑に処せられるという。

連は時次郎がどうなるのか、気が気でなかった。伝八郎に村へ帰してほしいと再三懇願したが聞き入れられなかった。伝八郎は連を手許《てもと》に置きたい様子だった。

それは揉《も》み療治《りょうじ》をする連を重宝していただけでなく、用心棒の意味もあったのだろう。当時としては大男に属する連を伝八郎は大層頼りにもしていた。

もちろん、伝八郎も腕をこまねいていただけではなかった。すぐさま、屋敷の家臣を二人、青畑村に向かわせた。だが、詳しい事情を知らされるのは一週間も後になる。

連は、じりじりする気持ちで家臣の帰りを待ちわびていた。

そんなある日、若党の持田半右衛門が薪割《まきわ》りをしている連の傍《そば》にやって来た。

「連吉。今夜、殿が狂歌《きょうか》の会に出席なさるので伴《とも》を致せ」

「わたしがですか？」

連は意外な表情で訊《き》いた。今まで伝八郎の夜の外出に連は伴についたことがない。側仕《そばづか》えの若党がそれをしていたのだ。ここに来て、自分が夜の外出の伴に召し出されるのが解《げ》せなかった。

半右衛門は連の胸の内を読んだように「青畑村にお屋敷の人間が二人も出向しておるのだ。人手が足りぬのはお前も承知しておろう。拙者一人では殿も心許ないご様子だから、お前を同行させることにしたのだ」と、言った。

「わかりました」

連は渋々応《こた》える。

「今夜は吉原《よしわら》泊まりになるゆえ、そのつもりでおれ」

「吉原、ですか？」

場所が吉原と聞いて、連は眼を丸くした。

そこが江戸の歓楽街であることは察しがついた。派手な衣裳《いしょう》を着た花魁《おいらん》がしゃなりしゃなりと道中する姿は時代劇で見たことがある。

興味はそそられたが、今はそんな所へ行ってる場合かとも思う。伝八郎は呑気《のんき》過ぎると憤《いきどお》りも感じた。半右衛門は不満そうな連の顔を見て、短い吐息をついた。

「お前の気持ちはよくわかっておる。しかし、殿は、女郎買いをなさる訳ではない。ちゃんとした狂歌の会なのだ。そこには他のお旗本《はたもと》、大店《おおだな》の主《あるじ》も出席する。殿は皆様のお話から何か手立てがないか探《さぐ》ろうとなさっておるのだ」

情報交換は吉原で行なわれることもあるようだ。さしずめ現代ならば、銀座で取引相手を接待して契約を取りつけようとする商社マンのやり方と同じだ。しかし、地方の村の起死回生の妙薬が吉原で見つかるとも思えなかった。

「ちなみに狂歌とはどのようなものでしょうか」

聞き慣れない言葉に連の疑問が湧いた。

「お前に言っても仕方がないが、狂歌とは、ただ今、江戸で流行している和歌のようなものだ。世相を風刺しているのがみそだ」

「……」

そう言われてもピンとこない。

「浅間さん　なぜそのやうにやけなんす　いわふ（言はう）いわふ（硫黄）がつもりつもりて……これは当代一の狂歌作者である四方赤良《よものあから》という御家人《ごけにん》のものだ」

浅間山の噴火を風刺したもののようだ。言おうと硫黄《いおう》を引っ掛けているらしい。そんな不謹慎な歌が平気でまかり通っているのかと思った。

四方赤良——聞いたことがあるような、ないような。まてよ、半右衛門はそいつを御家人と言っていた。すると、高校時代、古典の教科書に出ていた大田南畝《おおたなんぽ》（蜀山人《しょくさんじん》）のことを俄《にわか》に思い出した。

「四方赤良とは大田南畝様のことですか」

「ほう、お前のような者でも知っていたか。なるほど四方赤良の声望は江戸に拡まっておるのだのう」

半右衛門はひとしきり感心した顔で言う。

天明時代は歴史的に飢饉《ききん》が大きく取り上げられるが、実は狂歌を中心に江戸の文化が開花した時代でもあったのだ。

半右衛門は思案顔の連に構わず、仕事はそれぐらいにして、身仕度を調《ととの》え、中間固《ご》屋《や》で待機するようにと言い置いて連の傍から離れた。

連は黙って薪割りを続けた。時次郎の命が危ぶまれている時に狂歌の会、それも吉原へ行くという伝八郎に、やはり納得できないものがあった。

(吉原だって？　ふざけやがって)

連はどこにも持って行き場のない怒りを薪割りにぶつけた。時次郎は処分が決まるまで代官所の牢《ろう》に収監されているのだろうか。そうなると、妹のさなは一人で家に残らなければならない。それをいいことに、さなに夜這《よば》いを掛けるふとどき者が現れるかも知れない。そう考えると連は、いても立ってもいられない気持ちだった。

江戸時代の五月は現代の夏に当たる。松平家のお仕着《しき》せに身を包み、伝八郎と一緒に六間堀から屋根船に乗り込み、竪川《たてかわ》に出て大川を渡り、山谷堀《さんやぼり》の船宿で船を下りた。伝八郎は屋根船を使ったが、おおかたの吉原通いには猪牙舟《ちょきぶね》と呼ばれる細身の舟が使われる。すばしっこく進むので目的地に早く着く。

夕風が心地よかった。連の気分は風に吹かれることで幾らかよくなった。天明時代に流行した狂歌は、もともと京都の公卿《くぎょう》の間から起こったという。今や江戸では身分の高い者から庶民に至るまで、誰も彼もが狂歌狂歌で夜も日も明けないほど夢中になっているという。そんな話を伝八郎は吉原までの道中、連に話してくれた。

狂歌の集まりも江戸のあちこちで開かれているらしい。伝八郎はさほど狂歌が好きという訳でもなかったのだが、そこは世の中に後れを取るまいと、下手な狂歌作りに励んでいた。

伝八郎は船宿の前から駕籠《かご》に乗り換えた。

駕籠に乗るのは伝八郎だけで、連と半右衛門は駕籠の両側につき添った。日本堤《にほんづつみ》という土手を吉原目指して進むのだ。西の空を朱《あけ》に染めた夕焼けがやけにきれいだった。巣に帰る烏の鳴き声も耳につき、寂しいようなわびしいような気分だった。こんな田圃《たんぼ》だらけの先に、本当に吉原があるのかという気もした。

だが、吉原はあった。大門《おおもん》が近づくにつれ、道の両側に水茶屋だの、田楽《でんがく》を喰わせる葭簀《よしず》張りの見世《みせ》が軒《のき》を連ねている。

曲がりくねった衣紋坂《えもんざか》を行くと、見返り柳と呼ばれる柳の樹《き》があり、大門のすぐ前には外茶屋《そとぢゃや》と呼ばれる見世があった。その中に書店のような構えの所もあった。

半右衛門は「ここが『吉原細見《よしわらさいけん》』を売り出している蔦屋《つたや》だ」と教えてくれた。『吉原細見』は吉原のガイド・ブックのようなものだった。三年前に本店を日本橋に移し、今や一流の版元だという。

伝八郎は大門前で駕籠を下りた。何んでも駕籠で中まで入ることができないきまりらしい。半右衛門はすかさず手間賃を払った。それから伝八郎を先頭に三人は江戸町一丁目にある「小松《こまつ》」という引《ひ》き手茶屋《てぢゃや》へ向かった。

吉原の遊女屋へ揚《あ》がるには引き手茶屋を通す仕来たりのようだ。掛かりも引き手茶屋に払うらしい。引き手茶屋は後で遊女屋に揚代《あげだい》、その他の掛かりを届けるのだ。

伝八郎が半右衛門と一緒に中へ入ると、連は見世の入り口の横で待機した。夕暮れ前の吉原はそろそろ提灯《ちょうちん》の灯《あか》りが点《つ》き始めている。仲《なか》の町《ちょう》と呼ばれる吉原のメイン・ストリートには、いい感じの樹木が並び、樹木の根方には愛らしい花々も植わっている。その中に赤い雪洞《ぼんぼり》が等間隔に置かれていた。

ちょうど、連が行った時には年寄りの男が雪洞にひとつずつ灯りを入れる作業をしていた。ネオンがないせいで、吉原の風情はどこか懐かしく感じられた。それは子供の頃、父親の実家へ遊びに行った時に見た盆踊りの景色にも似ていたが、金の掛け方は大いに違っているだろう。向かい側の見世は（そこも引き手茶屋らしかった）軒下に提灯をぐるりと回し、入り口前には洒落《しゃれ》た暖簾《のれん》を出している。玄関横の座敷は、どの見世も青簾《あおすだれ》を下げて目隠しをしているが、脇から簡単に覗《のぞ》くことができる。

連の前を湯屋帰りらしい娘が二人、連れ立って通り過ぎる。あの娘達も遊女なのだろうか。見た目ではわからない。

丸い手つきの桶《おけ》を携《たずさ》えた半纏《はんてん》姿の若者が急ぎ足で小路の中へ消えて行く。桶の中身は何んだろう。

首に鈴をつけた白い猫がゆっくりと歩いている。

（こいつも江戸時代の猫か……）

連は胸で呟《つぶや》いて小さく苦笑した。笠《かさ》を被《かぶ》った侍や、頬被りをした町人が仲の町をそぞろ歩く。賑《にぎ》やかな三味線の音も聞こえ始めた。

辺りが暮れて行くほどに吉原の風情がいやます。イメージでは好色なものが色濃く感じられていたのだが、界隈《かいわい》の佇《たたず》まいは整然として、他の町より、むしろ清潔だ。それでいて華やかさもある。もう、このような景色には、日本国内ではお目に掛かれないだろうと、連は妙な感慨に浸っていた。暮六《くれむ》つ（午後六時頃）の鐘が鳴ると、伝八郎は引き手茶屋から出て来た。半右衛門が目顔で連に合図した。伝八郎はそのまま仲の町を横切り、向かいの小路の中へ入って行く。

着いたのは大きな日本旅館のような見世だった。

だが、玄関の横には細かい格子の嵌《はま》った部屋があり、外から中を覗けるようになっている。着飾った女達がひっそりと座っていた。

声高にお喋《しゃべ》りする者はいない。客は外から覗いて女達の品定めをするらしい。

「お越しなさいやし。お待ち致しておりやした」

見世の妓夫《ぎゆう》（客引き）と呼ばれる若い男が如才なく伝八郎を促《うなが》す。棒縞《ぼうじま》の単衣《ひとえ》をきりっと着こなし、動作も機敏である。何より客を迎える心構えが叩《たた》き込まれている。愛想笑いひとつにも、それが感じられた。

脱いだ履物にすばやく下足札を掛け、控えを半右衛門に渡す仕種《しぐさ》も流れるようだ。

ひと目で誰が主で誰が家来かを見極めている。大したものだと、連はひとしきり感心した。

伝八郎が中に上がり、半右衛門もそれに続いたが、ふと振り返り「連吉、お前はさっきの引き手茶屋で朝まで待つように」と言った。

「は、はい……」

「茶屋のお内儀《かみ》に言えば、奉公人の待つ部屋へ案内してくれる。よいか、明朝、明六《あけむ》つ（午前六時頃）の鐘が鳴る前に再びここへ出迎えに参れ」

半右衛門は事務的な口調で命じた。二人の姿が見世の階段を上って行くと、連は踵《きびす》を返した。

「お疲れ様でございやす」

妓夫は連にも如才ない口を利いた。

小路を出て仲の町へ出ると、お誂《あつら》え向きに花魁道中が始まっていた。花魁が妹分の振袖新造《ふりそでしんぞ》、古参の番頭新造、二人の禿《かむろ》を従えて引き手茶屋へ客を出迎えに行くのだ。だいたいは時代劇で見た通りだが、衣裳はびっくりするほど豪華に見えない。身長の低さのせいで、花魁道中の一行も全体にこぢんまりとしている。花魁の顔は能面のように無表情だ。それに格別の美人とも思えなかった。美の基準が当時と現代では大いに違うからだろう。

朝まで時間がある。これから晩めしを食べて、久しぶりにゆっくり寝るかという気持ちにもなったが、時次郎のことを思い出して、途端に気分は萎《な》えた。時次郎にもしものことがあったら、自分はどうしたらいいのだろうか。青畑村にも戻れず、まして現代にも戻れず、旗本屋敷の中間として一生を送らなければならないのだろうか。

いやだ、いやだ。何んの因果で自分がこのような目に遭《あ》わなければならないのか。タイム・スリップなんて、夢とロマンにあふれた冒険ではなく、過酷な現実を追体験することだと連は思い知った。

とぼとぼと引き手茶屋へ歩みを進めると、羽織姿の男が三人、連の横を通り過ぎた。月代《さかやき》を剃《そ》っていなかったので、医者か儒者《じゅしゃ》のように思えた。連の足が止まったのは、その中の一人が高校時代の友人だった坂本賢介とよく似ていたせいだ。

あの男はもしかして、賢介の先祖だろうか。

連はその場に立ち止まって男の背中を見つめた。その時、連の視線を感じたのか、男が振り返った。そして大きくため息をついた。

男は思い直したようにこちらへ近づく。連の胸はドキドキと高鳴った。じろじろ見たことを咎《とが》められるような気がした。

「それがしに何か」

男は怪訝《けげん》な表情で静かに訊いた。その声まで賢介にそっくりだった。

「いえ、お人違いです。ご無礼致しました」

連は深々と頭を下げた。

「連か？……」

自信のなさそうな声が頭の上で聞こえた。

連は、はっと顔を上げた。賢介も大きく眼を見開いて連を見つめている。

「賢介、賢介だな」

連は思わず賢介の首に両手を回して齧《かじ》りついた。賢介は連の勢いによろめいた。

「賢介、会いたかった……」

連は言いながら激しく涙をこぼした。この一年間の辛《つら》く悲しい思いがいっきに弾《はじ》けていた。

「コペルニクス的転回だな」

賢介はそんなことを言う。コペルニクスが地動説を唱えて天文学の大転回を行なったことに対し、カントが『純粋理性批判』という本の中で自らの認識論を特徴づけた言葉だ。

だが賢介は、自分が思いも寄らぬ事態になった時、よくその言葉を口にしていた。

その時もそうだった。

賢介は間違いなく本物の賢介だった。

「相変わらずだな」

連は賢介の身体から腕を離すと、泣き笑いの顔で言った。賢介はいつも目許に笑いを湛《たた》えているような表情をしている。誰しも彼の顔に好感を持つ。反対に連はぎょろりとした眼をしているので、うろんな人間として見られることが多い。お前の顔は濃いんだ、と賢介は連をしょっちゅう、からかったものだ。

「お前、これからどうするのだ」

賢介は中間のお仕着せの連を上から下まで眺めて訊いた。坊主頭とは考えたな、と言い添えて。賢介は総髪で、羽織、袴《はかま》の恰好《かっこう》がよく似合っている。

「おれ、今は深川の旗本屋敷で中間をしているのよ。今日はお屋形様の伴で、ここへ来た。お屋形様は狂歌の会があるそうだ。明日の朝まで、そこの小松という引き手茶屋で待機を命じられた」

「そうか」

賢介は肯《うなず》くと、連れの二人の傍に行き、二言《ふたこと》、三言《みこと》、何かを喋った。二人の男は不服そうな表情をしたが、渋々肯き、向かいの小路へ去って行った。

「さ、小松で話をしよう。小松は顔が利くんだ」

賢介はそう言って連の袖《そで》を引いた。

「いいのか？　お前も用事があったんじゃないのか」

「用事があると言えば引き下がるのか？　この機会を逃すと、二度と会うことはないぜ」

賢介は悪戯《いたずら》っぽい表情で脅《おど》す。

「そ、そうだよな。お前に現代に戻る方法も教えてほしいし」

「戻りたいのか？」

「当たり前だ。こっちに一年近くもいるのだ。いい加減、うんざりだ」

連がそう言うと、賢介は顎《あご》を上げて笑った。

二十六

賢介は小松のお内儀に小部屋を用意してほしいと頼んだ。お内儀は「先生、狂歌の会はよろしいのですか」と、心配そうに訊いた。賢介も、やはり狂歌の集まりに出席するつもりだったらしい。

「いいんだ。それがし、もともと狂歌は好かん。それよりも、偶然、友人に会ったので積もる話をしたくなったのだ」

「こちら、先生のお友達でいらっしゃいますか。確か、深川の松平様のご家来《けらい》さんでいらっしゃいましたよね」

三十五、六のお内儀は賢介が何用あって、たかが中間風情と折り入って話があるのかという表情をした。
「お内儀、こいつはこれでも大店の手代をしていたのだ。だが、ちょいとしくじりをしてこのようなていたらくとなっているのだ。そう嫌うな」

賢介は鷹揚《おうよう》に言う。大店の手代だって？

連は内心で苦笑した。現代ではスポーツ用品メーカーの社員でも、江戸時代になると手代の扱いだ。連の勤めていた会社を大店と言ってくれたのが賢介のせめてもの心遣いだと連は思い直した。

「嫌っちゃおりませんよ。先生の大事なお友達でいらっしゃるなら、あたしどもにとっても大事なお客様ですよ」

お内儀は途端に表情を緩《ゆる》めた。

「銚子《ちょうし》を二、三本と、何かうまい物を見繕って持って来てくれ」

「承知致しました。これ、およね。坂本先生を萩《にぎ》の間《ま》にご案内して」

お内儀は掌《て》を打って女中を呼んだ。

「賢介は、すっかり江戸の人間だな。いや、畏《おそ》れ入った」

二階の三畳間ほどの座敷は仲の町に面していた。窓框《まどかまち》に腰を掛けて通りを眺めながら連は言った。そぞろ歩く人の数がさっきより、ぐんと増えたような気がする。女達の派手な笑い声や三味線の音色がざわめきとなって聞こえていた。向かいの引き手茶屋の障子に映る人の姿は影絵のようだ。何も彼《か》も浮世離れした気分だった。狭い座敷には床の間が設《しつら》えてあり、山水画の掛け軸の下に、季節柄、菖蒲《しょうぶ》が備前焼の壺《つぼ》に活《い》けられていた。

床の間の横は違い棚で、塗りの文箱《ふばこ》が置いてある。床の間の反対側の壁際には赤い塗りの衣桁《いこう》が立て掛けてあった。

賢介は衣桁に羽織を引っ掛けると「皮肉を言ってるのか？　自分もそうだろうが」と返した。

「皮肉じゃないさ。感心しているんだ」

「さて、何から話そうか。まずはお前がタイム・スリップした事情を聞かせてくれ。まさかタイム・マシンに乗って来た訳でもあるまい」

賢介は胡坐《あぐら》をかいて座ると、おもむろに口を開いた。

「当たり前だ。タイム・マシンなんて現代に作られているかよ。いや、未来にだって作られちゃいないさ」

「そうかな」

「そうだろうが。未来からやって来た人の情報なんて、おれは一度も聞いたことがない」

「……」

賢介の沈黙の意味がわからない。賢介は家電メーカーの研究所にいたから、仕事の関係でタイム・マシンに関する情報をひそかに摑《つか》んでいたのだろうか。話を続けようとした時、女中が膳《ぜん》を運んで来た。

「酌はいらないよ。勝手にやるから構わないでくれ。酒が足りない時は呼ぶから」

賢介がそう言うと、田舎から出て来て間もないという感じの女中は「へーい」と間延びした声で応えた。膳には煮物だの、昆布巻きだの、酢の物だのが並んでいた。全体、正月のおせち料理みたいだった。

「どれ、まずは飲め」

賢介は銚子を差し出した。連はこくりと頭を下げて猪口《ちょこ》を手に取った。

「へえ、行儀がいいじゃないか」

賢介はからかう。

「だって、ここの掛かりはお前が持つんだろ？　おれは鐚銭《びたせん》しか持っていないよ」

連は上目遣いに賢介を見た。

「そんな眼をするな。すっかり中間が板に付いて、何んだかやり切れん」

「そう言うな。最初は武蔵国の村で百姓をして、それから江戸へ出て来てお屋敷奉公だ。へいこらする癖がついてしまったよ」

連は自嘲《じちょう》的に言った。

「悪かった。ちょっと言い過ぎた。苦労したんだな」

「ああ、人生でこれほど苦労したことはないよ」

「それで、どういうことでタイム・スリップしたのよ」

賢介は連の猪口に酒を注ぐと訊いた。連は一昨年の春、マウンテン・バイクで小仏峠を越え、それから明神滝の裏側に迷い込み、深い穴に落ちて気を失い、気がついたら青畑村の農家にいたと簡単に説明した。

「ワーム・ホールだな。多分、人工的なものじゃない本物のワーム・ホールだ」

賢介は納得した顔で言う。ワーム・ホールとは虫喰《むしく》い穴という意味で、アルファベットのUの形をしている。U字の底辺で異なった時空が繋《つな》がっていると考えられている。

「おれもそうだと思った」

連は酢の物を摘《つま》んで口に入れた。ワカメのような海草と貝のむきみの酢の物だ。うまい。

「ワーム・ホールはビッグ・バンの際に自然にできて、今もどこかに存在している可能性があると考えられている」

賢介は、自分のお得意の分野の話なので口調が滑《なめ》らかだ。

「ビッグ・バンって、あのビッグ・バンか？」

「ああ。宇宙の初めに起きる大爆発だ。それを連は身をもって経験したのだから、これはその証明にもなるだろうが……」

「ならないよ。誰が田舎の村にビッグ・バンでできたワーム・ホールがあると信じるよ」

連は言下に否定した。

「それもそうだな」

賢介は弱々しく笑った。だが、ふと思い出したように早口で続けた。

「タイム・スリップ研究ではワーム・ホールが理論上可能でも、実際、そこを抜けるとなると色々、問題があると言われている。ワーム・ホールの中はブラック・ホールだから、そこへ入ったら人間の身体なんて木《こ》っ端《ぱ》ミジンコさ」

木っ端微塵《みじん》を木っ端ミジンコと言うのも賢介の口癖だった。

「しかし、おれは……」

「そう、連は無事だった。それが不思議だ。これはさらに研究の余地がある。ブラック・ホールに別の出口でもあったのかな。それとも偶然にできた綻《ほころ》びかな」

賢介はぶつぶつと独り言を言いながら猪口の酒を口に含む。連は賢介の猪口に酌をした。

「賢介。タイム・スリップの理屈なんて、正直、おれはどうでもいいんだ。どうにかして現代に戻りたいんだ。それを教えてくれ」

連は縋《すが》るように言った。

「どうしても戻りたいのか？」

賢介は試すように訊く。

「もう一年近くも会社を休んでしまった。親は捜索願を出しているはずだ。会社に復帰できるかどうかわからないが、とり敢《あ》えず、もとの時代に戻りたいんだ」

「江戸時代で一年暮らしたからって、現代の時間も一年経過しているとは限らないよ」

「どういう意味よ」

「向こうの時間は止まっているかも知れないし、あるいは恐ろしく速く過ぎてしまっているかも知れない。浦島太郎だな」

賢介は愉快そうに笑う。連は笑えない。もしも、時間がとんでもなく経過していたとしたら自分の一生は台無しだ。だが、連の思惑に構わず賢介は話を続ける。

「おれはさあ、前の会社からアップという子会社に変わったんだよ。前の会社は人間関係が難しかったから、アップに移って、正直、ほっとしたんだ。これからのびのびと仕事ができると張り切ったものさ。アップでも新製品の開発を任せられていた。社長も四十代で若いし、同僚もおれ達と似たような年頃の社員ばかりなんだ。社長は昔、小説家を目指していた男でね、そういう人間にパソコンなんて必要じゃないそうだ。ワープロでたくさんだって。だけど、お前も知っているようにワープロは製造中止になっただろ？　結構、不便を感じている人が多いんだ。それで限りなくパソコンに近いワープロを五万円台でできないだろうかと研究している。で、社長はその他に人間の夢としてタイム・マシンの研究もおれ達に奨励した。タイム・マシンは理論上、可能ということになっているからさ」

「だけど、タイム・マシンは光速を超えるものじゃなきゃ無理なんだろ？」

「結構、知っているじゃないか」

「それぐらい、誰でも知っているさ。人間はジェット機で音速を超えることに成功している。それなら、やり方次第で光速だって超えることもできるんじゃないかと思うよ」

「連の言う通りだ。だが、それはまだ至難の業だ。それでワーム・ホールでのタイム・スリップの研究が盛んになったのよ。盛んになったといっても、研究自体は家内工業的なもんだけどね。かなりの物理学者でもタイム・マシンなんてお笑い種《ぐさ》だと考えている者は多いんだよ。おれの会社でも、やってたのはおれだけさ。衝突器、圧縮器、膨張器、差分器、それにちょっとしたエキゾチックな素材を使って人工的にワーム・ホールを作るのさ」

エキゾチックという言葉を吉原の引き手茶屋で聞いて、連は本当にエキゾチックな気分になった。

「賢介はそれに成功したのだな」

そう言うと賢介は低い天井を見上げ、思案する顔になった。

「成功したのかどうかわからない」

「だって、現にお前は江戸時代にいるじゃないか」

「うーん。だけど、おれは研究室にいる間におかしなことになってしまっただけだよ。ちょっとした爆発が起きて、何んか目の前が暗くなって意識を失ったのさ。ワーム・ホールを通ったかどうかも覚えていない。だから、戻り方がわからない」

連は「ああ」と低く呻《うめ》いた。万事休すだった。

「それなら、賢介だって会社や親が必死で捜しているんじゃないか。焦《あせ》らないのか？　ばかに呑気に見える」

「呑気に見えるか？　まあ、おれはさほど焦っちゃいない」

賢介はまた連の猪口に酌をしながら言う。

「どうして」

「エリオット(T・S・エリオット)という作家が言ってるんだ。『現在と過去はおそらくどちらも未来にあって、そして未来は過去にふくまれる』のだそうだ。だから、その時が来れば自然に戻れるんじゃないかな。戻れないとしても、それならそれでいいやって気持ちでもいる」

「……」

連は黙って猪口の酒を口に運ぶ。窓から入って来る夜風がほてった連の顔を嬲《なぶ》った。

小松の前を通る人の足音が間近に聞こえる。含み笑いやばか笑いも。

「楽観的な考えだと笑われそうだが、おれも連も、案外、現代では支障なく暮らしているんじゃないかという気がするんだよ」

賢介は連を安心させるように言った。

「じゃあ、ここにいるおれ達はいったい、何者だ」

「時空の狭間《はざま》に漂う孤独なタイム・トラベラーかな」

「……」

「問題はね、タイム・スリップした人間の行動なんだよ」

賢介は現代に戻れないことに全く落胆している様子もなく話を続けた。

「どういうことよ」

連は怪訝な眼を向けた。

「ひとつ訊くが、お前、自分の先祖に会わなかったか」

「会ってないと思う。会ってもわからないよ」

「じゃ、殺人を犯していないか」

「何んだって！」

連は思わず眼《む》を剝いた。そういうことを言う賢介の意図がわからない。まあまあ、と賢介は連を制した。

「確かめただけだよ。連がもしも自分の先祖となる人間を殺したとすれば、パラドックス（逆説）が発生するからさ。たとえば歴史上の人物で、こいつさえいなかったら歴史は変わっていたと思える人間を殺したとしたらどうなる？」

「歴史は変わってしまう」

「そこなんだよ、連。歴史を変えてはいけない、というより、やろうとしてもできない。何んらかの整合性みたいなものが働くんだな」

「整合性？」

「うん。簡単に言えば形状記憶のワイシャツのように、形を変えようとしてもできないのさ」

「何んとなくわかる」

「お前が吉原の遊女と寝ても構わない。現代の知恵をちょっとだけ使うのも構わない。

ただし、お前の先祖を殺すのは駄目だ。それだけ気をつけろ」

「整合性はその時、働かないのか？」

「名も知れないその他大勢の一人なら、整合性の効果は期待できないよ」

賢介は笑って応える。タイム・スリップの世界にも差別は存在するようだ。

「お前、今、何をして喰っているんだ」

連は話題を変えるように訊いた。

「算学《さんがく》を教えている。弟子も十五人ほどいる」

「なるほど。おれのいた村は飢饉に見舞われているのよ。この先、どうしたらいいのかわからないよ。お屋形様は村に帰してくれないし」

「気に入られたのか？」

「お屋形様は腰痛持ちだから、おれが整体とストレッチをしてやったら調子がいいらしいんだ」

「それでか」

「ああ」

「飢饉はどうなんだろうなあ。未然に防ぐのは整合性に反しないのかどうか……」

賢介はまた天井を見上げて思案した。

「人の命を助けるのも駄目か？」

「死ぬべき運命の人間を助けるのは……連、やっぱり駄目だ。坂本龍馬《りょうま》を助けたとなれば、また歴史が変わる」

「賢介、今は天明時代だ。坂本龍馬は幕末の人間だ」

「そうだな。一本とられた」

賢介は前髪を撫《な》で上げて苦笑した。

「連。やっぱりタイム・スリップをしたと思われる場所に戻って、そこで機会を待つべきだ。ただし、無事に現代に戻れるかどうかは保証できないが」

賢介は低い声で続けた。

「お前と一緒にいたいが、それは無理か？」

「無理だろう。一緒にいたところでどうにかなるものでもあるまいし。無事に現代に戻れたら、芝浦《しばうら》のおれの会社に訪ねて来いよ。おれ、いるかも知れないよ。もしもいなかったら、まだ江戸時代にいるのだと思ってくれ」

賢介は悪戯っぽい顔で笑った。結局、現代に戻るのは人の力では無理なのだ。神仏の力、はたまた奇跡を待つしかないらしい。ともかく、青畑村へ戻ることが肝腎《かんじん》だった。そこからでなければ現代には帰れないと連は強く思った。

二時間ほど過ごすと、賢介は「じゃあ、おれ、行くわ」と腰を上げた。

「もう、会えないかも知れないな」

連は低い声で言った。

「何んだ、情けない面をしやがって。まるで失恋したみたいだぜ……おっと、彼女はどうした」

賢介は田代茜のことをふと思い出して訊く。

茜と一緒に三人で食事をしたことが何度かあったから、賢介は茜のことを覚えている。

「振られた……」

「図星か。参ったな。まあ、今だから言うが、あの女と一緒になったんじゃ、お前は完全に尻《しり》に敷かれると思っていた。別れてよかったのさ。さほどの美人でもなかったしな」

「言ってくれるじゃないか」

「ああ、言うね。連を振るような女は友達のおれが許さない」

「……」

「くよくよするな。いいか、連。ここでおれとお前が会ったってことは奇跡のようなものだ。おれはそれを何んらかの整合性が働いたからだと思うのよ。逆らわずに過ごしていれば、きっと現代に戻れる」

「本当にそうか？」

「信じることだ。それまで、せいぜいこの時代を楽しめ」

賢介はそう言って座敷を出て行った。連は賢介が小松を出て狂歌の会のある見世に行くのを窓から眺めた。賢介は連の視線を感じて振り向き、片手を上げた。連もそれに応える。

愛嬌《あいきょう》のある賢介の顔を、その時ほど愛《いと》しく思ったことはなかった。

「ささ、中間さんは階下《した》でお待ちなさいまし」

およねという女中が後片づけにやって来て、邪険に連を追い払った。

勝手口の傍にある納戸のような部屋に入れられた時、連は今の自分のありようを強く意識した。自分は一介の中間だと。すると訳もなく涙がこぼれた。だが、しゅんと洟《はな》を啜《すす》り、呼吸を整えた時、連は恋人だった田代茜に対する気持ちにけりがつけられたような気がした。これからは本当に心と心を通わせられる相手を見つけようと思った。もう、茜のことは考えまい。連は暗く湿った部屋でそう決心した。

二十七

酒の酔いが回っていたはずなのに、連はなかなか眠れなかった。部屋が居心地悪かったせいもあっただろう。結局、二、三時間、うとうとしただけで連は時刻よりもかなり早く小松を出た。伝八郎と半右衛門が出て来るまで、外で待っていようと思ったのだ。

大門横には四郎兵衛会所《しろべえかいしょ》があり、そこでは通行の改めをしていた。遊女の逃亡を防ぐ目的で設けられた会所である。

夜明け前の四郎兵衛会所の前に、小さな焚《た》き火《び》を囲んで数人の男女がいた。男は客とも見えなかったから、会所に雇われている若い者だろう。だが、女達はきれいに着飾った遊女達だった。夏の焚き火とは妙だったが、灯り取りと虫除《よ》けのためかと連は思った。夜明け前は空気がひんやりするので、さほど暑苦しさは感じなかった。

連が焚き火の傍を通った時、一人の遊女が「あっ」と声を上げた。

「連吉さん！」

ついで、はっきりと名前を呼ばれた。連はぎょっとしてそちらを振り返った。最初は誰なのかよくわからなかった。だが、焚き火の炎に照らされた顔を見て、青畑村にいた増吉の娘おとらだと気づいた。

「おとらちゃん」

連も驚いて大声になった。

「へへえ、小《こ》みよの本名はおとらだったのけェ。こりゃまた、すさまじい名前だの」

痩《や》せて狡猾《こうかつ》そうな表情をした男がからかう。

「藤絹《ふじぎぬ》花魁の本名はお熊《くま》ざます。それねェに驚きなんすな」

おとらの朋輩《ほうばい》らしい遊女がいなした。おとらは後ろのやり取りに構わず「連吉さん、どうしてここへ？」と訊いた。

赤い振袖にきれいに化粧をしたおとらは見違えるようだった。いや、もともと美形の娘だと思っていたが、目の前のおとらは連の予想以上に美しかった。その恰好からおとらが振袖新造だと察せられた。

「お屋形様のお伴だよ。あれから村も色々あって、おれは時次郎さんに江戸へ行けと言われたんだよ。お屋形様に書状を届ける目的だったが、ずるずるとお屋敷にいる羽目となってしまったのさ。お屋形様は、そこの見世で昨夜、狂歌の会があったんだ。おとらちゃんこそ、吉原にいたとは驚きだ。元気でいたのかい？」

連は笑顔で言った。おとらが遊女屋に売られたことは気の毒だったが、吉原なら、まだましのような気がした。連は少しほっとする思いだった。

「ええ」

「おとらちゃんの家族は村から出てしまったが、今はどこにいるんだい？」

そう訊くと、おとらは俯《うつむ》いた。

「わかんねェ。おら、最初は品川の宿にいたけど、お父っつぁんが毎度無心に来るんで、宿の旦那《だんな》さんはおらを江戸に宿替えさせたんだ。さすがにここまではやって来ねェども、その代わり、喜代次の様子もわかんなくなった。喜代次、ろくにままも喰わせて貰ってねェみたいだったから、死んだかもしんね」

おとらは低い声で言って涙ぐんだ。喜代次はおとらの弟で障害を持った少年だった。おとらは青畑村にいた頃、喜代次の面倒をよく見ていた。

「小みよさん、国のお人にお会いなんして懐かしいのはわかりいすが、廓言葉《さと》を忘れては、どうしんしょう。小みよさんのお国訛《なま》りは、いっそすさまじいざます。見世の遣《や》り手《て》に叱られんすよ」

朋輩の遊女はちくりと嫌みを言った。遣り手は遊女達の言動に眼を光らせる年配の女のことだ。

「ああ、堪忍して雪花《ゆきはな》さん。わっちは心底、田舎者でありいした」

おとらは慌てて謝った。吉原には独特の言葉遣いがあった。それは様々な土地からやって来る娘達の素性を隠す目的だった。それをありんす言葉と呼んでいる。

「おとらちゃん、きっとおとらちゃんの家族は元気で暮らしているよ。それより、どうしてこんな時刻に外にいるんだい」

連がそう言うと、焚き火の周りにいた者がどっと笑った。連は笑われた理由がわからなかった。

「わっちは藤絹花魁というお人に世話になっておりいす。その花魁のなじみ客が、どうもよその見世に揚がった様子がありいす。吉原には吉原の流儀がござんして、よその見世の花魁となじむのはご法度《はっと》ざます。それでわっちは、ここでその客が出て来るのを見張っているざます」

「見つけたらどうするんですか」

「さあ、どうしんしょう」

おとらはそう言って、焚き火の男女を振り向く。

「そうさなあ、藤絹花魁の客がよその見世の女郎となじんだとなったら、とっ捕まえて、その客を揚げた見世に掛け合いに行くことになるが、ただでは済まねェだろう。積み夜具か衣裳のひと揃いを出して貰うことになるわな。客が金を出せねェ時は桶伏《おけぶ》せか髪切りを覚悟しなけりゃならねェな」

会所の男は他人事《ひとごと》のように言う。

「結構、吉原の流儀も厳しいもんですね」

連が男へ阿《おもね》るように言うと、また高声で笑われた。

「吉原《なか》のことを何も知らねェお人がいたとは驚きだ」

「なぶりなんすな、富助《とみすけ》さん。このお人はわっちが国にいた頃、そりゃあ親切にしてくれたざます。わっちはそのことが今でも忘れられないざます」

おとらは連を庇《かば》うように言った。おとらの気持ちが嬉《うれ》しかった。ふと、連は伝八郎と半右衛門におとらを引き合わせようという気になった。伝八郎におとらのことを知って貰いたかった。

「おとらちゃん。お屋形様に会ってくれないかい」

「なぜ？」

「青畑村に飢饉が迫っているんだ。現におとらちゃんだって喰い詰めて売られてしまったじゃないか。お屋形様は江戸にいるから、村のことに実感がもうひとつ湧かないんだよ」

「お米の値段がどんどん上がっておりいす。やはり青畑村も困っているざますか。でも、わっちゃあ、今さらお屋形様にお会いしても、何もお話はないざます。ばからしゅうありいす」

「そう言わないで」

連はおとらを宥《なだ》めるように言ってから「ここにいてくれよ。おれ、今、お屋形様を出迎えに行ってくるから」と続けた。おとらは渋々肯いた。

闇は薄くなってきた。おとらの周りも白っぽい朝靄《あさもや》に包まれる。連は急ぎ足で伝八郎が昨夜揚がった見世の前に行った。寝ずの番の妓夫が床几《しょうぎ》に腰掛けて居眠りしていた。

さほど待たされることなく、伝八郎は半右衛門と一緒に現れた。

「苦労であった」

半右衛門は連にねぎらいの言葉を掛ける。

妓夫が慌てて床几から立ち上がり「へい、お繁《しげ》りでございやした」と言った。客に対する朝の挨拶《あいさつ》のようだ。いや、遊女と首尾よく床入りを果たした客へ向ける言葉にも思える。

伝八郎が草履《ぞうり》を履いて外へ出た時「お屋形様。青畑村にいた娘が吉原におりました」と、連はおそるおそる言った。

「ん？」

伝八郎は咄嗟《とっさ》に呑み込めない表情をして連を見た。半右衛門はきゅっと眉《まゆ》を上げ、

「それがどうした」と皮肉な口調で訊いた。

「よっくごらん下さい。四郎兵衛会所の前に振袖新造がおります。あの子は青畑村の増吉という小作の娘です。去年、喰い詰めて女衒《ぜげん》に売られたんです」

おとらはこちらをじっと見つめていた。伝八郎は黙ったままで歩みを進め、おとらの前で立ち止まった。

「その方《ほう》、青畑村におったとな」

「あい」

おとらは薄い笑みを浮かべて応えた。

「そうか。いずれ機会があれば、その方を名指しするゆえ、楽しみに待っておれ。見世はどこだ」

「角町《すみちょう》の桔梗屋《ききょうや》でありいす」

「わかった。心得ておくぞ」

伝八郎はそう言っておとらの前を通り過ぎた。

（え？　たったそれだけ？）

連は心底呆《あき》れる気持ちだった。もっと、おとらを慰める言葉はないのかと思った。おとらが苦界《くがい》勤めをしなければならないのは、知行主の伝八郎にも責任があるはずだ。

「さ、行くぞ」

半右衛門が促す。連はおとらの眼を見られなかった。

「おとらちゃん、元気でな」

そう言うのが精一杯だった。

「連吉さんもお元気で。ごきげんよう」

おとらはわざと明るい声で応えた。喉《のど》に塊《かたまり》ができたように連は苦しかった。結局、上の者は村の窮状など、さほど頓着《とんちゃく》していないのだ。怒りとも憤りともつかないものが連の胸を締めつけた。

「これはこれはお屋形様」

その時、伝八郎の横に一人の男がさっと現れて声を掛けた。連はその男の顔を見てぎくりとした。青畑村の庄屋をしていた儀右衛門の息子の矢作宗仙だった。連は半右衛門の後ろで身体を縮めた。

「奇遇であるな。おぬし、青畑村におったのではないのか」

伝八郎は不愉快そうな口調で言った。時次郎が庄屋代行をしているとはいえ、未だ次の庄屋は決まっていなかった。当たり前なら宗仙が跡を継ぐのが筋《すじ》なのだ。だが宗仙はすぐに引き受けると言わなかった。だから時次郎は正式に庄屋が決まるまで代行をしているのだ。それに宗仙は、今は大名屋敷でお抱え儒者をしているとはいえ、元は青畑村の百姓の身分だ。身分制度がやかましいこの時代に、知行主の伝八郎に対等な口を利くのは無礼だと、連は思った。

「親父が死んでからというもの、村は収まりがつきませぬ。人の顔を見る度に米をよこせと矢の催促でござる。もうもう、扱いかねまする。ほうほうの態《てい》で江戸へ舞い戻りましたが、お袋は頑《がん》として村を離れませぬ。それで、それがしも頭を抱えておりまする」

宗仙はうんざりした表情で言った。

「おぬしは田畑を返上するつもりか」

伝八郎の声が咎《とが》める響きになった。

「お許し下さいませ。それがしの力ではどうにもなりませぬ。時次郎が親父の代わりをしておりますが、奴もお上の役人に直訴した廉《かど》で代官所に引っ張られたとか。この先、どうなるものか、先のことを考えると暗澹《あんたん》たる思いでございまする」

「村のことを心配しているふうには見えぬの。このような所で出会うとは」

伝八郎は、今度ははっきりと皮肉な言い方をした。

「それはお屋形様もご同様でしょう」

「控えろ、宗仙！」

半右衛門はたまらず声を荒らげた。さすがに宗仙は口が過ぎました、と謝ったが、半右衛門に憎々しい視線を向けていた。

「宗仙、即刻村へ戻り、村人のために尽力せよ」

伝八郎は厳しい声で命じた。

「さて、それは難しい問題でございましょうな。わが殿がお許しになられるかどうか」

宗仙は勝ち誇ったように言う。相手が大名とあっては伝八郎も分が悪かった。伝八郎が悔しそうに唇を嚙《か》んだのがわかった。

「やや、そこにいるのは連吉ではないか。お前、雲隠れしたと思っていたら、お屋形様の所におったのか。お屋形様、こやつは怪しい男にございます。時次郎の従弟《いとこ》というのも、恐らくうそでござる。すぐにお屋敷から放り出すのが御身《おんみ》のためでござるぞ」

伝八郎と半右衛門は驚いた顔で連を見る。

連は腋《わき》の下に冷たい汗を感じた。

「これには色々と訳が……」

切羽詰まった表情で言い訳を始めた時、おとらと雪花と呼ばれた振袖新造が宗仙の両脇に立ち、その腕をしっかりと摑んだ。

「矢作先生、伏勢《ふせぜい》に参りいした。どうぞ、お覚悟のほどを」

雪花は声を張り上げた。よその花魁となじんだ客とは宗仙のことらしかった。その客を捕まえることを伏勢と言うらしい。

「何を言う。それがしは大和屋《やまとや》の案内でよその見世に登楼《とろう》したのであって、伏勢される覚えはない」

宗仙は屋敷に出入りしている商家の名を出して言い訳した。

「言い訳は藤絹花魁にじっくりとお言いなんし。それ、おとなしくあゆびなんし」

雪花は有無を言わせず宗仙を引き立てた。

宗仙は腕を振り払おうとしたが、富助という若い者がそうさせなかった。

おとらは五、六歩進んで振り返り、連に笑った。そうか、おとらは連の窮地を救ってくれたのだと合点した。連は思わず掌《て》を合わせた。

宗仙が連れて行かれると、伝八郎は深いため息をついた。

「連吉。その方、何者であるのだ」

厳しい声に、連は思わず地面に膝《ひざ》を突き、頭をこすりつけた。

「お許し下さいませ。わたしは青畑村の近くで行き倒れとなり、時次郎さんに助けられました。決して怪しい者ではありませんが、行き倒れる前のことを覚えておりません。素性を訊《たず》ねられても応えられないのでございます。宗仙さんがそんなわたしに疑惑の眼を向けたのも無理はありません。しかし、村にいた時は時次郎さんを助けて働きました。江戸へ出て、お屋形様のお屋敷に参ってからもわたしなりに一生懸命働いたつもりでおります。どうぞ、それに免じてご勘弁のほどを」

「もう、よい」

伝八郎はそう言うと、後は何も喋らなかった。小松へ戻り、朝めしを摂《と》ると、伝八郎は早々に吉原を後にした。

自分はどうなるのだろうかと、連は二、三日は生きた心地もしなかった。宗仙の言葉は伝八郎と半右衛門の耳に残っているだろう。

連の言い訳を果たして二人が信じてくれたのかどうかもわからなかった。だが、これ以上、疑いを持たれないように連はいつも以上に屋敷の仕事に励んだ。

朝から強い陽射《ひざ》しが降り注ぐ日、連はようやく伝八郎の呼び出しを受けた。庭へ回り、縁側の沓脱石《くつぬぎいし》の傍に控えた。伝八郎はその日、登城の予定が入っていなかったので、単衣の普段着の恰好で縁側にやって来た。

「連吉。青畑村へ戻るがよい。時次郎は代官所から解き放ちとなった。幸い、罪には問われなかったのだ」

「本当ですか?」

連は嬉しそうに伝八郎の顔を見たが、伝八郎は浮かない表情だった。

「何か気掛かりがございましたでしょうか」

連は笑顔を消した。青畑村に派遣された家臣が前日に戻ったことは知っていた。

「うむ。青畑村は飢饉に見舞われておる。お上はお救い小屋を設けて下さったが、十分に間に合っているとは言い難い。連吉、その方、時次郎を助けて村を立て直してくれぬか」

伝八郎は泣き出さんばかりの態で言った。

「お役に立てるかどうかわかりませんが、精一杯やらせていただきます」

「よう言うた。それがしも八方手を尽くして食料となりそうな物を村へ送るつもりゆえ」

「承知致しました。つきましては、食料難の村では病《やまい》も出る恐れがございます。腹下しの薬と皮膚の爛《ただ》れなどに効果のある軟膏《なんこう》を少しいただけないでしょうか」

「おう、よく気がついたの。用意させよう」

「皆んなで力を合わせれば、きっと元の村に戻ります。そして、一日も早くお姫様のお輿入《こしい》れの用意ができるようがんばります」

連はきっぱりと言った。伝八郎は眼を赤く潤ませた。頼むぞ、の声が掠《かす》れて聞こえた。

街道は早馬が通ると白い埃《ほこり》が舞い上がり、眼を開けていられなかった。じんじんと蟬の声がうるさい。額から首、胸に汗が流れる。

それをものともせず、連は足早に歩く。青畑村へ、青畑村へと。

そこにどんな過酷な状況が待っていようとも、連は決して眼を背けまいと思った。伝八郎は自分を信じてくれた。それがありがたいと心底思う。時次郎も自分を信じてくれた男だ。裏切ることなどできない。現代に戻るまで、身を粉《こ》にして働こう。それより他に連ができることはないのだ。

過去から現代に繫がる道はすでについている。それを覆《くつがえ》すことはできないと賢介は言った。何んらかの整合性が働いているという。

きっと戻れる。連に確信のようなものができ上がっていた。

信じるんだ、自分を。連は強く自分に言い聞かせながら街道を進んだ。

二十八

武蔵国中郡の青畑村は深閑としていた。

田圃《たんぼ》や畑は荒れ果て、赤茶けた土が剝《む》き出しになっている所もある。雑草だけが猛々《たけだけ》しく繁り、人の背丈を超える高さになっている。村人達は雑草を引き抜く力も残っていないようだ。

陽射《ひざ》しは眩《まぶ》しく照りつけているが、今頃天気になっても、どうしようもないと、連は思った。普通なら、その陽射しの下で青々とした稲が風に揺れていなければならないのだ。畑の青物はすでに食べ尽くされてしまったのだろうか。それにしては秋蒔《あきま》きの種を植えるために土を鋤《す》き返した様子もない。

村の道を歩いていても人っ子一人通らなかった。皆、どうしているのだろうかと不安は募《つの》る。侘《わび》しい気分の連の耳にはフィギュア・スケートの選手が演技曲に使っていた「アランフェス協奏曲」でも響いて来そうだった。

あの哀切なメロディは今の青畑村にはぴったりだ。ただ、青畑村が飢饉《ききん》に見舞われたと聞いてから、もしかして、村に入ったら累々《るいるい》と屍《しかばね》が晒《さら》されているのではないかと、連は内心で恐れていた。飢饉がひどかった津軽地方には、そういう所もあったという。死因は餓死だ。

連は百姓が餓死するまで追い込まれるのが未《いま》だに理解できなかった。日々作物を拵《こしら》えている百姓には、たとい米がなくても代わりの物で凌《しの》ぐ知恵はあるはずだ。幸い、今のところ、村には、屍が転がっている様子は見られなかったものの、恐ろしいほどの静けさはある意味、屍を見るよりも不気味な気がした。

連は江戸を発《た》つ時、恋人だった田代茜からプレゼントされた銀のブレスレットを質屋に曲げた。時次郎の許《もと》に少しでも食料を届けたかったからだ。その行為が友人の坂本賢介が言っていたパラドックスに当たるのかどうかはわからないが、路銀以外に余分な金のない連にはそうするより他に手立てがなかった。

質屋の番頭は疑わしそうな表情をしていた。

それはブレスレットが持ち込まれた経緯よりも、本当に銀なのか、それとも贋物《にせもの》なのかが問題だったらしい。

「あんたも質屋の番頭なら察しがつけられるでしょうが。これは無垢《むく》の銀だ。買う時は結構な値でしたからね」

連は声を荒らげて言った。

「いかほどでお求めになりましたか」

分別臭い表情をした番頭は確かめるように訊《き》いた。

「二分（一両の二分の一）ですよ」

連は間髪を容《い》れず応《こた》えた。本当はもっと安いはずだが、江戸時代の銀の値が高かったことを考えて連は吹っ掛けた。番頭は算盤《そろばん》を弾《はじ》いて気を持たせた後に「一朱（一両の十六分の一）ならお貸し致します」と慇懃《いんぎん》に応えた。

「流すつもりでおります。あと一朱上乗せして下さい。国で飢饉が起こり、兄貴と妹が死にそうなんです」

連は必死で言った。

「お客様はどなたも大変だとおっしゃいます。いちいち同情していたら、手前どもが干乾《ひぼ》しになります」

番頭は冷たく言い放った。連は言う通りにするしかなかった。一朱は二百五十文程度だった。連はその金で米一升と酒五合を買った。もっと買いたかったが、インフレの進んでいた江戸では二百五十文ではそれが精一杯だった。青畑村の知行主《ちぎょうぬし》である松平伝八郎が村に食料を届けてくれるまで、何んとかそれで凌ごうと思った。

時次郎の家に着き、土間口の戸を開けようとしたが、中から鍵《かぎ》が掛かっていた。縁側に面した部屋も雨戸を閉《た》てている。留守なのだろうか。連は途端に不安な気持ちになった。

時次郎が代官所の牢《ろう》から解《と》き放《はな》ちになって、幾らも日は経《た》っていないはずだ。村を出たとは考え難かった。勝手口に回り、油障子に手を掛けたが、やはり開かなかった。

「時次郎さん、時次郎さん。連です。いたら返事をして下さい」

連は油障子を叩《たた》いて中へ呼び掛けた。応答はなかったが、しばらくすると中から人の気配がして、しんばり棒を外す音が聞こえた。

油障子が開いて顔を見せたのは、紛《まぎ》れもなく時次郎だった。だが、表情には憔悴《しょうすい》の色が濃い。

「やあ、留守かと思って心配しました」

連は笑顔で言ったが、時次郎は周りに油断のならない眼を向けると、すばやく連を中へ引き入れた。

「大きな声を出さないで下さい。近所の人に気づかれます」

「どうして」

連は怪訝《けげん》な表情で訊いた。

「村には喰《く》い物がほとんどないのです。村人達の気持ちは荒《すさ》み、少しでも喰い物があるとわかると襲って来るのです」

「まさか……」

連は信じられない眼で時次郎を見た。無精髭《ぶしょうひげ》も鬱陶《うっとう》しい。この家に何日もこもっていたのだろうか。

「わたしが代官所の牢にいる間、僅《わず》かな米も麦も、干していた青菜もすべて持って行かれました。さなはその間、水しか飲んでおりませんでした」

「さなさんは、今、どこに?」

「床《とこ》に就《つ》いております。起き上がる元気もないのです」

時次郎は俯《うつむ》いて言った。

「少しですが米を持って来ました。粥《かゆ》を炊《た》きましょう」

そう言った連に、時次郎は思わずごくりと唾《つば》を飲み込んだ。その仕種《しぐさ》を連は悲しく感じた。時次郎はそれまで卑《いや》しい態度は一度として見せたことがなかった。いつも行儀がよかった。それが米と聞いただけで思わず唾を飲み込むとは、相当に追い詰められていたのだろう。連は携《たずさ》えた荷物を下ろした。酒の徳利《とっくり》を見つけると、時次郎は湯呑《のみ》にも注《つ》がず、そのまま口をつけてごくごくと飲んだ。連はそれにも驚いたが、すぐに粥の用意を始めた。

米一合に水一升を加えた粥である。竈《かまど》は煙が出るから囲炉裏《いろり》で炊けと時次郎は言った。

村人が煙を見て、何か煮炊きをしていると気づくかも知れない。それもそうだと、連は肯いた。

囲炉裏に鉄鍋を仕掛けると、連はさなの様子を見に行った。

さなは蒲団に寝ていたが、頬はげっそりとこけ、まるで別人のようだった。

「さなさん、連ですよ」

声を掛けると、さなは眼を開けた。その眼も飛び出しそうなほど大きく見える。慌てて起き上がろうとしたさなを連は制した。

「粥を炊いています。それを食べて元気になって下さい」

そう言うと、さなは大きな眼からぽろぽろと涙をこぼした。

茶の間に戻ると、時次郎が囲炉裏の前で首を俯けて座っていた。

「色々、大変でしたね」

連は時次郎を慮《おもんぱか》った。

「江戸の様子はいかがでしたか」

酒を口にして少し落ち着いたのか、時次郎は、やや柔和な表情になって訊く。

「江戸は、米の値段はまだ高いですが、打ちこわしもようやく収まり、落ち着いて来ました。喰い物も普通にありますし」

「……」

時次郎が黙ったのは、日本全国が飢饉に見舞われていると思っていたからだろう。

「お屋形様から青畑村を立て直してほしいと頼まれました」

黙った時次郎に連は話を続けた。

「そんなことを言われても……」

時次郎はもごもごと呟《つぶや》く。

「もうすぐ、お屋形様は村へ食料を送って下さるはずです。もう少しの辛抱ですよ。時次郎さん、皆んなと一緒に元の青畑村に戻しましょう」

「喰い物が来たとわかるや、村の者は我先にと押し掛け、大騒ぎとなりますよ」

時次郎は他人事《ひとごと》のように言う。

「お救い小屋でもそうなのですか」

連は眉根《まゆね》を寄せて訊く。時次郎は鼻先で皮肉な調子で笑い「何んのお救い小屋ですか。そんなものはこの村にはありませんよ」と言った。

「でも、お屋形様はすでにご公儀が青畑村にお救い小屋を設《もう》けたとおっしゃっておりました」

「夢でも見ていらしたのでしょう」

時次郎は吐き捨てる。

「いや、近々、必ずお救い小屋は設けられるはずです。ですから、時次郎さん。混乱が起きないように、しっかり村の人達を束ねて下さい」

「無理です。もうこの村はお仕舞いだ！」

　時次郎は声を荒らげた。

「矢作宗仙は庄屋《しょうや》を継ぐ気はないようです。田畑を返上したいと言っておりました。そうなると庄屋の任に就くのは時次郎さんしかおりません」

「会ったのか、奴に」

　時次郎は驚いて連を見る。

「お屋形様のお伴《とも》で吉原に行った時に偶然出会いました。奴はおれのことを、怪しい男だからお傍《そば》に置かない方が身のためだとお屋形様に言いました」

「それで連吉さんはどうされた」

　時次郎は心配そうな顔で話を急《せ》かした。

「ぐうの音《ね》も出なかったのですが、その時、おとらちゃんが窮地を救ってくれました。吉原の掟《おきて》で伏勢《ふせぜい》というのをご存じですね」

「なじみの遊女がいるのに、よその見世《みせ》の遊女となじむと罰を受けることですね。つまらない掟ですが、吉原では堂々と通用している」

「その通りですよ。おとらちゃんは宗仙を見張っていたのです。四郎兵衛会所の若い者と一緒に宗仙を連れて行ってくれました」

「おとらは吉原にいたのか……」

「ええ。最初は品川の宿にいたようですが、父親の増吉が度々無心に来るので、宿の主は吉原に鞍替《くらが》えさせたらしいです。増吉はさすがに吉原までやって来ませんが、弟の喜代次の様子がわからなくなったと心配しておりました」

「喜代次は死んだそうだ」

時次郎はぽつりと言った。

「そうですか……」

おとらが心配していた通りになってしまったようだ。

「おとらが傍にいないのでは喜代次の世話も手に余ったのでしょう。おまけに、こう喰い物がなくなっては、喜代次が飢え死にするのも無理はありません」

「喜代次は飢え死にしたんですか」

「らしいです。増吉と品川で会った者がそんなことを言っておりました。恐らく弔《とむら》いもろくにしなかったでしょうな、あの親では」

時次郎は煤《すす》けた天井を仰いで言った。

「おとらちゃんも喜代次も可哀想なきょうだいですね」

連の声にため息が交じった。

「粥、炊けたかな」

時次郎は喜代次のことより鍋の中を気にする。

その時、時次郎の腹の虫が大きく鳴いた。連は聞こえない振りをして、鍋の粥を掻《か》き回した。

二十九

さなは椀《わん》に一杯の粥をようやく食べた。

お菜《さい》は何もなかったので、連は味つけに塩を入れた。連は食欲があまりなかったが、後で腹が減り、眠れなくなっては困るので、二杯ほど粥を腹に入れた。残りはほとんど時次郎が平らげた。

鍋の後始末も近所に悟られないように時次郎はこっそりとやっていた。

それからどくだみの葉を干して茶にしたものを連と時次郎は飲んだ。

「このどくだみもほとんど残っていないのですよ。わたしが家に戻って来てから、そこら中を探し回り、ようやく当座の茶にするだけの量を摘《つ》みました」

「さなさんは時次郎さんがいない間、怖い思いをしたようですね」

後で湯を沸かし、さなの顔と手を拭《ふ》いてやろうと連は考えていた。

「わたしのいない間に、太助はこの家に忍び込み、喰い物を漁《あさ》った挙句《あげく》、さなを手ごめにしたのです」

時次郎はやり切れない表情で言った。連の胸がその拍子に大きく鳴った。

「まさか、そんなこと。うそでしょう？」

連は憤《いきどお》った声になる。

「うそではありません。わたしがご公儀の役人に直訴《じきそ》しても村の窮状は変わらなかった。太助はやけになったのでしょう。さなは家に入り込んで来た太助に抵抗したはずです。ひどく殴られ、挙句の果てに……」

「同じ五人組の仲間なのに」

連はさなが気の毒で視線を膝《ひざ》に落とした。

「太助はわたしが解き放ちになるとは思っていなかったようです。だから勝手なことをしたのでしょう。わたしが代官所から戻ると、奴は慌てて村を出て行きました」

太助は、普段はおとなしい男だったので、さなに乱暴を働いたというのが連には理解できなかった。これが金作というのなら、まだしもわかる。金作は利かん気な性格で、さなにひそかに思いを寄せていたからだ。やはり、飢饉という異常な状況がおとなしい太助を豹変《ひょうへん》させたと考えるしかない。

「時次郎さんが代官所の牢に入れられたことは、おれもずい分、心配しました。村に視察に訪れたのは勘定所の役人でしたが、その役人は老中の命《めい》を受けてやって来たので、時次郎さんは言わば老中に直訴したと同じことになるそうですね。直訴はご法度《はっと》なので、時次郎さんは最悪、磔《はりつけ》の刑に処せられたかも知れません」

連は時次郎の湯吞に土瓶の茶を足しながら言う。

「おっしゃる通りです。わたしも一時は死を覚悟しましたが、深川のお屋敷から訪れたご家臣のお口添えが功を奏して、間もなく解き放ちとなったのです。しかし、家の中はめちゃくちゃで、おまけにさなは半病人の状態でした。村を束ねることより、さなの介抱と家の後片づけが先でした」

「村を立て直すには村人全員が気持ちをひとつにする必要がありますが、今は到底無理のようですね。誰もが疑心暗鬼に陥《おちい》っている」

「さようです。誰かがいい思いをしているのではないかと鵜《う》の目鷹《たか》の目ですよ」

「食料が届いても時次郎さんがおっしゃったように暴動に近い状態になるかも知れません。おれと時次郎さんだけでは村の人を抑え切れませんよ。やはり、役人に張りついて貰《もら》わなければならないでしょう」

「村にお救い小屋が設けられるとしたら、役人も何人かやって来るので、その時は心配いらないと思いますが」

時次郎はようやく連が安心できることを言ってくれた。

「そうですか。粥のひと椀でも食べて村の人達の気持ちが落ち着いたら、時次郎さんは皆んなを集めて寄合を開くのです。村で暮らして行くためには力を合わせようと説得するのです。村の人達だって、できればよそで暮らしたくないはずですから」

「それはそうですが……」

時次郎は曖昧《あいまい》に言葉を濁す。

「おれもお手伝いします。それがお屋形様との約束ですから」

「約束？」

時次郎は怪訝な表情になった。

「矢作宗仙は、おれを時次郎さんの従弟《いとこ》ではない、怪しい男だと言いましたが、おれが行き倒れになって時次郎さんに助けられ、それから一緒に働いて来たことをお屋形様に申し上げると、お屋形様は信じて下さいました。時次郎さんもおれを信じてくれた人だ。おれは心底ありがたいと思っています。村のために働くのは、時次郎さんとお屋形様の恩に報いるためなのです」

連の言葉に時次郎は感激して、しゅんと洟《はな》を啜《すす》った。ありがとうございます、の声がくぐもって聞こえた。

「とり敢《あ》えず、飢えを凌ぐのが先ですが、その次は田圃と畑のことを考えなければなりませんね」

連は張り切って言った。だが、時次郎は力なく首を振った。

「今年は田圃も畑も手のつけようがありません。来年もどうなることか。どだい、来年の種籾《たねもみ》の準備ができないのですから」

「それについて、ひとつ案があります。これは深川のお屋敷で中間《ちゆうげん》奉公をしている芳蔵という人の話を参考にしました。芳蔵さんは浅間山の近くの村に住んでおりましたが、山焼け（噴火）でおかみさんと娘さんを失いました。村の後片づけをした後に江戸へ出稼ぎに来ていたのです。で、その時、おれは山焼けの起きた年の年貢はどうなったのかと訊《たず》ねました。もちろん、年貢は免除となったそうです。多分、青畑村も今年の年貢は免除となる公算が高いはずです。その間に新田開発をするのです。空いている土地を新たに田圃にすれば年貢は二年目からでいいそうです。畑はさらに三年目からでいいことになっているそうです。江戸の馬喰町に郡代《ぐんだい》屋敷がありますね。そこには関東郡代の伊奈様という人がおります。この人に頼めば種籾の貸し付けを利子なしでやってくれるそうです。いかがですか」

澱《よど》みなく語った連に時次郎は眼を丸くした。

「よくもそこまで調べましたね。わたしはとんと気づかなかった。空いている土地はそう多くありませんが、田圃はともかく、畑なら何んとかなりそうです。深川のお屋敷に書状をしたため、関東郡代に種籾の貸し付けをとり計らっていただきましょう。座して待つだけでは何も始まらない」

時次郎は夜が明けたような顔で言った。

連は盥《たらい》をさなの寝ている部屋に運び、そこへ竈で沸かした湯を入れた。湯を沸かしただけで、雨戸をどんどん叩く者がいた。

「何してる。喰う物を拵《こしら》えているなら、分けてくれろ」と、声を荒らげて言う。

「身体を拭く湯を沸かしただけだ」

時次郎は大声で応えた。本当だな、手前《てめ》ェ達だけいい思いをするのはなんねェぞ、と脅《おど》すように言って帰って行った。その声に聞き覚えがなかったから、近所の人間ではないらしい。

「誰ですか」

連が訊いても時次郎は「知らん」と素っ気なく応えた。連は手拭《てぬぐ》いを湯に浸し、軽く絞ってさなの顔を拭いた。唇は冬でもないのにかさかさだった。こんな時、ビタミンCか、ビタミンEのサプリメントがあれば、ずい分症状がよくなるのにと内心で思った。

「垢《あか》だらけで恥ずかしい」

さなは顔を赤らめる。

「時次郎さんに代わって貰いますか」

「いいえ。連吉さんの方がいい……」

「もう少し体力がついたら風呂《ふろ》に入れますよ。今日はさっと拭くだけで我慢して下さい」

首筋と手足を拭いた後、連は「身体を起こせますか」と訊いた。背中も拭いてやりたかった。さなはよろよろと半身を起こした。

連が後ろに回って寝間着の襟に手を掛けると、さなは強く拒んだ。

「見ませんよ。こちらから背中を拭くだけです」

「でも……」

「大丈夫です。おれにはさなさんと同じぐらいの妹がおります。小さい頃は一緒に風呂にも入りました。おれは全然気にしませんが、さなさんがいやならやめます。新しい寝間着の替えはどこです？」

「簞笥《たんす》の一番下に」

「そうですか」

連は古い簞笥の引き出しを開け、中から蜜柑色《みかんいろ》の寝間着を取り出した。丁寧に畳んであったが、肩や襟に継ぎが当ててあった。

連は寝間着を拡げてさなの背中から着せるつもりだったが、その時、さなは決心を固めたように上半身を裸にして両腕で胸をそっと隠した。

連は何も言わずさなの背中を拭いた。時次郎は囲炉裏の傍に座っていたが、一度もこちらを見なかった。

背中を拭くと、連は手拭いを濯《すす》ぎ、畳んでさなに渡した。

「胸と腹は自分でやって下さい。おれはあっちにいますから」

そう言って、連は部屋を出ると襖《ふすま》を閉めた。

「連吉さんの言うことには素直だ。わたしが肩に手を置いただけでもすごい眼で睨《にら》むのです」

時次郎はため息交じりに言った。

「無理もありませんよ。男という男がけだものに見えるのでしょう」

「ということは、さなは連吉さんを男と見ていないのかな」

時次郎が無邪気に言ったので、連は噴《ふ》き出した。

「ひどいなあ、時次郎さんは。おれだって男の端くれですよ」

「いや、今のさなが心を許せる相手は連吉さんだけなんですよ。村に戻っていただき、ありがとうございます。わたしからもお礼を申し上げます」

「時次郎さん、水臭いですよ。ここでのおれは時次郎さんの家族ですから」

連の言葉に時次郎はうんうんと肯いた。

「連吉さん、済みました」

ほどなく、さなの細い声が聞こえた。連が腰を上げて襖を開けると、さなは新しい寝間着に着替えていた。

「お蔭《かげ》でさっぱりしました」

さなは薄く笑って言う。心なしか、さなの頬に赤みが戻っているような気がした。

「盥の始末をつけたら髪をとかしてやりますよ」

連は笑顔で盥を台所に運ぶ。時次郎は後始末は自分がすると言って、勝手口の外へ盥を持って行った。

連はさなの肩に乾いた手拭いを掛け、髷《まげ》を縛っている紐《ひも》を解いた。蜘蛛《くも》の巣のように髪の毛が絡まっている。黄楊《つげ》の櫛《くし》で丁寧に梳《す》く内、絡んだ髪は次第にほどけて行く。

「今日は寝るだけですから、髪は結わない方が楽ですよ」

「ええ……」

さなは気持ちよさそうに応える。

「初めてね」

さなはそんなことを言った。

「何がですか」

「連吉さんが、こんなに優しくしてくれるのは」

「………」

「あたしに同情しているから？」

「元気をなくして可哀想だなと思っています」

「あたし、もうお嫁に行けない身体になってしまった」

「考え過ぎですよ」

「どうして？　どうしてそう思うの？　あたしは太助さんにひどいことをされたのよ」

「太助は魔が差したんです。今は後悔していると思います」

「そうかしら。嫁になってくれって迫ったの。ぐずぐずしていたら金作さんが自分と同じことを企《たくら》むだろうって」

「ああ、金作はさなさんに岡惚《おかぼ》れしてましたからね……そうか、太助は嫁になってくれと言ったんですか」

太助は最初から乱暴するつもりはなかったのだ。さなが拒否したので、強引な行動に出たのだろう。まあ、結果的には同じことだが。

「連吉さんには、こんなあたしが汚らしく見えるでしょうね」

「別にそうは思いませんが」

江戸時代の意識と現代の意識は大いに違う。

性に対して罪悪感を抱いている女性は現代にどれだけいるだろうか。恐らくはほんのひと握りだろう。それほど現代の性は解放されているのだ。

彼氏と旅行に行くとか、週末は彼氏の部屋に泊まるとか、そんなことを平気で話す女性が連の会社にもいた。それを聞く連も、ああ、そうかい、という感じで特に眉をひそめることもなかった。恥や外聞《がいぶん》を気にするのは連の両親の世代までのようだ。さなさん、そんなに苦しまなくてもいいのだよ、と連は言いたかったが、今のさなには何んの慰めにもならないだろう。できるだけ普通に、さなに接してやることが肝《かん》腎《じん》だと思う。

「うそ。連吉さんはうそを言ってる」

だが、さなは突然、甲高い声を上げた。

「うそじゃありませんよ。やあ、さなさんは大きな声が出せるようになりましたね。この調子なら、すぐに元気になりますよ」

連はさなをいなすように言った。髪を整《ととの》えると、連はさなの細い肩をゆっくりと揉《も》んだ。

「とても上手」

さなはうっとりとした声で褒《ほ》める。

「でしょう? 深川のお屋敷にいた時は、お屋形様の揉み療治もしておりました。そのお蔭で格別のお引き立てもいただきました」

「器用なのね」

「いや、人間、どんな立場に置かれても、徒《いたず》らに腐らず、前向きに生きて行くことを考えたら何んとかなるものです」

「あたしもそう？」

「もちろん。時間が経てば辛《つら》さや悲しみは薄らぎます。時間ってありがたいものだと思います」

「連吉さんの言葉を信じたい」

さなは振り向くと連の胸にしがみついた。連は少し驚いたが、拒みはしなかった。今のさなが頼りにできるのは自分しかいないのだと気づいた。連は、さなの細い身体に両腕を回し、抱き締めた。さなは安心したように泣いていた。

「そう思ってくれたら嬉《うれ》しいです」

さなを寝かしつけ、茶の間に戻った連は「おれ、明日から草取りします」と、時次郎に告げた。

「動けば腹が空きます。じっとしている方がいいですよ」

時次郎は意気地のないことを言う。

「時次郎さん、あんたがしっかりしなけりゃ、村の人達に示しがつきませんよ」

連は厳しい声で時次郎を叱った。

三十

翌朝、連が庭の草取りをしていると、五人組の仲間の金作が声を掛けて来た。

「戻っていたのか」

金作は青黒い顔をしていた。何日、ものを食べていないのだろうかと思った。

「ええ、昨日戻って来ました」

連は懐かしさに笑顔で応える。だが、連はすぐに真顔になった。金作が切羽詰まった表情で「何か喰い物はねェか」と訊いたからだ。

「あいにく今は何もありませんが、もうすぐ、村にお救い小屋が設けられるはずですよ」

「これ以上、待てねェ！」

金作は声を荒らげた。連は黙って金作を見つめた。何んと言っていいのかわからなかったからだ。だが、金作はすぐに「すまねェ。連吉さんに悪態《あくたい》をついても始まらねェのによう」と言った。

「いえ、村の人達は気の毒だと思っております」

連は手の汚れを払い、垣根の傍に立っている金作に近づいた。

「太助のことは聞いたか」

金作は探るような目つきで言う。

「ええ。とんでもないことをしてくれたものです。さなさんはまだ床に就いておりますよ」

「可哀想に……」

金作の声が湿って聞こえた。

「でも、相手が太助だと知らされて驚きましたよ。金作さんなら、まだしもわかるのですが」

「何んでおれなのよ。妙なことを言う」

金作は口を尖《とが》らせた。

「だって、さなさんに岡惚れしていたでしょう？」

「だからって、力ずくでものにしようとするほどおれは了簡《りょうけん》が狭くねェぜ」

「すみません。口が過ぎました。でも、太助は自分が手を出さなきゃ、金作さんが同じことをするだろうと言ったそうです」

「あの野郎、言いてェことを言いやがって。今度会ったら半殺しにしてやる」

金作は憤った声になった。

「どうして太助が村にいる間にヤキを入れなかったんですか」

連も興奮して金作を詰《なじ》った。途端、金作は情けない表情になった。

「腹が減って、田圃の畦道《あぜみち》の草を茹《ゆ》でて喰ったら腹下しを起こしたのよ。とてもそんな元気はなかったわな」

「腹下しは治りましたか？」

「まだ、本調子じゃねェわな」

「薬は少し持って来ましたが」

「薬ならおれの家にある。それより喰い物だ。今朝松父《と》っつぁんは、いのししの罠《わな》を仕掛けたと言っていた。うまく掛かっていれば肉が喰えるはずだが」

「それは楽しみですね」

「そうなって見ろ。村中の奴らが押し掛ける。けだものの匂いは強《つえ》ェからな」

今の村の状況では何をしてもうまく行かない。一刻も早くお救い小屋の設置が望まれた。

金作は小半刻《こはんとき》（三十分）ほど連と話をするとよろよろした足取りで帰って行った。吐息をひとつついて、連はまた草取りを続けた。

庄屋の儀右衛門の家の近くに隣り村から大工が訪れ、板屋根の小屋が建った。建てている途中から椀を携えた村人の行列ができていた。小屋が建って三日後に荷を積んだ大八車《だいはちぐるま》が到着し、食料の配給が始まった。山菜と雑穀の交じった雑炊《ぞうすい》が一人、ひと椀だった。

連は鍋を持って行列に並んだ。三人分の雑炊を貰うためだった。村人達は久しぶりの食べ物に血走った眼をしていた。行列の途中から加わろうとする者を口汚く罵《ののし》る。

連は持ち帰った雑炊だけでは足りないので、新たに粥を炊き、嵩《かさ》を増やして時次郎とさなの三人で食べた。貧しい食事でも毎日摂《と》っていると、さなは次第に元気を取り戻し、やがて床上げができるまでになった。時次郎も雨戸を外し、蒲団を干したり、竹箒《たけぼうき》で家の周りを掃除したりするようになった。もちろん、身なりも調え、以前の時次郎の表情に八割がた戻って見えた。

それは時次郎の家だけに限らず、村中がようやく活気を取り戻しつつあったのだ。幕府の救済だけでなく、青畑村に縁のある分限者（金持ち）の援助もあり、村人は耐え難い飢餓から脱出することができた。やがて時次郎は連に言われた通り、寄合を開き、今後のことを村人達と相談した。

新田開発の話には皆、大いに乗り気だった。

無人となった家を取り壊し、そこを畑にすればよいとか、野分《のわき》（台風）の季節に青川の水を被《かぶ》る田圃を諦《あきら》め、新たに雑木林を伐採して田圃を作ったらどうかとか、前向きな意見が出た。そうしている間に、深川の松平家から米と青物、塩鯖《しおさば》などが届き、村人は歓喜の声を上げた。

もう大丈夫だ。これで青畑村は立て直せる。

連は安堵《あんど》した。矢作宗仙はどうしても庄屋を継ぐ気にはなれなかったようだ。村を離れたくないと言って、家でがんばっていた儀右衛門の女房も、とうとう諦めて村を去って行った。

時次郎は知行主の松平伝八郎から正式な庄屋となることを勧められ、どうやらそれを引き受ける意向らしい。また、時次郎が庄屋になることは村人全員の一致した意見でもあった。

馬喰町の郡代屋敷が青畑村へ種籾の貸し付けをしてくれるという報が入ると、時次郎は伝八郎に食料の礼と庄屋になる挨拶《あいさつ》をするため江戸へ向かった。

時次郎が江戸へ向かう前に、連に言ったことがあった。時次郎は儀右衛門の家に移るが、今まで住んでいた家は連に与えると。

連はそれを聞いて喜ぶよりも困惑した。このまま自分は青畑村で生涯を終えなければならないのかと思った。すると、忘れていたはずの現代への郷愁が狂おしく連を襲った。

さなは時次郎と一緒に儀右衛門の家に移るので、そろそろ引っ越しの用意を始めていた。

連も野良仕事の合間にそれを手伝った。押し入れの下の柳行李《やなぎごうり》を引き出した時、さなは、「それは連吉さんの荷物ですから、そのままにして」と言った。

「おれの？」

「ええ。行き倒れになった時、連吉さんが着ていたものとか、小物とかが入っているのよ」

柳行李の蓋《ふた》を開けると、迷彩服の上下、ニット帽、スニーカー、ダイバーズ・ウォッチ、丸首のTシャツ、柄パンなどが丁寧に納められていた。

連は頭がくらくらするような気持ちだった。すっかり忘れていた自分の私物だった。連は瞬《まばた》きもせず、それらをしばらく見つめていた。

「連吉さんの身に着《つ》けていた物を改めて見ると、やっぱり遠い世界から来た人なのだと思いますよ」

さなは連の横に座って言った。

「元の世界に戻りたい？」

さなは黙っている連に続ける。連は返事をしなかった。何んと応えていいかわからなかった。正直な気持ちを言えば、さなを傷つけると思う。

「あたしと一緒になって、この家で暮らすというのは、できない相談かしら」

さなは連の腕に自分の身体を凭《もた》せ掛け、甘えるように訊く。連は両手で顔を覆い、ゆっくりと撫《な》で下ろして吐息をついた。

この村で一生を終えるつもりなら、さなと所帯を持ち、時次郎を助けながら暮らすのは悪くない話だ。だが、さなと一緒になり、子供でも生まれたら、それはパラドックスになる。坂本賢介は先祖となる人間を殺せばそうなるから注意しろと言ったが、子供を拵えても同じことだ。だが、それをさなに理解させるのは難しい。

「さなさん。おれはさなさんが嫌いじゃありません。さなさんと一緒になれば倖せに暮らせるだろうと思っています。だけど、おれは、本当はここにいるべき男じゃない。いつかは元の世界に戻らなければならないのです。わかって下さい」

「わからない！」

さなが激しくかぶりを振った。

「連吉さんはあたしが嫌いなのよ。だからそんな理屈をつけるのよ」

さなはそう続けた。

「そうじゃない」

連はたまらずさなを抱き寄せた。さなは連の胸に頬を当て、泣き声を立てた。こんなに自分を慕っていたのかと連は今さらながら驚いた。もうパラドックスなんて、どうでもいいという気持ちにもなった。連は、さなの唇を塞《ふさ》ぎ、畳に押し倒した。さなは抵抗しなかった。静かな昼下がりに、さなの喘《あえ》ぐ声だけが続いた。その喘ぐ声が明神滝の水音と重なるような気がしたのは、どういう訳だろうか。やはり、行かねばなるまい。

「ちょっとこれから青川の様子を見てきます。そろそろ野分がやって来るので、氾濫《はんらん》しそうな所を確認します」

連はさなの身体から離れると、そう言った。

そこへ行けば、賢介が言っていたように何か手懸かりが見つかりそうな気もした。

さなは低い声で「お気をつけて」と応えた。


いつか時次郎と一緒に行った明神滝へのルートを思い出したが、それでは明神滝の裏側に行けなかった。連は逆のルートを考えた。

村はずれまで行って、小仏峠に向かう山道を入る。その途中に明神滝へ向かう道があるはずだ。そう思うと、矢も盾もたまらず、連は街道を突っ走っていた。

小仏峠には関所が設けられているが、その手前に明神滝へ向かう脇道があった。笹《ささ》藪《やぶ》が生い繁り、道らしい道ではなかったが、連は迷わず先に進んだ。

途中から上りになり、やがて視界が開けたと思った時、青川を隔《へだ》てて、青畑村が見渡せる丘のような場所に出た。その景色には見覚えがあった。連がタイム・スリップする直前に見たものだったからだ。

あの時の村は田圃の緑の中に茅葺《かやぶ》きの民家がぽつぽつと点在していたが、今は全体が赤茶けた色に染まっている。飢饉の痕跡《こんせき》はそこに立つと、なおさらはっきりとわかる。

まてよ――連はその時の記憶を甦《よみがえ》らせる。

あの時はタイム・スリップ前だから、眼下に見えた村は現代人が住んでおり、住居も茅葺き屋根ではなく、現代の建築様式のものだったはずだ。同じ景色に見えたことに連は妙にこだわった。田圃だって宅地に造成され、以前よりかなり狭くなっていただろうし、道路も舗装されて昔より広くなっていたはずだ。

その舗装道路を車も走っていただろう。

連は車を見た記憶がなかった。ざわざわと訳のわからない胸騒ぎがせり上がってきた。

連は丘から明神滝へ歩みを進めた。下り道になっている。あの時も確か道は下りになっていた。青川に架かる橋があると思って、先を進んだのだ。今は、橋がないのはわかっている。だが、明神滝の裏側のことは確かめなければならない。

明神滝は結構な水量を今も青川に落としていた。激しく流れ落ちる水を少し眺めてから、連は滝の裏側に注意深い眼を向けた。

途端、連に衝撃が走った。

マウンテン・バイクが見えたような気がしたからだ。連は気を落ち着け、二、三度眼をしばたたいてから、よく見た。

それは幻でなく、紛れもなく連のマウンテン・バイクだった。ハンドルのステンレス部分が外からの陽射しを受けてきらきら光っていた。

今までの人生でかつて味わったことのなかった感動を連は覚えた。自然に涙が流れた。そろそろと連は滝の裏側に入った。足許に注意したのは、そこにワーム・ホールがあるからだ。連はワーム・ホールに足を取られて江戸時代にタイム・スリップしたのだ。

だが、マウンテン・バイクの近くには、ワーム・ホールの痕跡はなかった。連はマウンテン・バイクのハンドルやサドルをしみじみと撫でた。

今からこれに乗って東京に帰れば、そのまま現代に戻れるのではないかという気もした。

だが、本当にそうだろうか。

連はさきほどの丘から見た景色を思い出した。自分が以前にその丘に立った時、すでに江戸時代に突入していたのではあるまいか。

そんな気がしきりにした。とすれば、タイム・スリップした場所は明神滝ではない別の場所だ。テントを張った場所の近くが大いに怪しい。その辺りに時空が微妙に絡まっていた部分があったのかも知れない。また、あの日は雨が降り、雷も鳴っていた。そして明神滝の裏側にいた時、地震も起きた。天変地異がタイム・スリップする条件に関係していたのだろうか。いや、何んらかの整合性が働いてタイム・スリップする条件が揃ったのだ。そもそもワーム・ホールを抜けたと連が考えてしまったのは中途半端な宇宙論に振り回されたせいだろう。もしかして、自分は足を滑らせて青川に落ち、夢中で岸に辿《たど》り着くと、助けを求めて闇雲に走り、ついに力尽きて倒れたのではないだろうか。滝を落ちた衝撃で記憶をなくしてしまったことは大いに考えられる。未だにその時のことは思い出せなかった。

すぐにでも次の行動を起こしたかったが、連は自分の恰好《かっこう》にふと気づいた。野良着《のらぎ》に股引《ももひき》、藁草履《わらぞうり》では幾ら何んでも東京へは戻れない。一度、村に戻り、恰好を調えてからにしようと思った。いや、時次郎が村へ戻るまでは留守を守らなければならないと、連は俄《にわか》に現実に立ち返った。連はマウンテン・バイクに取り付けてあった小物入れを取り上げた。中には財布や携帯電話が入っている。小物入れを懐にねじ込み、連は来た道を戻った。

(おれは帰れる。東京に帰れる。現代に帰れる。さらば江戸時代、さらば青畑村！)

連は大声で叫びたい気持ちだった。

三十一

明神滝から戻ると、家の前に、どうした訳か人垣ができていた。

何があったのかと訝《いぶか》しい気持ちで近づくと、隣りの家の女房が「連吉さん、大変だよう。おさなちゃんが首を縊《くく》ったんだってさ」と、涙声で言った。

「え？」

咄嗟《とっさ》のことで、連は何が何んだかわからなかった。さなが首縊り？　そんなばかなことはある訳がない。だが、中から金作がうなだれて出て来ると、連は金作の腕を掴《つか》んだ。

「さなさんが首縊りしたって本当か？」

大声を上げた連に金作は「お前ェ、今までどこに行っていたのよ」と、醒《さ》めた眼を向けた。

「どこって、青川の様子を見に行っていただけだ」

「さな坊の心持ちがまだ普通でねェのは、お前ェだってわかっていただろうが。何んで一人にした」

金作の問い掛けに連は応えられなかった。

「すみません」としか言葉が出ない。

「おれに謝って貰っても死んだ者は生き返らねェわな」

「死んだって、本当にさなさんは死んだんですか」

連は今度こそ仰天して金作を見た。後頭部がちりちりと痺《しび》れた。

「ああ。ろくろっ首みてェに首が伸びて、べろを出して事切れていたよ。さっき、梁《はり》から下ろして蒲団に寝かせて置いたが、座敷は汚れちまっているから、お前ェ、後始末をしろよ」

「医者は？　医者は呼んだんですか」

連は早口で訊いた。

「だから、もう死んじまったと言ってるじゃねェか。時次郎さんのいねェ間に弔いをしなけりゃならねェよ。後でまた来るから、お前ェ、しっかりしろよ」

「さなさんに気づいたのは金作さんですか」

「おうよ。今朝松父っつぁんがいのししを仕留めたんで、ばらした肉を届けに来たのよ。表は鍵が掛かっていたが、裏は開いていた。声を掛けても返事がねェ。勝手の土間から中を覗《のぞ》くと、着物の裾《すそ》が揺れているのがちらっと見えた。おかしいなあと思って上がると、とんでもねェものが眼に入ったという訳だ。おれァ、腰が抜けて、しばらく立ち上がれなかったぜ。ようやく気が落ち着いたところで、近所に知らせたのよ」

「面倒をお掛け致しました」

連は低い声で礼を述べた。そいじゃ、後は頼んだぜ、と言って金作は引き上げた。

中に入ってさなの亡骸《なきがら》を見るのが怖かった。

連は茶の間の縁に腰を下ろして、顔を覆った。これからどうしていいのかわからなかった。女達は連に、上がってもいいかと訊いた。

連は黙って肯《うなず》いた。四、五人の女達がさなの寝かされている奥の間へ入る。その中の一人がすぐに戻って来て「雑巾《ぞうきん》とそれから桶《おけ》に水を入れておくれ」と言った。

「あいや、後始末はおれがやります」

連は慌てて言った。

「いいんだよ、あたしらがやるよ」

おとせという女房がしんみり応えた。言われた通り、掃除の桶に水を張り、雑巾と一緒に渡すと、女達は手分けして座敷の後始末をしてくれた。

それが済むと、女達はさなの枕許に座り、堰《せき》を切ったように泣き出した。皆、太助から手ごめにされたことは知っていた様子で、なおさらさなが哀れに思えたのだろう。

連は女達が帰っても、ぼんやりと座敷の縁に座ったままだった。

どうしてさなが首縊りしたのか連は考え続けた。すると、明神滝へ向から前のさなとの会話が思い出された。

久しぶりに自分の私物を見て、連は興奮していた。さなの言葉もろくに耳に入っていなかった。だが、さなは連と一緒になって、この家に住むのはどうかと訊いたはずだ。

連はさなに何んと応えただろう。それはできないと応えたはずだ。それから欲望のままにさなを抱いてしまった。さなは連が自分を受け入れたと思えなかったのだ。言葉が足りなかった。いや江戸時代の女性に対する配慮に欠けていた。

さなは絶望したのだ。さなにとって、自分の存在が生きる力だったのに。

連はさなの気持ちを察してやれなかった自分を悔やんだ。

気がつけば、辺りはたそがれていた。つくねんと座っている連の前に男の影が長く伸びた。顔を上げると、太助が傍に立っていた。

「連吉さん、すまねェ。この通りだ」

太助はいきなり土下座して謝る。

「今までどこに行っていたんですか」

呆《あき》れるほど冷静な声が連の口許から出た。

「隣り村の姉の家に身を寄せていた。今日は親父とお袋の様子を見に戻っていたんだ。戻った途端、さな坊のことを聞いて、慌てて飛んで来た。今さら言い訳しても始まらねェが、おれはさな坊と心底《しんそこ》一緒になりたかったんだ！」

太助はそう言うと男泣きした。

「太助さんのせいじゃありませんよ。太助さんのせいなら、もっと前に自害していたはずです。生きる望みを失わせたのは、多分、おれだと思います」

「連吉さんが？」

太助は涙だらけの顔を上げた。

「ええ。さなさんの気持ちはわかってやれなかったんです」

そう応えると、太助は笑い声を上げた。

「さな坊が岡惚《おかぼ》れしていたのは、おれでも金作でもなく、連吉さんだったって訳か……」

「………」

「連吉さんは本当にさな坊と一緒になる気はなかったのけェ？」

太助は確かめるように訊く。

「おれは……いずれ、自分の国に戻りたいと思っていたので、この村で所帯を構える覚悟はできていませんでした」

「連吉さんの国ってどこよ」

「どこって……」

連は途端に言葉に窮した。太助に説明してもわかって貰えるとは思えなかった。だが、太助は「やっぱり、異国なんだな」と、訳知り顔で言った。

「そこはこの村より、ずんといい所なんだろうな。喰い物はあるし、酒もたんとあるんだろう」

太助は夢見るような表情で続ける。少なくとも飢饉に見舞われることはない、と連は言いそうになったが、やめた。そんなことを今の太助に言っても始まらない。

「太助さん。時次郎さんが戻るまで、この家で一緒に泊まってくれませんか」

連は、ふと思いついて言った。

「どうしてよ。おれは宿なしじゃねぇぜ」

太助は怪訝な顔で連を見た。

「仏さんと二人っきりってのは、どうも」

連は俯いて低い声で言う。

「ははん、おっかねぇんだな」

「……」

「さな坊が化けて出て、連吉さんに恨み言を言うんじゃねぇかと思っているんだろ」

「太助さん、さなさんがこうなったのは、あんたにも責任があるはずだ。罪滅ぼしに弔いの手伝いをして下さい。それがさなさんの供養になるはずですし、村の人達にも太助さんが後悔している姿を見せたら、きっと皆んなは許してくれますよ。この先も青畑村で暮らすつもりなら、是非ともそうするべきです」

連は太助に厳しい声で言った。太助は連の剣幕に驚いて「だな」と、うなだれた。

夜になって村人が続々と訪れ、さなの死を悼んでくれた。ささやかな通夜振る舞いのつもりだった。連は今朝松から貰ったいのししの肉を汁にして、皆に食べて貰った。

時次郎には早飛脚《はやびきやく》でさなの死を知らせたが、さなの野辺送りが済むまで姿を見せることはなかった。

連はさなの死が未だに信じられなかった。それは亡骸を寺に運んだ後も同じだった。うそでも一緒になろうと言えばよかったのか。しかし、うそをつくことが苦手な連には、どうしても言えなかった。さなを嫌っていた訳じゃない。いや、その反対だ。愛していると言ってやればよかった。それだけでさなの死は回避できたはずだ。言えなかった言葉を連は、ずっと悔やみ続けていた。

三十二

江戸へ出ていた時次郎が青畑村に戻って来たのは、さなの初七日が過ぎた三日後のことだった。時次郎はその時、二十四、五の女を伴っていた。その女は青畑村の知行《ちぎょう》主《ぬし》である旗本松平伝八郎の屋敷で下働きをしていたおそのだった。連は深川の屋敷にいた頃、おそのと何度か口を利いたことがあったので、顔は覚えていた。身体は大柄だが、口数が少なく控えめな感じの女だった。まさか、時次郎とおそのがそういう仲だったとは、連は思いも寄らなかったが、話を聞く内、事情は少し違っていたと気づいた。

時次郎はおそのと一緒に仏壇を拝むと、連に向き直り「この度は色々お世話になりました」と、丁寧に頭を下げた。

「あ、いや、村の人達のお蔭《かげ》で何んとかさなさんの弔《とむら》いができました。おれは大したことをしておりませんので、お礼を言われるまでもありませんよ」

連は低い声で応《こた》えた。

「さなのことを手紙で知り、わたしも大層落ち込みました。一時はめしも喉《のど》を通りませんでした。親父とお袋が死んでから、ずっとさなと二人で暮らして来ましたので。ですが、この人が傍《そば》にいてくれたので、これからのことを前向きに考えるようになったのです。お屋形《やかた》様のお勧めもあり、一緒に青畑村に来て貰《もら》うことになりました」

「そうだったんですか。おれはまた、前々からおそのさんと言い交《か》わした仲だったのかと思っていました」

「わたしが女房を迎えるのは、さなを嫁入りさせてからと考えておりましたので、それまでは、縁談に耳を貸すつもりはありませんでした」

「女嫌いじゃなかったってことですね」

連が冗談めかして言うと、その時だけ時次郎はくすりと笑い、おそのは恥ずかしそうに俯《うつむ》いた。

「まあ、時次郎さんはこれから青畑村の庄屋《しょうや》になるのですから、独り者よりおかみさんがいた方がいいですよ。よかったですね」

連はにこやかに笑って続けた。内心ではさなが亡くなったために時次郎が所帯を持つことができたのを皮肉に感じていたが。

「しかし、どうしてさなが自害したのか、わたしは納得が行かないのですよ。連吉さん、詳しい話を聞かせて下さい」

時次郎は真顔になって連を見た。連はぐっと胸が詰まった。連は時次郎の強い眼を避け、自分の膝《ひざ》に視線を落とした。

「申し訳ありません。すべておれのせいです。もっと気をつけていれば、こんなことにはならなかったと思います。おれは青川の様子を見に出かけ、結果的にはさなさんを一人にしてしまいました。どうして一人にしたのかと、あとで金作さんに怒られました。だけど、おれだって、まさかさなさんが自害するとは夢にも思っていなかったものので」

そう言ったが、連の胸の中にはうそ寒い風が吹いたような気がした。何を言っても言い訳だった。

「さなは身体が本調子になり、気持ちが落ち着いたら、却《かえ》って先のことを考えるのが辛《つら》くなったのでしょうな」

時次郎は天井を仰《あお》ぎ、独り言のように呟《つぶや》いた。だが、本当に納得した様子には見えなかった。そんなふうに考えるより外《ほか》はないと、自分に区切りをつけたのだろう。

「無理もありませんよ」

おそのは控えめに時次郎に応えた。さなの事情は時次郎から聞かされていたようだ。

「さなとわたしは異母きょうだいなんですよ。わたしの実のお袋が病《やまい》で死ぬと、親父は後添《のちぞ》えを迎え、その後添えの産んだ娘がさなでした。継母《ままはは》とは言え、二番目のお袋はわたしを可愛がってくれました。それはとてもありがたかった。辛い思いをしたことは一度もありません。いいお袋でした。わたしの家は本所の村で百姓をしておりました。田圃《たんぼ》を持たない小作で、大層貧乏でした。それでわたしは十二歳の時にお屋形様のお屋敷へ中間《ちゆうげん》奉公に出ました。口減らしと給金を稼ぐ目的でした」

時次郎は昔を思い出すように、ぽつぽつと語り始めた。時次郎は真面目に奉公したので、お屋形様の覚えもよく、屋敷に奉公している間に、手習いや算盤《そろばん》の稽古《けいこ》に通わせて貰ったという。お屋形様は時次郎を教育すれば、きっと自分にとって必要な人間になると思ったのだろう。お屋形様の眼に狂いはなかったと、連は思う。

しかし、時次郎が十五歳の時、父親は野良仕事を終えて帰宅する途中、何者かに刀で斬られ、その傷が原因で死んだ。恐らくは近くの武家屋敷に仕える武士の仕業だろう。継母も父親の後を追うように半年後に病を得て死んでしまった。時次郎は残されたさなを里子に出すことができず、お屋形様の許しを得てさなを引き取り、中間固屋《ごや》で一緒に暮らした。

さなも幼い頃から女中達に交じって台所仕事を手伝っていたという。時次郎とさなの言葉遣いが折り目正しかったのは、屋敷奉公で身につけたものだと納得が行った。

そうして時次郎が十八歳になると、お屋形様の命を受け、知行地の武蔵国中郡青畑村に移り住んだ。表向きは持ち主のいない田圃と畑の世話をするためだったが、実は村の百姓一揆《いっき》を防ぐための見張り役だった。

住めば都とはよく言ったもので、三年、五年と年月が過ぎると、時次郎にも村に対する愛着が生まれた。いずれはこの村に骨を埋めてもいいとまで考えるようになった。何より、一生自分の田圃を持てなかった父親に比べ、青畑村にいる自分が果報者に思えたのだ。

きょうだい二人の静かな暮らしの中に、突如、連が現れたのだ。怪しい人間として代官所に通報することは簡単だったが、連には村人と違う何かが感じられたという。

時次郎は無宿者《むしゅくもの》として連を代官所に引き渡すことにためらいを覚えた。しばらく様子を見たいと思った。

連が村のために思った以上の働きをしたことを時次郎は喜んだ。代官所に引き渡さなくてつくづくよかったと、お世辞でもなく言った。

「ありがとうございます。何も彼《か》も時次郎さんのお蔭です」

連は改めて礼を述べた。

「いやいや。さて、手前どもは、今夜はここに泊まりますが、明日は庄屋さんの家に移ります。この家は連吉さんにお任せしてよろしいでしょうか」

時次郎は長い身の上話を終え、やや気持ちが落ち着いた様子で、これからのことを連に訊《き》く。

「青畑村にいる間は、責任を持って家を守りますが、もしも……」

その後の言葉がすぐには続かなかった。おそのが傍で話を聞いていたせいもあった。

「ああ、その時はその時になってからのことです」

時次郎が先回りしたように言ったので、連は助かった。

「さなが亡くなったばかりですが、わたしは庄屋を仰《おお》せつかったこともあり、去年はできなかったお観音《かんのん》さんの鎮守《ちんじゅ》祭りを開催したいと思いますが、いかがでしょうか」

時次郎は前々から考えていたようで、そんな提案をした。

「いいと思います。すごくいいです。村の人達を励ます意味でも是非やりましょう」

連は力強く応えた。

その夜、おそのはかいがいしく晩めしの用意をしてくれた。料理上手のおそのが拵《こしら》えたお菜《さい》はどれもうまく、連は久しぶりに生きた心地を覚えたものだ。

村祭りの噂は、翌日には村中に拡まった。

連は五人組の仲間の今朝松、捨蔵、太助、金作を家に呼び、準備を色々と相談した。

まずはお観音さんの掃除をしなければならない。きれいに掃《は》き清め、雑巾《ぞうきん》掛けをし、社《やしろ》に新しい注連縄《しめなわ》を張るのだ。他の男達は納屋にしまっておいた笛や太鼓を出し、鳴り物の稽古を始めるようだ。

鎮守祭りは宵宮《よいみや》、本祭りと二日間で行なわれるが、本祭りの翌日は手伝いをした男達の慰労会があるから、三日掛かりとなるのだ。お観音さんの社に通じる石段の前には、子供の眼を引く露店も並ぶという。

村人の誰もがその日を待ちわびていた。

三十三

鎮守祭りには隣り村から宮司《ぐうじ》と巫女《みこ》が呼ばれ、宵宮には三人の巫女が舞いを披露した。普段は闇に包まれている石段にも雪洞《ぼんぼり》がともされ、社の周りも高張《たかは》り提灯《ちょうちん》で照らされている。まるで昼間のような明るさだった。

社の扉を開け放ち、境内には筵《むしろ》を敷いて村人は巫女舞いを見物した。

水干《すいかん》と呼ばれる袂《たもと》の広い着物に緋袴《ひばかま》を着《つ》け、巫女達は三番の鈴をさや振って舞う。白足袋《たび》も眼に眩《まぶ》しかった。巫女達の後ろで笛や太鼓を鳴らしているのは青畑村の男達で、普段は笛が吹けるとか、太鼓ができるとはひと言も言わなかったので、それにも連は感心していた。

「連吉さんよ、あの巫女達の年齢《とし》は幾つだと思う？」

捨蔵がにやけた笑みを浮かべて囁《ささや》いた。白塗りした巫女の顔は年齢の見当が難しかった。

舞う動作がきびきびしていたので「二十歳ぐらいですか」と言った。捨蔵はぷッと噴《ふ》いた。傍にいた五人組の仲間も口許《くちもと》に掌《て》を当てて笑いを堪《こら》える。時次郎は近隣の村からやってきた客と一緒に上座で巫女舞いを見物していた。紋付羽織の時次郎は大層凜々《りり》しく見えた。

「皆、五十を過ぎた婆《ばば》ァよ」

捨蔵は連の反応を窺《うかが》うように言った。

「へえ」

連は捨蔵の言葉に驚いた振りをして見せたが、現代で五十代の女性に婆ァ呼ばわりをしたら大変なことになるだろうと、内心で思った。

「真ん中で舞っている巫女はよ、占いもするんだぜ。連吉さん、ひとつ占って貰ったらどうだ？」

　金作がそんなことを言う。

「何を占って貰ったらいいんですか」

「そりゃ、お前《め》ェ、これからのことよ」

「これからのことですか……」

　連にとってこれからのこととは無事に現代に戻れるかどうかしかない。しかし、それを目の前で舞っている巫女に占って貰うのは怖い気もした。もしも、望みが叶《かな》わないとしたら、何んとしよう。

「占い料が高そうですから、おれはいいです」

「なに、お観音さんの掛かりはお屋形様からいただいているから心配すんなって」

「でも……」

「あとでおらが頼んで来てやる。ああ、青畑村が今後どうなるかも必ず訊けよ」

　金作は連に釘《くぎ》を刺した。金作は自分が占って貰うのが怖くて、連に身代わりをさせる魂胆だと合点が行った。今朝松も「占って貰え、連吉さん」と勧めた。

「何んでおれなんだ」

連はぶつぶつと独り言を呟いた。すると太助が「巫女さんの占いは当たるんだよ。いいことも悪いこともずばりと言うから、皆、恐ろしがってその気にならねェのよ。おらだって、何年か前に、お前のせいでおなごが死ぬと言われた……その通りだったよ」と、ため息交じりに言った。

「すべてが太助さんのせいじゃありませんよ」

連は慰めた。

「わかっていらァな。だが、肝腎《かんじん》かなめのところは当たっているから、ぐうの音《ね》も出ねェ」

「………」

「国へ帰れるか訊いてみな。もしも、駄目と言われても、おら達が傍にいるから今までのように田圃の世話をしたり、畑で青物を拵えたり、月に一度や二度は酒を酌《く》み交わしてなかよくやるべ」

太助は景気をつけた。

やがて巫女舞いが終わると、おおかたの村人は翌日のこともあり、三々五々、引き上げて行った。残っていたのは時次郎と組頭《くみがしら》の連中、近隣の村の庄屋、青畑村に援助した分限者《ぶげんしゃ》、宮司、それに連を含む五人組の男達ぐらいだった。

金作は巫女に占いの段取りをつけると、連の傍に来て「占ってくれるそうだ。行儀よくして巫女の言うことを聞くこった」と言った。

「しかし……」

連はあまり気が進まなかった。金作は、いらいらした様子で連の背中をどやした。

連は渋々、社に通じるきざはし（階段）を上った。

社の中は外から見るより存外に奥行きがある。それは掃除を手伝って気づいた。祭壇には木製の観音像が鎮座して、その周りには様々な神具が飾られ、菓子や果物なども供《そな》えられていた。観音像はその昔、田圃の中から偶然に発見されたという。最初は道端の祠《ほこら》に祀《まつ》っていたが、風雨に晒《さら》されている内、腐れが目立つようになった。それで青畑村の何代目かの庄屋が仏師に新たな観音像を作らせ、丘の上に社を建立して安置した。今では村の鎮守神として人々に篤《あつ》く信仰されていた。

社の中には襖《ふすま》を隔《へだ》てて八畳ほどの控えの間もついている。宮司や巫女達は祭りの間、そこで寝泊まりするのだ。食事は村の女達が交代で運んでいた。控えの間には小さな水屋（台所）も設《しつら》えてある。連は五人組の仲間と、宵宮の前日に水を運んだ。

控えの間に連が遠慮がちに入って行くと、小さな文机《ふづくえ》の前に一人の巫女が座り、茶を飲んでいた。あとの二人は舞いで使った道具などを片づけていた。

茶を飲んでいた巫女は連に気づくと湯呑《ゆのみ》を置き、軽く会釈《えしやく》した。

「よろしくお願い致します」

連は畏《かしこ》まって挨拶《あいさつ》した。どうやら、目の前の巫女が占いをするらしい。その巫女はつかの間、連の顔を見ると「お市《いち》、襖を閉めや」と、さり気なく後ろの巫女に命じた。隣りの部屋では男達が賑《にぎ》やかに酒を酌み交わしながら談笑している。その声が占いの邪魔だと思ったのかも知れない。

「わらわは初《はつ》と申します。そちらにいるのはお市とお幸《さち》でございます」

文机の前にいた巫女は重々しい口調で紹介した。二人の巫女は静かに頭を下げた。

連も慌てて返礼した。

「わたしは連吉と申します」

「それで、そなたが占ってほしいのは、どのようなことでございますか」

「それはそのう、わたしの今後のことと、村がこの先どうなるのかということです」

「なるほど。わらわが占いをすることはどなたからお聞きになりましたかの。見たところ、初めてお目に掛かるかと思いますが」

「はい。わたしは、昨年、青畑村に参りました。五人組の仲間に占ってもらうよう勧められました。巫女さんの占いは当たると評判になっているそうですね。ただ、よいことも悪いこともずばりとおっしゃるので、怖がっている人も多いらしいです。わたしの仲間の一人も以前に巫女さんに占っていただき、当たっていたと言っておりました」

「巫女は、本来は舞いをする者、占いをする者、祈禱《きとう》をする者と役割が分かれておりますが、村々の求めで出かける内、そうした細かい分け方もなくなりました。まあ、この年になれば、誰も文句は言いますまい。今では舞いもすれば祈禱もする、占いもするの何んでも屋でござる」

初という巫女は朗らかな笑い声を立てた。

間近で見ると、白塗りの顔には罅《ひび》割れたような細かい皺《しわ》が目につく。

「さて、連吉殿。そなた、よそ者とお見受け致す。何ゆえこの村に参ったのであろうかの。この村は、本来、そなたがおるべき場所ではござらん」

初は早くも連の素性を看破《かんぱ》してみせる。

「畏《おそ》れ入ります。道に迷い、この村に辿《たど》り着いたのです。元の場所に戻りたいのは山々ですが、その方法がわかりません。巫女さんにご教示いただければ幸いに存じます」

「そなたは遠い遠い世界から参ったのであろうの。したが、そなたがここへ参ったのは、観音様のお導きでもあるのじゃぞ。贅沢《ぜいたく》と退廃《たいはい》に満ちた世界に身を置き、そなたは謙虚な心を失っておった。そうじゃな」

現代は贅沢と退廃に満ちた世界なのだろうか。謙虚な心を失っていたと言われたら、そうだと応えるしかない。様々な物に溢《あふ》れた現代にいた連は、食料や必要な物が労せずして手に入ることに狎《な》らされていたと思う。

「確かに」

連は手短に応えた。

「この村で少しは己れの心を取り戻しましたか？」

「改まって訊かれると、何んとも申し上げようもございませんが、この村で暮らす内に、以前とは考え方が違って来たように感じております」

そう応えると、初は満足そうに肯《うなず》いた。

「それで、そなたは元の世界に戻りたいか」

初はそれが肝腎とばかり、早口に訊く。

「できれば。しかし、どうすれば戻れるのかわかりません」

「お市、祝詞《のりと》を唱えや」

初は振り返って市という巫女に命じた。市は御幣《ごへい》を手に取り、連の前に座った。

「高天原《たかあまはら》に神留《かみづま》り坐《ま》す、皇神等《すめかみたち》鋳顕給《いあらわしたま》ふ、十種瑞津《とくさみつ》の宝を以《もつ》て、天照国照彦天火明《あまてるくにてるひこあめほあかり》、櫛玉饒速日尊《くしたまにぎはやひのみこと》に、授《さずけ》給ふ事誨《ことおしえ》て曰《のたまわ》く……」

市は祝詞を唱えると、御幣を連の頭の上で左右に振った。

「いずれこの村に大風が吹く。その大風、竜巻を伴う。そなた、水辺の滝のある所にて、その竜巻が通り過ぎるのを待つがよい。竜巻、つかの間、滝の流れを堰《せ》き止める。その時、すばやくその場から離れれば、元の世界に通ずる道がそなたの前に現れる。その道をまっすぐ進めば、おのずと元の世界に戻れる。したが、振り向いてはならぬぞ、決して振り向いては」

初は念仏を唱えるように語った。明神滝の傍で竜巻が来るのを待てということだろうか。

連は、俄《にわか》には信じ難かった。

「もうひとつ、お訊《たず》ねしてよろしいでしょうか」

連はおずおずと訊いた。

「何んじゃ」

「この先、村の人々は倖《しあわ》せに暮らせるようになるでしょうか。飢饉《ききん》に見舞われるようなことは今後もあるのでしょうか」

そう言うと、初はにんまりと笑った。

「禍《わざわい》転じて福となす、という諺《ことわざ》をご存じか」

「はい」

「そなたは村にとって疫病神《やくびょうがみ》のごとき者だった。したが、そなたは村のためによかれと思うことをした。お観音様はよっくご存じじゃ。そなたは村にとって福の神となったのじゃ」

（え？　おれ、福の神だって？）

　連は大声で笑いたくなったが、初が大真面目な表情をしていたので、必死で堪えた。

「いずれこの村は、近隣の村とひとつになり、今よりさらに大きな村となる。日照りや洪水は今後も起きるが、昨年来のような飢饉に見舞われることはあるまい」

「ありがとうございます。それをお聞きして気が楽になりました」

　連は深々と頭を下げた。腰を上げた時、初は「元の世界に戻れたらの、この村で起きたことは他言無用だぞ。それは肝《きも》に銘《めい》じておけ」と釘を刺した。はいと応えた後、連はふいに友人の坂本賢介のことを思い出した。彼もまた、江戸時代に身を置いていたからだ。

「わたしの親しい友人も、元の世界からこちらへ紛《まぎ》れ込んでしまいました。奴は大丈夫でしょうか」

「ん？　友人とな。そなた、どこで友人と会《お》うた」

「そのう、吉原で……あ、いや、わたしはお屋形様のお伴でしたし、奴も狂歌《きょうか》の会合に出るためでした。それで、無事に戻ったら、会おうと約束しました。奴とはこっちの世界のことを話してよろしいでしょうか」

「ふむ……その者はとっくに戻っておる。案ずるな。その者とは、こちらの世界の話をしても構わぬ」

初はあっさりと応えた。

「え？ 奴はひと足早く戻ったのですか」

「さよう」

「本当ですか」

「わらわに疑念を抱くとは、ふとどき千万」

初はその時だけ気分を害した。ご無礼致しました、巫女さんの仰《おお》せを信じますと応え、連はそそくさと暇乞《いとまご》いした。外に出ようとした時、時次郎と眼が合った。時次郎は、ふっと笑った。連は笑い返したが、なぜか、泣きたいような気持ちが込み上げた。

連は時次郎に頭を下げた。それが時次郎との最後の別れになると知っていた訳ではなかったが。

待ちかねていた五人組の仲間に、これから青畑村の村人が倖せに暮らせることを告げると、皆んなは涙をこぼして喜んだ。

「さ、明日のこともあるから引けるべ」

金作は晴れ晴れとした顔で笑った。揃って石段を下りる時、金作は小声で唄《うた》を口ずさんだ。

「通りゃんせ、通りゃんせ、ここはどこの細道じゃ、天神様の……観音様の石段だ。ちいっと通して下しゃんせ、手形はないけど通します、行きはよいよい、帰りもよいよい、よいよい酔っ払って、通りゃんせ、通りゃんせ……」

どうしてこのタイミングで金作は「通りゃんせ」をうたうのだろうと、連は訝《いぶか》った。まさか巫女のお告げを知っている訳でもないのに。

「えらい大雑把《おおざっぱ》な替え歌だな」

だが、今朝松はからかうように言って笑った。太助も捨蔵も声を上げて笑う。笑えないのは連だけだった。石段を下りる足許が覚つかない感じがした。これで早晩、皆んなとおさらばになるのだろうか。巫女の占いが当たっているとすれば、いずれそうなるだろう。

五人組の仲間と過ごした様々なことが走馬灯《そうまとう》のように連の脳裏を駆け巡る。走馬灯は話に聞いていただけで、実際に見たことはなかったが。

ただ、その時の連は、ひんやりした秋風に吹かれながら、いつまでも、いつまでも仲間といっしょに歩いていたかった。二度と会うことのない、だけどかけがえのない連の仲間だった。

翌日の本祭りには青畑村のほとんどの人間がお参りした。賽銭箱《さいせんばこ》に集まった浄財はいつもの年より少なかったが、村人の誰もが鎮守祭りが開かれたことに心底安堵《あんど》しているような表情をしていた。

本祭りの夕方に宮司と巫女は村から引き上げた。その夜の内にざっと後片づけをして、翌日に備えようとした夜の五つ半（午後九時頃）から、やけに冷たい風が西から吹き始めた。宵宮も本祭りもよい天気で、気温もかなり上がっていたので、片づけをしていた男達は「こりゃあ、明日は荒れるかな」と、暗い空を見上げて不安な表情をした。

冷たい風と暖かい風がぶつかれば、その反動で竜巻が起こる。連は緊張した。その時が迫っているのだろうか。

翌日は慰労会には出席せず、身拵えをして明神滝で待機しなければならないと連は思った。その前に、仲間に別れの言葉を述べなければならない。時次郎にも。

火の元を確かめ、社の灯《あか》りを消すと、残った男達は早々に引き上げた。風が連の袷《あわせ》の胸許に容赦なく入ってくる。連は時次郎の姿を探したが、この風で提灯も役に立たず、どこにいるのか見当がつけられなかった。

「金作さん」

連は傍にいた金作に呼び掛けた。

「明日、もしかしておれは慰労会に出られないかも知れません」

「ん？」

「時次郎さんの所へ仏壇とか運ばなければなりませんので」

「仏壇はあとでおらが大八車《だいはちぐるま》で運んでやらァな」

「ありがとうございます。その他にも気になっていることがあるんですよ」

「んなこと、皆、済んでからでいいじゃねェか。せっかくの酒盛りなのに」

「……」

「くよくよすんな」

「別にくよくよしてませんよ」

「お前ェは全体《ぜんて》ェ、くでェ男だ。仕事する時はする、酒を飲む時は飲む。それでいいんだよ、男なんてもなァ」

「そうですね」

「お観音さんの祭りが終われば、冬が来る。この冬を越せば、来年の春にゃあ、張り切って田植えができらァ。きっと来年はいい年になる。な、そう思わねェか」

金作の声が明るく聞こえる。

「ええ、きっといい年になりますよ」

連は相槌《あいづち》を打つように応えた。鎮守祭りを開いて本当によかったと思った。祭りが金作だけでなく村人達皆んなの生きる気力を取り戻し、明日への希望をもたらしたのだ。

神仏の力など連は信じていなかったが、その時だけは確かにお観音さんの加護を感じていた。

「色々あったが、人生はよ、こんなもんだ」

金作は自分に言い聞かせるように言った。

「金作さん……」

連はそっと呼び掛けた。

「何んだ」

「おれに親切にしてくれてありがとうございます。この恩は一生忘れません」

別れの言葉はどうしても言えなかったが、金作に対して何か言っておきたかった。

「何んだよう、改まって……はは\ん、巫女さんから国へ帰れるとでも言われたのけェ？」

金作は連の思惑も知らず、呑気《のんき》に訊く。

「まあ、そんなところです」

「当たるも八卦《はっけ》、当たらぬも八卦だわな。いずれそんな時も来るだろうが、そいつァ、ずっと先のこったろう。まともに取ることはねェわな」

「……」

「いいか、明日は必ず来いよ。約束だぜ」

金作は念を押す。他の仲間にもお礼を述べたい気持ちだったが、皆、金作と同様に連の言葉を本気で聞いてくれないだろう。このまま黙って去って行くしかないと思った。

家の前で金作と別れ、連は暗い家の中に入った。風は吹きやまなかった。

三十四

連はそれから、家の中を丁寧に掃除した。

一年半もの間、世話になった家である。出て行くとなれば、それなりに感傷的な気分になった。

掃除をして家の中がきれいになると、連は仏壇に灯明を上げ、線香を点《つ》けた。さなの気持ちに報いられなかったのが、唯一残った悔いだった。

(さなさん、この次、出会った時は必ず一緒になりましょう。あなたはとてもいい人でした。しかし、この世界で一緒になることは無理なのです。わかって下さいますね。おれが無事に元の世界に戻れるように、どうかさなさん、守って下さい)

連は掌《て》を合わせ、一心に祈った。顔を上げると、気のせいでもなく、灯明が大きく揺れた。それはさながら「あい、承知しました」と言ったように感じられた。

連は灯明を消すと、押し入れから柳行李《やなぎごうり》を出し、タイム・スリップする前の服装に着替えた。Tシャツの上に迷彩服の上下を着て、ニット帽を被《かぶ》り、手首にはダイバーズ・ウオッチをはめた。ダイバーズ・ウオッチは止まっていたが、はめていた方がなくさなくていいと思った。財布と携帯電話をポケットに収め、スニーカーを勝手口の土間に下ろした。夜食に配られたにぎりめしも忘れずにポケットに押し込んだ。

行灯《あんどん》を消す前に、連は家の中をしみじみ眺めた。涙は出なかったが、切ないものが込み上げた。

「お世話になりました。大森連、これでお暇《いとま》致します」

連はわざと大きな声で別れの言葉を言い、勢いよく行灯の火を消した。

外に出ると、風はますます強く感じられた。

追い風になるので、連は後ろから強い力で押されるように街道を進んだ。

途中、時次郎の家の前を通った時、中を覗《のぞ》いたが、真っ暗だった。時次郎とおそのは村人の誰かの家に引き留められ、まだ帰宅していない様子だった。

「時次郎さん、お世話になりました。おそのさんと末永くお倖せに」

そこでも連は大きな声で言った。

道は真っ暗だったが、明神滝への道は心得ている。連は風の中、先を急いだ。明神滝の傍で連は夜明けを待った。本当は洞穴《ほらあな》の中にいれば風除《よ》けになってよいのだが、うっかり足でも踏み外しては一大事である。

大きな杉の樹《き》の根方《ねかた》に腰を下ろし、連は風の音を聞いていた。真っ暗闇の中に一人でいても、不思議に怖いとは思わなかった。また、これから現代へ戻れるものと、自分が微塵《みじん》も疑っていないことも不思議だった。今まで、さんざん現代に戻ろうとあがき、それが叶わなかったというのに。これもいわゆる整合性が働いているせいなのだろうか。じたばたしなくても、戻る機会が備われば、自然に元へ戻れるものだったのか。わからない。

滝の音が激しい。美しい青川の水の色も、闇に溶けて何も見えない。連は腕組みした恰好《かっこう》で眼を閉じた。心地よい疲れが連をすぐに眠りへ引き込んだ。

雷の音で連は眼を覚ました。人の血管のような稲妻が暗い雲の間に光るのがわかった。立て続けに雷鳴が轟《とどろ》く。樹の下にいては危ない。連は立ち上がり、稲妻が光った拍子に見えた明神滝への道をおそるおそる進んだ。

すぐに激しい雨となった。何んとか洞穴の中に入ると、連はほっとした。手探りでマウンテン・バイクのハンドルも確認した。タイヤの空気はそれほど抜けていなかった。空気をいれるのは洞穴を出て、しばらく進んでからでいいだろう。

空腹を覚えた時、連はにぎりめしを思い出した。ポケットの上を叩《たた》くと、ぷっくり膨《ふく》れた感触があった。

竹皮に包まれたにぎりめしは麦が交じっていて、中身は梅干しである。古漬けの沢
庵《たく》《あん》もふた切れ添えられていた。

（これが江戸時代で最後に喰《く》うにぎりめしか）

連は感慨深い思いでにぎりめしを味わった。

雨はそう長く続かなかった。辺りがうすぼんやりと明るくなった頃にやんだ。夜明けとともに気温も上昇し、蒸し暑さを感じる。台風の時は、そのような蒸し暑さになるものである。滝の脇から青畑村を眺めれば、対岸の木々が風で激しく揺れていた。竜巻ではなく、台風が来るのかと思った途端、地鳴りのような音が聞こえた。何んだろう。連は緊張した気持ちで耳を澄ました。

その音は西の方角から聞こえていた。音の正体は摑《つか》めなかったが、その音は次第にこちらへ向かっているような気がする。連は恐ろしさに身震いした。仕舞いにはその音と滝の音が区別できないほどになった。滝のしぶきが洞穴の中にいた連に掛かる。

「うわッ！」と思わず声を上げた時、滝が流れを止めた。いや、お観音さんの社がはっきりと見えたので、流れが止まったと思ったのだ。明神滝の延長線上にお観音さんの社があったと気づくより先に、連はマウンテン・バイクのハンドルを握り、洞穴か

ら外へ出た。

ところどころ、雑草に覆《おお》われているが、人一人が通れる道があった。連は風の強さに構わず、その道を走った。この機を逃しては永遠に現代に戻れないと思っていたので、連はぐいぐいと力を込めてペダルを漕《こ》いだ。

道順には頓着《とんちゃく》しなかった。とにかく、眼の前の道を進んだ。やがて風が弱まり、空からは薄陽《うすび》が射して来た。鳥の声も聞こえる。

そうしてどれほど走っただろうか。連はついに感動的な風景を見た。小仏峠の案内板だった。

一年半前、ここから道に迷ったのだ。連はマウンテン・バイクを下りたが、まだ現代に戻れたのかどうかは自信が持てなかった。

だが、朝の散歩をしている五十代ぐらいの男がやって来て、「お早うございます」と、連に声を掛けた。頭にバンダナを巻いている。

連は会釈しただけで何も言えなかった。

「今日もよいお天気になりそうですな」

男はそう続けて、連の傍を通り過ぎて行った。連は思わず大きなため息をついた。

何時頃だろうか。連は携帯電話を取り出し、試しに電源を入れてみた。待ち受け画面を見た途端、連は金縛りに遭ったような気になった。２０××年、４／３、ＴＨＵ、

6：15――時刻は違っていたが、それは連がタイム・スリップした日の、日付だった。

タイム・スリップした一年半という時間が時空に埋もれていた。表向き、連は一日たりとも時間を失っていないのだ。それに愕然《がくぜん》とする一方、また安堵も覚えた。

連は会社の同僚へ電話を入れてみた。今度は通じた。

――連か？　何んだよ、こんな朝っぱらから。

不機嫌そうな声が聞こえた。連は懐かしさと嬉《うれ》しさで泣きそうだった。

――今、小仏峠です。

――どこよ、それ。

――高尾の先の峠です。昔、関所があった所です。

――勘弁してくれよ、もう。おれ、まだ眠いんだよ。ゆうべ、客と夜中の三時まで飲んでいたんだ。

――すみません。明日、会社で会いましょう。

連はそう言ったが、相手の電話は返事もなく切れた。

（おれ、行方不明者になっていなかったんだ）

安堵が涙となり、連はその場で少し泣いた。

ぐすっと水洟《みずばな》を啜《すす》り上げ、連はマウンテン・バイクに跨《またが》り、東京へ向かった。青畑村で一年半も暮らしたことが、まるで夢のように思えてくる。

今頃、青畑村では、誰かが家に訪れて、姿の見えない連を捜しているかも知れない。その夜の慰労会で一緒に酒を飲むことを楽しみにしていた五人組の仲間は、心配でろくに酒が喉を通らないのではないだろうか。

時次郎はどう思うだろうか。元の世界に戻ったのだと納得するだろうか。五人組は連が抜けたために誰かを補充しなければならない。

いや、あの田圃と畑は誰が面倒を見るのだろう。やり残した仕事が気になって仕方がないのはどうしたことだろう。

（おれは一年半の間、百姓だった）

そのことを忘れたくなかった。これから住まいにしている賃貸マンションのベランダで、プチ・トマトやキュウリ、ナスなどを栽培しよう。それを実家の母親に送ってやるのだ。

きっと驚くはずだ。空は抜け上がったように青かった。連は汗ばみながら東京への道をひた走った。

連は翌日の金曜日に出社した。何も彼もが新鮮に思えて仕方がなかった。営業部に備え付けてあるコーヒー・メーカーで、いつでもコーヒーが飲めることすら感動する。

ハンバーグやステーキはうま過ぎて、目まいがしそうだった。

車の運転も、最初はちょっと怖かった。時差ボケというのはタイム・スリップの時も起こるものらしい。しかしそれも一週間ほどで治まった。手の荒れと、陽灼《ひや》けした顔だけが青畑村にいた痕跡《こんせき》を留めるものだった。同僚は連を見て「お前、少し老けたな。忙しいのはわかるけど、身体に気をつけろよ」と言った。実年齢より一歳半も年を喰ったのだから、同僚の言ったことは無理もない。以前より十キロばかり体重が落ちていたのでなおさらだろう。

少し落ち着くと、連は芝浦の会社にいる坂本賢介に連絡を入れた。賢介も連を気にしていたようで、近々、めしを喰おうという話になった。次の週の土曜日に連は新橋のビア・ホールで賢介と会う約束をした。

三十五

新橋のSL広場を通り、飲み屋街の一郭にそのビア・ホールはあった。

賢介は先に席について待っていた。テーブルにはジョッキが置かれ、半分ほどビールが減っていた。

「すまん、遅れて」

連は早口に謝った。そのビア・ホールは週末にも拘《かかわ》らず、割合空いていた。いや、混むのは花の金曜日だと、すぐに合点《がてん》が行く。二人の会社は土曜も休みだが、賢介は仕事が溜《た》まっていたので、その日は夕方まで会社にいたという。

「なに、おれも今さっき来たばかりだ」

賢介は長髪を搔《か》き上げ、さり気なく応える。

「髪を切らないのか？　相当伸びたぜ」

「こうしていると、何かと便利だからさ」

「すぐに総髪《そうはつ》が結えるからか？」

連が冗談めかして言うと「よせ」と、賢介は辺りを気にして真顔で制する。聞き耳を立てている者などいないのに、賢介はやけに神経質だった。それは江戸で過ごした後遺症だろう。

「先に戻っていたことは何んとなく察していたよ」

連も生ビールを注文してから口を開いた。

肴《さかな》はチーズとソーセージ、それにサラダを頼んだ。今の二人には、それが一番のご馳走《ちそう》だった。

「どうしてわかった？」

賢介は怪訝《けげん》な眼で訊く。

「村の鎮守祭りがあってさ、その時、巫女を呼んだんだ。巫女の一人が占いをするので、おれ、占って貰ったんだよ。お前のことを訊くと、ひと足先に戻っているから心配するなということだった」

「へえ」

「おれがこっちへ戻れたのも、その占いのお蔭だよ。竜巻が送るから、滝の傍で待てというお告げがあった」

「最後はワーム・ホールじゃなくて、神がかりで戻ったのか」

賢介は呆《あき》れ顔で言う。

「ここはビア・ホール」

連はまぜっ返す。賢介は苦笑して鼻を鳴らした。

「まあ、とり敢《あ》えず、二人とも無事に戻れたのだからめでたい」

賢介はそう言って、二度目の乾杯を連に求める。連は笑ってそれに応えた。

「率直な感想を聞かせてくれ」

賢介は上目遣いで連を見ながら言う。

「率直な感想か……大変だったよ。野良仕事はあるし、交通手段は徒歩だし、おまけに飢饉もあったし、とにかく大変だった」

連は大変だったを繰り返す。

「おれは先生、先生と持ち上げられて極楽だったよ。こっちじゃ、一介のサラリーマンだからさ。だけど、向こうにいても、本当のおれとは違うと、いつも考えていた。

だからって、ここにいるおれが本当だとも思えないけどね」

「わかるよ、すごく」

連は大きく肯いた。

「貴重な経験をしたのに、公《おおやけ》にできないのが残念だよ」

賢介はつまらなそうに言った。

「学会で発表できないか？」

「誰が信じるよ」

「しかし、賢介はその手の研究をして来たから、まだしも信憑性《しんぴょうせい》があるんじゃないか？」

「タイム・マシンのプロジェクトは解散したよ。この不景気で会社も余計な経費を節減しようと思ったのさ。結局、うちの社長もただの経営者だったたってことだ」

「………」

「まあ、その内にテレビからお誘いがあったら、もっともらしく語ってやるさ」

「あるのか、そんな話が」

「たとえばの話さ」

そう言って、賢介は力なく笑った。

「会社には定年までいるが、その後は北海道に戻って老後の暮らしをしようと思う。

連はどうするつもりだ」

賢介はふと思いついたように訊く。

「おれは、まだ、先のことなんてわからないが、できればおれも北海道に戻りたいな」

「戻ってから、何をする」

「百姓をする」

その言葉が連の口からすんなり出た。いいかも知れない、と賢介は笑った。

「老後の暇潰《ひまつぶ》しに、おれ達が経験したことを話し合おうぜ」

賢介はそう言った。そうだ、貴重な経験は今すぐには語り尽くせない。

「そうだな。楽しみだな」

「それまで、せいぜい働いて金を貯めようぜ」

「その前に一緒に旅行でもしないか？」

連は近場でもいいから、賢介と旅行がしたかった。

「駄目。おれ、飛行機苦手だから」

賢介は間髪を容《い》れず応える。連は、ぷッと噴いた。二時間ほどそのビア・ホールで過ごし、その後に二軒回ってから賢介と別れた。

これで当分、賢介と会うこともないな、と連は思った。会っても構わないはずだが、会えば自然に江戸時代の話になるだろう。賢介にはそれを避けるようなところが感じられた。

向こうで彼も何かあったのだと思う。連も賢介には言えないことがある。それには後ろめたいものもつきまとうからだ。後ろめたいものとは、さなを死なせてしまった後悔だった。その後悔の念が消えるまで、連は賢介と話をしたくなかった。

終電の車内の乗客達は、疲れて眠っている者が多かった。連は車窓を行き過ぎる街の灯りをぼんやり見ていた。

神田の駅から乗り込んだ女性が連の横に座った。まだ若い女性だ。飲み会があって遅くなったようだ。小花模様のワンピースを着て、ストレートのロングヘア。顔は見なかったが、フレグランスのよい匂いがした。彼女はしばらくすると、ハンカチを口許に押し当てて苦しそうな様子になった。

「大丈夫ですか」

心配して声を掛けると、女性は、うんうんと肯いたが、大丈夫そうには見えなかった。「家はどこですか。おれは浅草で降りますが、よかったらタクシーで送りますか」

そう言うと、女性はびっくりしたように連を見た。何か悪さを企《たくら》んでいると思われたようだ。

「あ、いや、決して変な意味じゃないですけど」

連は慌てて言い添えた。

「わかっています。以前、どこかでお会いしたことがありましたでしょうか。あのう、お声を聞いて、そんな気がしたもので……」

女性はおずおずと応えた。

「おれとですか？　いえ、初めてですが……」

言いながら、改めてその女性の顔を見た途端、連は驚いた。さなと瓜二つだったからだ。

「さなさん……」

連は思わず呟いた。

「ええ、青畑《あおはた》早苗《さなえ》です。どこでお会いしましたでしょうか」

人名は地名に因《ちな》んでいる。紛れもなく彼女の先祖は青畑村にいた者だ。

「えと、ずっと昔のことで、はっきりとは応えられませんが」

連は動揺を抑え、取り繕うように言った。

「私も浅草の近所に住んでいます。お言葉に甘えて、近くまで送っていただければ助かります」

早苗は顔見知りだとわかると、遠慮せずそう頼んできた。

「是非！」

た。


　連は張り切って応えた。

　今、連は自分がタイム・スリップした理由がはっきりと腑《ふ》に落ちた。さなと現代で出会うためだったのだ。胸を覆っていた後悔の念は、その拍子に跡形《あとかた》もなく消えてい
　早苗は、まだ苦しそうだ。気を抜けば吐き戻してしまうかも知れない。

「もう少しの辛抱ですよ。がんばって下さい」

　連は早苗の肩に腕を回して励ました。早苗は連の胸に頬を寄せた。

「ようやく安心できました」

　その声はさなのものなのか早苗のものなのか、連は判断できなかった。

　深夜の街を電車が走る。早苗と二人なら、このまま、またタイム・スリップしたとしても、後悔なんてしないだろうと、連は思った。

　いや、再生に向かう青畑村へ早苗と一緒に戻りたいと連は強く望んでもいた。五人組の仲間や村人達の笑顔が切ないほど懐しく思い出される。もう一度皆んなに会えたら、どれほど倖せだろうか。連は思わず拳《こぶし》を握り締めた。すると掌に鍬《くわ》でできた胼胝《たこ》の感触があった。それが天明時代にタイム・スリップした連の証《あかし》であったが、硬い胼胝もその内、夢のように消えてしまうだろう。そう、すべては夢だったのかも知れない。

参考文献

のんびりひたすら「江戸五街道」　佐藤清（クリエイティヴアダック）
百姓の江戸時代　田中圭一（筑摩書房）
徳川社会のゆらぎ　日本の歴史十一　倉地克直（小学館）
大江戸役人役職読本　新人物往来社・編（新人物往来社）
タイムマシンをつくろう！　ポール・デイヴィス　訳・林一（草思社）

また、二間瀬敏史・東北大学教授のタイムマシン理論を参考にさせていただきました。

解説

細谷正充

宇江佐真理の二冊目のエッセイ集『ウエザ・リポート 見上げた空の色』の冒頭に収録されている「私と江戸時代」に、

「江戸時代から我々が学ばなければならないことは何だろうか。それは取りも直さず、人間の生き方にほかならない。私を含める多くの時代小説家達は、それを際立たせるために、現代生活に組み入れられるようになった数々の便利と、海外の情報、新しい道徳観念を敢《あ》えて排除した物語を世に問うているのだと思う」

と書かれている。作者の時代小説に対する理念がこれだとすると、本書はかなりの異色作ということになろう。なにしろ主人公が、江戸時代にタイム・スリップしてしまった現代人なのだ。まさかの時代SF小説なのである。だが、最後まで読めば、先の引用があらためて納得できる、作者ならではの作品になっていたのだ。

本書『通りゃんせ』は、「野性時代」二〇〇八年六月号から二〇一〇年九月号にかけて、三ヶ月に一回のペースで連載された。単行本は角川書店より、二〇一〇年十月に刊行されている。

大森連は、スポーツ用品メーカーに勤務する、二十五歳の若者だ。地元から東京勤務になったことで彼女と別れてしまい、ちょっと凹《へこ》んでいる。そんな失恋の傷を癒《いや》そうと、休日になるとマウンテン・バイクで下町を走り回っていた。しかしある日、ツーリングに出かけた彼は、小仏峠の近くで気を失ってしまう。やがて目覚めたものの、周囲の風景や様子がどうもおかしい。自分を助けてくれた時次郎とさなの兄妹《きょうだい》から、ここが天明六年（一七八六）の武蔵国中郡青畑村だと聞かされた連は、大いに驚きながらも、タイム・スリップしてしまったという事実を受け入れていく。名前を連吉と変えた連は、兄妹の家で暮らしながら、しだいに江戸の農村の生活に馴染《なじ》んでいった。

かつて青畑村の知行主である旗本・松平伝八郎の屋敷で中間《ちゅうげん》奉公していた時次郎は聡明《そうめい》であり、さなは連を慕ってくれる。自分が未来人であると打ち明けても、ふたりは連を受け入れてくれた。しかし村の生活は、いいことばかりではない。川の氾濫《はんらん》を前触れにして、天明の飢饉《ききん》が襲いかかる。親しくなった村娘は女衒《ぜげん》に売られ、さらに時次郎の奮闘も空しく、大きな事件が発生する。あれこれあって身動きの取れなくなった時次郎に代わり連は、知行主に村の現状を訴えるため、江戸を目指すことになるのだった。

半村良《はんむらりょう》の『戦国自衛隊』『講談　碑夜十郎』、眉村卓《まゆむらたく》の『還らざる城』、柳内《やない》たくみの『戦国スナイパー』など、未来人や現代人が戦国や江戸時代にタイム・スリップする時代SF小説は、少なからず存在している。こうした作品の典型的なパターンは、未来の知恵や道具を使って、主人公がヒーロー的な活躍をするというものだ。しかし本書は違う。ごく普通の若者である大森連は、未来のメリットを、ほとんど発揮できない。天明以降の大雑把な時代の流れは分かっているが、口にすれば怪しいだけで、知識の使いどころは無し。せいぜい井戸水の簡易濾過《ろか》装置を作って村人に感謝されたり、整体とストレッチで伝八郎の腰痛を緩和し、気に入られる程度である。

しかし連には、未来の知識や道具とは無縁の、現実に立ち向かう方法があった。誠実だ。いきなり江戸時代に投げ出され、意識不明だった連を助けてくれた、時次郎とさなの兄妹。自分の正体を知っても変わらぬ好意を寄せてくれたふたりの恩義に報い、彼らの暮らす青畑村を守ろう。当たり前のように連は、そう考える。もちろん彼は、平凡な人間だ。嫌な奴にはムカつくし、反論だってする。それでも彼は、村に危機が迫ると立ち上がる。川の氾濫が迫ると必死で土嚢《どのう》を積み、さらには決壊により濁流に飲み込まれそうになった人がいれば、命の危険も顧みず救出する。江戸に行っても、それは変わらない。本書の後半に、

「そこにどんな過酷な状況が待っていようとも、連は決して眼を背けまいと思った。伝八郎は自分を信じてくれた。それがありがたいと心底思う。時次郎も自分を信じてくれた男だ。裏切ることなどできない。現代に戻るまで、身を粉《こ》にして働こう。それより他に連ができることはないのだ」

　という一文があるが、これが連の生き方なのである。ちっぽけな力しかなくても、今いる場所で、出来る限りのことをする。自分を信じてくれた人々の期待に応《こた》えようとする。そうした主人公の姿が、なんとも魅力的なのだ。

　さらに、連の視点を通じた現代と江戸の比較も、注目に値する。風俗から社会まで、現代と江戸は違いすぎる。その落差に連は、何度もとまどう。かと思えば、意外なところで共通項を見出《みいだ》し、驚いたりもする。作者が素晴らしいのは、こうしたカルチャー・ギャップをニュートラルに見つめている点だ。たとえば連は、一日中、草取りをしたとき、

「こんなこと除草剤を使えば済むはずなのにと、連は恨めしい気持ちだった。農薬を使う習慣がなかったからこそ、この時代の食べ物は安全だったのだ。しかし、農家の

労力は現代社会と比べものにならないほど大きい」

と考えるのだ。江戸の方がいい場合もあれば、現代の方がいい場合もある。単純な江戸讃歌《さんか》、現代讃歌にしていないところに、作者の確かな史眼があるのだ。

また、主人公のタイム・スリップについて、ワームホール理論を持ち出し、一応の説明をしている点も見逃せない。詳しいことは本書に記されているので繰り返さないが、連のタイム・スリップは、アメリカの理論物理学者キップ・ソーンの、ワームホールを利用したタイム・マシンに関する仮説をベースにしたものであろう。さらには時間SFのテーマのひとつである〝タイム・パラドックス〟についても、きちんと言及しているのである。ちなみにタイム・パラドックスとは、過去の改変によって起こる矛盾のこと。有名な例が、自分が生まれる前の過去に戻って、親を殺したらどうなるかという問題だ。親を殺せば自分が生まれない。しかし自分が生まれなければ、親殺しが起こることがなくなり、必然的に自分が生まれる。この矛盾をどう解消するのか。タイム・マシンもタイム・スリップも実現しておらず、そのようなことが実行されたこともないので、現時点では答えが出ないのである。

興味深いのは、こうしたタイム・スリップに関する説明を付けなくても、物語が成立することだ。何だかよく分からないけど、自転車で走っていたら、江戸時代に行っちゃいました。これで問題ないのである。SF作家ではなく時代作家なのだから、その程度の説明でも、文句をつける読者はいなかったろう。だが作者は、そうしなかった。巻末に付された参考資料を見れば分かるように、きちんと資料を咀嚼《そしやく》した上で、連をタイム・スリップさせているのだ。そこに宇江佐真理という作家の、真摯《しんし》な創作姿勢を発見することができるのである。

この他、後半に登場する意外な人物や、終盤の衝撃的な展開。あるいは読者をホッとさせる物語の着地点など、ストーリーの面白さにも触れたいところだが、それは読んでのお楽しみにしておこう。ただ最後に、ひとつだけいっておきたいことがある。主人公の〝連〟という名前についてだ。これは人間の連なりを象徴していると思われる。血の連なり。営為の連なり。想いの連なり。それらが絡まり合い、ひとつの大きなうねりとなって、過去から現代へと連なる人間の歴史が出来上がっていく。現代から江戸へのタイム・スリップにより、それを実感した人物の名前として、連ほど相応《ふさわ》しいものはないのだ。

そしてそれは作者のすべての時代小説に通底するテーマである。普段は、江戸という点で描いていたものが、本書では現代と江戸という線で描かれたという、違いがあるだけなのだ。だから本書は、異色にして王道の、宇江佐作品になっているのである。

本書は二〇一〇年十月、小社より刊行された単行本を文庫化したものです。

通《とお》りゃんせ

宇《う》江《え》佐《ざ》真《ま》理《り》

平成25年 12月25日　初版発行

発行者●山下直久

発行所●株式会社KADOKAWA
〒102-8177　東京都千代田区富士見2-13-3
電話　03-3238-8521（営業）
http://www.kadokawa.co.jp/

編集●角川書店
〒102-8078　東京都千代田区富士見1-8-19
電話　03-3238-8555（編集部）

角川文庫 18295

印刷所●株式会社暁印刷　製本所●株式会社ビルディング・ブックセンター

表紙画●和田三造

ISBN978-4-04-101140-9　C0193

角川文庫発刊に際して

角川源義

第二次世界大戦の敗北は、軍事力の敗北であった以上に、私たちの若い文化力の敗退であった。私たちの文化が戦争に対して如何に無力であり、単なるあだ花に過ぎなかったかを、私たちは身を以て体験し痛感した。西洋近代文化の摂取にとって、明治以後八十年の歳月は決して短かすぎたとは言えない。にもかかわらず、近代文化の伝統を確立し、自由な批判と柔軟な良識に富む文化層として自らを形成することに私たちは失敗して来た。そしてこれは、各層への文化の普及滲透を任務とする出版人の責任でもあった。

一九四五年以来、私たちは再び振出しに戻り、第一歩から踏み出すことを余儀なくされた。これは大きな不幸ではあるが、反面、これまでの混沌・未熟・歪曲の中にあった我が国の文化に秩序と確たる基礎を齎らすためには絶好の機会でもある。角川書店は、このような祖国の文化的危機にあたり、微力をも顧みず再建の礎石たるべき抱負と決意とをもって出発したが、ここに創立以来の念願を果すべく角川文庫を発刊する。これまで刊行されたあらゆる全集叢書文庫類の長所と短所とを検討し、古今東西の不朽の典籍を、良心的編集のもとに、廉価に、そして書架にふさわしい美本として、多くのひとびとに提供しようとする。しかし私たちは徒らに百科全書的な知識のジレッタントを作ることを目的とせず、あくまで祖国の文化に秩序と再建への道を示し、この文庫を角川書店の栄ある事業として、今後永久に継続発展せしめ、学芸と教養との殿堂として大成せんことを期したい。多くの読書子の愛情ある忠言と支持とによって、この希望と抱負とを完遂せしめられんことを願う。

一九四九年五月三日

角川文庫ベストセラー

雷桜　宇江佐真理

乳飲み子の頃に何者かにさらわれた庄屋の愛娘・遊（ゆう）。15年の時を経て、遊は、狼女となって帰還した。そして身分違いの恋に落ちるが――。数奇な運命を辿った女性の凛とした生涯を描く、長編時代ロマン。

三日月が円くなるまで 小十郎始末記　宇江佐真理

仙石藩と、隣接する島北藩は、かねてより不仲だった。島北藩江戸屋敷に潜り込み、顔を潰された藩主の汚名を雪ごうとする仙石藩士。小十郎はその助太刀を命じられる。青年武士の江戸の青春を描く時代小説。

吉原花魁　宇江佐真理・平岩弓枝・藤沢周平 他 編／縄田一男

苦界に生きた女たちの悲哀を描く時代小説アンソロジー。隆慶一郎、平岩弓枝、宇江佐真理、杉本章子、南原幹雄、山田風太郎、藤沢周平、松井今朝子の名手8人による豪華共演。縄田一男による編、解説で贈る。

咸臨丸、サンフランシスコにて　植松三十里

安政7年、遣米使節団を乗せ出航した咸臨丸には、吉松たち日本人水夫も乗り組んでいた。歴史の渦に消えた男たちの運命を辿った歴史文学賞受賞作が大幅改稿を経て待望の文庫化。書き下ろし後日譚も併載。

燃えたぎる石　植松三十里

鎖国下の日本近海に異国船が頻繁に姿を現し、材木商・片寄平蔵は木材需要の儲け話を耳にする。が、江戸湾に来航したペリー艦隊には、「燃える石」が燃料として渡されたと聞き、平蔵は常磐炭坑開発に取り組む。

角川文庫ベストセラー

紋ちらしのお玉　河治和香

柳橋芸者のお玉には裏の顔がある。体は売らない売れっ子芸者が、秘かに身分ある男たちに抱かれるのだ。目的は、体のいちばん奥に相手の家紋を彫り、それを千個集める「千人信心」。時は幕末、シリーズ第1弾。

ひとり夜風　紋ちらしのお玉　河治和香

芸は売っても体は売らない柳橋芸者・お玉には忘れられない男がいる。そしてある時から、裏の稼業として男に抱かれ相手の家紋を体に彫って千個集めると決めたのだ。市井の女が見た幕末。第2弾、書き下ろし。

時雨ごこち　紋ちらしのお玉　河治和香

売れっ子芸者・玉勇には、抱かれた男の家紋を刺青にして体に千個彫る「千人信心」の秘密がある。「紋ちらしのお玉」の体を男たちが通り過ぎ、幕末の時代の波が呑み込んでゆく。シリーズ完結、書き下ろし。

新選組血風録　新装版　司馬遼太郎

勤王佐幕の血なまぐさい抗争に明け暮れる維新前夜の京洛に、その治安維持を任務として組織された新選組。騒乱の世を、それぞれの夢と野心を抱いて白刃とともに生きた男たちを鮮烈に描く。司馬文学の代表作。

北斗の人　新装版　司馬遼太郎

剣客にふさわしからぬ含羞と繊細さをもった少年は、北斗七星に誓いを立て、剣術を学ぶため江戸に出るが、なお独自の剣の道を究めるべく廻国修行に旅立つ。北辰一刀流を開いた千葉周作の青年期を爽やかに描く。

角川文庫ベストセラー

豊臣家の人々　新装版

司馬遼太郎

貧農の家に生まれ、関白にまで昇りつめた豊臣秀吉の奇蹟は、彼の縁者たちを異常な運命に巻き込んだ。平凡な彼らに与えられた非凡な栄達は、凋落の予兆となる悲劇をもたらす。豊臣衰亡を浮き彫りにする連作長編。

司馬遼太郎の日本史探訪

司馬遼太郎

歴史の転換期に直面して彼らは何を考えたのか。動乱の世の名将、維新の立役者、いち早く海を渡った人物など、源義経、織田信長ら時代を駆け抜けた男たちの夢と野心を、司馬遼太郎が解き明かす。

新選組興亡録

司馬遼太郎・柴田錬三郎・北原亞以子 他
編／縄田一男

「新選組」を描いた名作・秀作の精選アンソロジー。司馬遼太郎、柴田錬三郎、北原亞以子、戸川幸夫、船山馨、直木三十五、国枝史郎、子母沢寛、草森紳一による9編で読む「新選組」。時代小説の醍醐味！

新選組烈士伝

司馬遼太郎・津本　陽・池波正太郎 他
編／縄田一男

「新選組」を描いた名作・秀作の精選アンソロジー。津本陽、池波正太郎、三好徹、南原幹雄、子母沢寛、司馬遼太郎、早乙女貢、井上友一郎、立原正秋、船山馨の、名手10人による「新選組」競演！

おんなの戦

司馬遼太郎・澤田ふじ子・永井路子・新田次郎 他
編／縄田一男

信長の妹・お市とその娘たち浅井三姉妹のほか、北政所、千姫など、戦国乱世を生き抜いた女たちを描くアンソロジー。永井路子、南條範夫、新田次郎、井上友一郎、司馬遼太郎、澤田ふじ子による豪華6編。

角川文庫ベストセラー

密通　新装版　平岩弓枝

若き日、嫂と犯した密通の古傷が、名を成した今も自分を苦しめる。驕慢な心は、ついに妻を験そうとするが……表題作「密通」のほか、男女の揺れる想いや江戸の人情を細やかに描いた珠玉の時代小説8作品。

江戸の娘　新装版　平岩弓枝

花の季節、花見客を乗せた乗合船で、料亭の蔵前小町と旗本の次男坊は出会った。幕末、時代の荒波が、恋に落ちた二人をのみ込んでいく……「御宿かわせみ」の原点ともいうべき表題作をはじめ、計7編を収録。

千姫様　平岩弓枝

家康の継嗣・秀忠と、信長の姪・江与の間に生まれた千姫は、政略により幼くして豊臣秀頼に嫁ぐが、18の春、祖父の大坂総攻撃で城を逃れた。千姫第二の人生の始まりだった。その情熱溢れる生涯を描く長編小説。

黒い扇 (上)(下)　新装版　平岩弓枝

日本舞踊茜流家元、茜ますみの周辺で起きた3つの不審な死。茜ますみの弟子で、銀座の料亭の娘・八千代は、師匠に原因があると睨み、恋人と共に、華麗な世界の裏に潜む「黒い扇」の謎に迫る。傑作ミステリ。

大奥華伝　平岩弓枝・永井路子・松本清張・山田風太郎他　編／縄田一男

杉本苑子「春日局」、海音寺潮五郎「お万の方旋風」「矢島の局の明暗」、山田風太郎「元禄おさめの方」、平岩弓枝「絵島の恋」、笹沢左保「女人は二度死ぬ」、松本清張「天保の初もの」、永井路子「天璋院」を収録。

角川文庫ベストセラー

夏しぐれ
時代小説アンソロジー

編／縄田一男
平岩弓枝、藤原緋沙子、諸田玲子、横溝正史、柴田錬三郎

夏の神事、二十六夜待で目白不動に籠もった俳諧師が死んだ。不審を覚えた東吾が探ると……。『御宿かわせみ』からの平岩弓枝作品や、藤原緋沙子、諸田玲子など、江戸の夏を彩る珠玉の時代小説アンソロジー！

天保悪党伝 新装版
藤沢周平

江戸の天保年間、闇に生き、悪に駆ける者たちがいた。御数寄屋坊主、博打好きの御家人、辻斬りの剣客、抜け荷の常習犯、元料理人の悪党、吉原の花魁。6人の悪事最後の相手は御三家水戸藩。連作時代長編。

春秋山伏記
藤沢周平

白装束に髭面で好色そうな大男の山伏が、羽黒山からやってきた。村の神社別当に任ぜられて来たのだが、神社には村人の信望を集める偽山伏が住み着いていた。山伏と村人の交流を、郷愁を込めて綴る時代長編。

軍師の境遇 新装版
松本清張

天正3年、羽柴秀吉と出会い、軍師・黒田官兵衛の運命は動き出す。秀吉の下で智謀を発揮して天下取りを支えるも、その才ゆえに不遇の境地にも置かれた官兵衛の生涯を描いた表題作ほか、2編を収めた短編集。

夜の足音
短篇時代小説選
松本清張

無宿人の竜助は、岡っ引きの粂吉から奇妙な仕事を持ちかけられる。離縁になった若妻の夜の相手をしろという。表題作の他、「噂始末」「三人の留守居役」「破談変異」「廃物」「背伸び」の、時代小説計6編。

角川文庫ベストセラー

山流し、さればこそ　諸田玲子

寛政年間、数馬は同僚の奸計により、「山流し」と忌避される甲府勝手小普請へ転出を命じられる。甲府は城下の繁栄とは裏腹に武士の風紀は乱れ、数馬も盗賊騒ぎに巻き込まれる。逆境の生き方を問う時代長編。

めおと　諸田玲子

小藩の江戸詰め藩士、倉田家に突然現れた女。若き当主・勇之助の腹違いの妹だというが、妻の幸江は疑念を抱く。「江戸褄の女」他、男女・夫婦のかたちを描く全6編。人気作家の原点、オリジナル時代短編集。

青嵐　諸田玲子

最後の俠客・清水次郎長のもとに2人の松吉がいた。一の子分で森の石松こと三州の松吉と、相撲取り顔負けの巨体で豚松と呼ばれた三保の松吉。互いに認め合う2人に、幕末の苛烈な運命が待ち受けていた。

楠の実が熟すまで　諸田玲子

将軍家治の安永年間、京の禁裏での出費が異常に膨らみ、経費を負担する幕府は公家たちに不正があるのではないかと睨む。密命が下り、御徒目付の姪・利津が女隠密として下級公家のもとへ嫁ぐ。闘いが始まる！

ほうき星（上）（下）　山本一力

江戸の夜空にハレー彗星が輝いた天保6年、江戸・深川に生をうけた娘・さち。下町の人情に包まれて育つ彼女を、思いがけない不幸が襲うが。ほうき星の運命の下、人生を切り拓いた娘の物語、感動の時代長編。